臺灣現代散文精選

寫作是認真的遊戲，選文也是。

阿　盛　主編
李志薔　協編

編者小傳

主編

阿盛，本名楊敏盛，臺灣新營人，東吳大學中文系畢，曾任職中時報系，現主持「寫作私淑班」，兼師大人文中心現代文學講師。著有散文、長篇小說二十四冊。

作品選入高中、大學國文教材（龍騰版、三民版、南一版、五南版、東吳大學、臺灣戲專等）。

代表著作

散　文　集：《行過急水溪》、《綠袖紅塵》、《心情兩紀年》、《五花十色相》、《銀鯧少年兄》、《滿天星》、《火車與稻田》、《十殿閻君》。

長篇小說：《秀才樓五更鼓》、《七情林鳳營》。

近　　作：《千杯千日酒》、《民權路回頭》。

個人網頁　http://mypaper.pchome.com.tw/news/asaint/

相關研究論文

- 《阿盛散文研究》——清華大學鄭元傑碩士論文。
- 《阿盛散文鄉野人物風情研究》——南華大學劉湘梅碩士論文。
- 《阿盛散文的本土意識》——香港中文大學中國語文系韓潔瑤專題研究論文。

協編

李志薔，高雄人，臺大機械所碩士。目前從事影像和文學創作，曾獲聯合報文學獎、中央日報文學獎及臺灣文學獎等，著有散文集《甬道》、《雨天晴》和報導攝影集《流離島影》等書。

個人網頁：http://mypaper.pchome.com.tw/news/isaaclee/

認真的遊戲——《臺灣現代散文精選》序

阿盛

壹

自一九五〇年代迄今，臺灣一地的散文寫作，確實大有可觀。半世紀中，我們見識到這種「可塑性最大的文類」，不斷展現出各種可喜可愛可驚可嘆的樣貌。審視這些樣貌，我們既看得到時代的共同特質，也看得到作者的個人特質。而，貴重的正是個人之無法複製、時代之無法返轉，所有的特質終將有個定論。

斷代式的定論是可行的。歷年諸類散文選集、研究論文，就是在做定論工作，我們樂見其多，因為值得。

近一甲子，時間夠長了。散文的創作量，共認冠於其他文類，要在其中擇選佳作成集，絲毫不成問題。所謂樂見其多，基因於此，究竟，我們認為，目前的選集數量仍然不足以容納五六十年來產生的優秀散文。

編輯《臺灣現代散文精選》，動機這般。

貳

探查臺灣的散文發展，必須聚焦在各報紙副刊及各型類文學獎。報紙副刊是最大的文學作品發表園地，即使進入二十一世紀，它的角色未變。一九七〇年代末，中國時報與聯合報先後設立文學獎，更具有極重要的指標意義。對於有心寫作的人而言，副刊及文學獎成了施展身手的大舞臺。臺灣的專業文學雜誌甚少，副刊的激勵功能益顯突出。

以數十年來的年度散文選作例，幾乎全部的選文來自副刊。而兩報文學獎，其正面價值亦早已受到肯定，經由得獎走上寫作路的作者，年年出現。

一九九〇年代起，臺灣各縣市陸續舉辦文學獎，多少助長了寫作風氣。一般而言，散文類投件數量總是最多。我們不能小看地方文學獎，它也是培養作家的好搖籃。

至於學校文學獎，水準即使參差，我們還是一體寄與期望，說白了，有比沒有好。

散文所以能吸引眾多的讀者與寫作者，最大的原因應該是「自由」，形式體例的自由、題材選擇的

自由、篇幅長短的自由。寫作者完全可決定採用自己喜歡的書寫方法，以抒情、以言志、以敘事、以議論……。現代散文其實繼承了古典散文的重要特質——天地人間盡皆文章。

對應時代的流變，散文寫作技巧的翻新，被「實驗」得相當徹底。所謂「標新立異」應視作非貶意，概約自一九八〇年代以來，標新立異的散文作者真是有如波浪層層推起，直至現在，尚未見平息跡象。

是好是壞呢？數語難道其詳。略言之，有些實驗，作者並未忘記文學必需的藝術美質，他們知道形式只是媒介，而非本體。有些實驗，作者似乎為變而變，往往不顧及內容，令人讀之愕然茫然。兩者實驗的成敗，要分辨不怎麼困難。

要之，「實驗精神」無對錯，「實驗動機」終得透過作品被嚴格檢驗。作品會說話，會說出連作者也未必道得周全的內心話。

肆

也因為自由，散文侵略了小說或新詩的現象，頗為普遍。有人稱之為小說化、詩化，或直接說是文類混揉。

這很不容易論斷絕對的是非。散文原就兼容小說戲劇詩歌的要素、技巧、策略，寫散文而運用一些小說的手法、經營一些詩意的語言，理論上講得過去，形式上更顯豐富。這是贊同者的解釋。不贊同者則提出疑問：詩寫得像散文、散文寫得像詩，那，何從區分詩與散文？散文中若大量借來小說手法，那，何不明說是在寫小說？

我們做過實際測試。徐志摩的作品〈家德〉，同時交與三十位大學中文系學生判別，認為是散文的，二十二位，另八位認為是小說。而這篇作品當初收錄於《新月小說選》，受測試的學生全不知道。另一測試詢問十五位中研所學生，〈桃花源記〉該歸類散文或小說？結果，兩種判別幾乎相等人數，七比八。

所以，我們指陳現象，並承認各文類彼此疊合根本無法避免，差別只在疊合的多少。

伍

依寫作題材來區分散文型類，近十年來特別流行，例如宗教散文、運動散文、旅遊散文、飲食散文、勵志散文……。我們沒有理由反對，唯覺該要適可而止，否則愈分愈細，反而失去原先「命名」以期「旗幟鮮明」的用意。

嘗聞年輕寫作者云，計畫寫一系列超商散文、足球散文、國道散文。不知情者猶以為玩笑語，實則真意。如此標籤化、量產化，恐非少數年輕作者的獨特「創意」。或許我們都需深思此一問題——當我們見到百花齊放的表相時，是否同時留意到其中有不少「人造花」？

專一主題的寫作、結合專業的寫作，都有極成功的範例，研究者為之歸納型類，那是合理的。寫作者最好只管隨心所欲去寫，太過刻意搶短線、貼商標，總是不妥。

陸

編選文集，必須拉長作業的時間。接下《臺灣現代散文精選》編輯任務之後，我們首先考量的是選家再選文或選文不選家，再三推敲，廣徵意見，決定選家再選文。

選哪些散文家？思衡更久，名單變動數次，圈出二十四位。

選文則以一家一篇為準。

二十四位散文家，最年長與最年輕，相差五十三歲，收錄選集中的作品，寫作時間間隔近五十年。

至於書名，我們認為用「臺灣現代散文精選」是恰當的。

前面提過，數十年來的優秀散文，絕非幾本選集便足以容納。同樣的，此次選出二十四家，我們覺得尚不夠齊全。可能的話，將來再編選二集、三集……。

選集中附有作者小傳、著作年表、延伸閱讀。我們堅持不採一般選集常見的導讀、賞析等作法，乃基於「作品自會言語」的理念。編選者在選家選文時即已注入部分主觀，不宜再投注更多。

寫作當然是「認真的遊戲」。選文也是。

二〇〇四年八月

目錄

作者小傳

琦君，本名潘希真，一九一七年生，浙江永嘉人。杭州之江大學中文系畢業，曾任公職及大學教授，現旅居美國，專事寫作。琦君創作量頗豐，文類跨越散文、小說、詩詞評論及兒童文學，著有散文集《煙愁》、《紅紗燈》、《三更有夢書當枕》、《桂花雨》、《細雨燈花落》、《千里懷人月在峰》、《留予他年說夢痕》、《母心似天空》、《青燈有味似兒時》等近四十冊；中篇小說《橘子紅了》曾改編為公視連續劇，大受歡迎。

琦君創作以散文為主，尤擅長小品，題材多寫故鄉人事，風格樸實淡雅，親切感人。曾獲教育部國家文藝獎、中山文藝獎等諸多獎項，《煙愁》被選入文建會「臺灣文學經典」。

一、煙愁

琦君

說到煙，就像懷念著相知有素，闊別多年的老友似的，心頭溢著一份親切而又微帶悵惘的感覺。因為我雖無煙癮，卻是個喜歡抽煙的人。幾年來，因為喉頭過敏性發炎，連這點喜歡都不許再有了。因此，凡遇到抽煙的朋友，我總要勸他們多抽一支，我在一旁聞著煙香，也算是慰情聊勝於無吧。

回溯我吸煙的歷史，應該從我的童年說起。父親和二叔，煙癮都很大，不久又來了個遠房四叔，他就專撿大人們的香煙屁股，躲到沒人的地方去抽，引得我對吸煙也發生了很大的興趣。我問他：「香煙到底是什麼味道呢？」

「太好了，辣呼呼，香噴噴，你若是會把煙從鼻管裡噴出來，那才妙哩。」

我就央求他教我抽煙，教我從鼻管裡噴出煙來。他說：「要我教，你就得給我拿整支的好香煙來。香煙屁股太短了，得技術高明的才能抽。你初學，那兒行呢？」

我知道父親的好煙多的是。三九、三砲臺、加利克，統統鎖在玻璃櫥裡，我又不敢向父親要，於是就向二叔去討。

「二叔，給我一支煙嘛！」對二叔，我一向是肆無忌憚的。

「小孩子要什麼香煙？」

「不是抽，是擺家家酒，一定要一支煙的呀！」

在二叔面前，我原是個被寵壞了的小把戲，他對我萬事有求必應，就連香煙也不例外。他在口袋裡掏出一包大英牌，抽出一根遞給我。我接過來如獲至寶似地跑去交給四叔，他癟癟嘴說：「這樣蹩腳的香煙，要大哥的加利克才過癮哩！」

「拿不到呀！」

「你不會想法子偷嗎？」

「我才不做賊呢！」

「拿支香煙玩兒算什麼賊？我教你個主意，等你爸爸做詩做得搖頭晃腦的時候，你湊上去給他點煙，順便收一支在口袋裡。當著他做的，也不算偷呀！」他是什麼壞主意都想得出的，我為了想學鼻孔噴煙，也就答應了。

果然，我從父親那裡很順利地拐到一支扁扁的「三九」香煙，小叔把它點著了，萬分珍惜地吸進一口，貪婪地一下吞入肚子，又慢慢兒，慢慢兒地從鼻孔冒出來。他對我說：「煙要經過五臟六腑以後，吐出來的就灰黃色，這口煙才算完全吃下去了。」

我看他吞煙並不困難，隨即搶過來使勁吸一口，嚥下喉嚨，誰知一下子大嗆起來，嗆得我眼淚鼻涕，頭昏腦脹，趕緊把煙扔進了水溝，急得四叔直跺腳。

「你別性急呀，那有一下子就學會的，起初少抽半口，在嘴裡含一會兒就吐掉，慢慢兒就會了。」他說。

煙雖沒有抽進，而那三九煙的香味卻被我聞到了。真是香，這是我第一次感到香煙原來是這麼好聞。於是每逢父親抽煙時，我總在他身邊殷勤地點火，倒茶，藉以多聞聞香味。我覺得二叔抽的香煙，都是美麗牌，聯珠牌，連大英牌，大長城都難得抽。有一天，我問他：「二叔，你為什麼不抽爸爸那種煙呢？」

「傻孩子，我們種田人那裡抽得起那麼好的洋煙，你爸爸是做大官的呀！」

我偏著頭忖了半天，又去問爸爸：「爸爸，二叔說你做大官的，一定要抽洋煙，是嗎？」

「沒有的話。我的煙都是人家送的。」

「那麼為什麼沒人送二叔煙呢？」

「你二叔沒出過遠門，沒有像我這麼多的朋友。」

「那麼你送一盒加利克給二叔好嗎？」

「我常常送他的，他都捨不得抽，收起來了。」

我才知道原來二叔也有好煙，我就一天纏著二叔要那好煙，二叔說：「那樣好的煙，留著給你二嬸心氣痛時抽的。」

二嬸有「心氣痛」的病，大概就是現在所謂胃病。二叔說好煙可以止胃痛，我就越覺得香煙這東西大有道理，非學會抽不可了。

抽香煙屁股的四叔，煙癮也越來越大，自從我開始替他拿整支的香煙後，他胃口更大了。常常要我給他多拿幾支，我不肯，他就搜集來好多的香煙片，各種各樣的圖書，跟我交換香煙。他不但會從鼻孔噴煙，還會吐煙圈，大大小小的，一個套一個的，好玩極了。他常常拉我躲在母親經堂裡抽煙。因為這是一間密室，除了母親一日三次上香外，平時沒人進來。有一天，我正高興學得有點門兒了，一絲煙從鼻孔裡冒出來。忽然聽得母親的腳步聲，我著了慌，把煙蒂往香爐裡一塞。母親進來用鼻子嗅了一陣說：「怎麼有一股子香煙味？」四叔說：「是檀香呀！」母親瞪了他一眼，從檀香爐裡掏出半截香煙蒂子，問：「這是誰幹的？」我賴四叔，四叔賴我，母親生氣地說：「這樣小小年紀學抽煙，真沒出息。」

聽了母親的話，我心裡從此覺得抽香煙不是件正經事。可是越是大人們不許做的事，偷偷摸摸地越是有味道。幸得父親不像母親那麼嚴厲。有時我問他：「爸爸，抽香煙有好處嗎？」他總是笑嘻嘻地回答我：「好處是有的，你現還小，不要管這個。不過你是個女孩子，長大了最好也別抽香煙，那樣兒不好看。」

「好看」對女孩子來說真是件非常重要的事。因此我就不打算真個學會抽煙。這也許就是我以後抽煙始終沒有上癮的主要原因吧。

母親晚年也得了「心氣痛」的病，因而也不免抽支香煙。那時父親去世不久，她每次抽煙總要念起父親生前的種種，念著念著，她把煙蒂一扔，嘆一口氣說：「不抽了，煙薰得我直淌眼淚。」

有一次，我晚飯後打開幾何三角，就是連天的哈欠，母親笑著遞給我一支好香煙說：「抽半支提提神吧！」我吃驚地望著她問：「媽，您許我抽煙？」

「偶一為之亦無妨，只要你自己知道管自己就好了。」

母親會讓我用香煙提神，她寵我的程度就可想而知了。因而使我對抽煙更增一番親切之感。

在上海念大學時，母親沒有在身邊，只有姨娘和我同住。她有時也會把我氣得「心氣痛」起來，我就一個人關在屋裡狂抽一陣香煙。此時，我發現抽煙的確可以消愁解悶，而我的胃病，亦已逐漸形成，香煙與我就結了不解之緣。那一段時期，我的煙抽得相當多，但抽煙時的心情大都是沈重不愉快的。尤其是想起童年時在父親身邊拐三九牌香煙的情景，已不可再得。縱容我的二叔，教我抽煙的四叔，都是音信渺渺。一縷鄉愁，就像煙霧似地縈繞著我，我逐漸體會到煙並不能解愁，卻是像酒似的，借它消愁而愁更愁了。

來臺灣的最初幾年舉目無親，煙更成了我唯一的良伴。現在想想，住在低窪潮濕的宿舍裡整兩年都沒有得風濕病，香煙應該有很大的功勞吧。

近幾年，無緣無故地，時常鬧咽喉炎，醫生囑咐絕不能抽煙，我不得不硬起心腸和這自幼相知的好友告別了。

選自：爾雅出版社，《煙愁》

著作年表

作品名稱	出版者	出版日期
百合羹	開明	47・9
溪邊瑣語	婦女	51
煙愁	光啟社	52・8
賣牛記	臺灣書店	55・9
琦君小品	三民	55・12
繕校室八小時	臺灣商務	57・1
老鞋匠和狗	臺灣書店	58・11
七月的哀傷	驚聲	60・11
三更有夢書當枕	爾雅	64・7・20
琦君自選集	黎明文化	64・12
細雨燈花落	爾雅	66・7・20

作品名稱	出版者	出版日期
千里懷人月在峰	爾雅	67・9・1
遊子浮雲	華欣	68
與我同車	九歌	68・3・10
錢塘江畔	爾雅	69・4
留予他年説夢痕	洪範	69・10
琦君的世界	爾雅	69・11・20
琴心	爾雅	69・12・1
琦君説童年	純文學	70・8
母心似天空	爾雅	70・12・5
菁姐	婦女	70・12・5
燈景舊情懷	洪範	72・2

作品名稱	出版者	出版日期	作品名稱	出版者	出版日期
讀書與生活	東大	67·1	錦鏽文章	皇冠	73
水是故鄉甜	九歌	73·5·10	李波的心聲	漢藝色研	78
爸爸的最愛	林白	73·6·20	淚珠與珍珠	九歌	78·10·5
琦君寄小讀者	純文學	74	文與情	三民	79
垂柳斜陽	中央日報	74·1	母心·佛心	九歌	79·10·5
臺北·我的故鄉	幼獅文化	74·4	一襲青衫萬縷情	爾雅	80·7·20
此處有仙桃	九歌	74·6·10	橘子紅了	洪範	80·9
玻璃筆	九歌	75·11·10	媽媽銀行	九歌	81
琦君讀書	九歌	76	永恆的愛	幼獅	86
情緣	佛光	76·3	永是有情人	九歌	87
我愛動物	洪範	77	夢中的餅乾屋	九歌	91·3
青燈有味似兒時	九歌	77·7·10	紅紗燈	三民	91·6
比伯的手風琴	漢藝色研	78	桂花雨	格林	91·7

延伸閱讀（一）

1.《琦君及其散文研究》，國立高雄師範大學邱珮萱碩士論文，一九九六年。
——這份真摯樸實與溫柔敦厚的寫作風格，確為現代散文創作樹立了溫馨抒情小品的典範與精神，讓現代散文的創作得到新泉源、新活力的滋養，得能發展出新的風貌與氣象。

2.《琦君兒童散文的傳記性》，臺東師範學院陳瀅如碩士論文，二〇〇二年。
——琦君的兒童散文普遍表現出思鄉戀土的情結，除此之外，對於鄉土與童年的描述，不僅使其兒童散文文本發散出幽遠的歷史氣息，更具有歷史記載的意義。而其兒童散文文本題材內容的展現，體現兒童文學的基本精神，也表露出琦君所關切之愛、童心、自然的生命議題……。

3.《琦君的世界》，隱地編，一九八〇年，爾雅出版社。

4.《現代散文縱橫論—琦君篇》，鄭明娳著，一九八八年，大安出版社。

5.〈琦君及其筆下童年時期的人物〉，古慧芬，《國文天地》，二〇〇三年三月。

6.〈眼因淚而清明，心因憂患而溫厚—論琦君的散文〉（上、下），魏赤，《國文天地》，二〇〇一年十～十一月。

7.〈從「髻」看琦君洞達世情的人生體悟〉，周杏芬，《國文天地》，二〇〇一年九月。

8.〈從《青燈有味似兒時》認識琦君的世界〉，邱瓊慧，《中國語文》，一九九八年十二月。

9.〈蘊藉雋永話《煙愁》—論琦君《煙愁》〉，何淑貞，一九九九年，收入陳義芝編《臺灣文學經典研討會論文集》，聯經出版社，頁三三三～三四五。

10.〈失去的一角—重讀《煙愁》〉，喻麗清，《書評書目》八一期，一九八〇年一月。

11.〈落花一片天上來—讀琦君女士的散文〉，思果，《中國時報》人間版，一九七五年十二月二十一日。

12.〈流不盡的菩薩泉—看琦君《三更有夢書當枕》有感〉，亮軒，《書評書目》二九期，一九七五年九月。

作者小傳

張秀亞，筆名心井、陳藍、張亞藍，河北滄縣人，一九一九年生，二〇〇一年卒於美國。北平輔仁大學西洋語文學系畢業，研究所史學組研究。曾主編重慶《益世報》副刊，來臺後曾任靜宜英專、輔仁大學教授，並曾在美國西東大學擔任講座。作品以散文著稱，著有散文集《三色堇》、《牧羊女》、《北窗下》、《曼陀羅》、《白鴒・紫丁花》等二十多冊，另著有小說、詩及論評集等多種。

張秀亞的散文詞句優美，婉約動人，於才華及智慧交相映照下，經常開展出新的深度與廣度。曾獲中國文藝協會散文獎章、中山文藝獎散文獎等。

二、遺珠

張秀亞

幾年以前，我才在古城×大女院畢業，準備再登上研究所的石階，為我那平凡的學士帽子點綴上一根美麗的翎毛。那時，我懵懂、年輕的心裡，以為知識就是一切，而這一切，也不過用來做個可炫耀的裝飾。

暑假開始後，同學們都陸續回家，只留了幾個來自南國的同學和我。那女院的宿舍，原是遜清恭親王府舊址，在傳說中，又是明朝一個大臣的遊宴庭園。蓊鬱的松柏，秀美的海棠樹，同挺直的白菓樹叢，露出了翠色琉璃瓦下畫棟雕樑的紅樓。題著「天香庭院」的匾額，迎著朝暾晚霞，更顯得斑駁典雅，古香古色。層層的石階下，據說是宮妃沈屍的古井，每當日暮雨零，或是月黑風高，難免不令人聯想到環珮聲響中歸來的芳魂，那神秘的氛圍，就夠產生一些瑰麗恐怖的神話了；然而沒有，發生的卻是一個再現實沒有的故事。

我記得那是一個微雨的日子，整個的世界，像是陰蔽於烏雲帷幕裡，絲絲的細雨，好似連綿的鮫人淚點。我研讀了一早晨，文心雕龍中幾個艱澀句子的英譯法把我難住了。我邁下那濕滑的石階，斜穿叢密樹蔭，預備通過那曲曲的迴環長廊，到女教授霍蓀太太的住宅去問難質疑。

那一道曲折如迷津的長廊，在雨天是那般陰暗，一陣陣風吹落葉的聲音，伴奏著簷溜滴嗒。我的對面來了一個女人，有著短小玲瓏的身材，著了件黑色的衫子，在這樣的陰雨天，她還戴了一付太陽鏡。她面孔的渾圓輪廓，畫出了她的稚氣，但那太大的兩個黑鏡片，卻為她的臉上添了一層憂傷的暗影。她的頭髮是燙過的，頭頂還梳了兩個高高的髮捲，整個破壞了美的原則——平衡，和她的面龐、身材，極不相稱。我心裡想，如果我認識她，一定告訴她把髮捲做得低一點。

她似乎也在注意我呢，我感到她那藏在太陽鏡下的眼光，一道黑泉似的向我流注。

「一個怪陌生的面孔呵！」但這思想，像一縷輕烟似的，瞬間就在我的心中飄散了，我仍走我的路。

走在長廊盡頭，繞過那片草坪，到了集賢樓——教授住宅，才知霍蓀太太已經外出，便告訴她的女僕我晚間再來，踏著一地淺淺積水，我又悄悄的回來。

這裡我要補敘我那宿舍，是「天香庭院」樓下A字五號室。原是兩人共住的一間房，同屋玲早已回去，只剩下我一個人。兩方窗子，像是要呼吸海棠樹散佈的芳香，向院子的方向開著。窗下是一張小櫃桌，抽屜裡放著雜物，櫃子裡放著我的書籍。桌前有一張小凳。至於室門，那一扇經過改造的米色西式門，開在樓下的甬道裡。那天我出去時，只把門隨手帶上。我的房門一向是不愛加鎖的，因為我的性情向來是又馬虎又疏懶，並且，在一顆年輕坦蕩的心想來，世界上沒有什麼可鎖的秘密。

但當我回來走過樓下那條甬道，卻發現我的門半開著。那天我穿的是一雙膠底的白色涼鞋，我走進房裡像貓一般的毫無聲息。啊，向著窗子，坐在那隻小凳上的，正是那大髮捲黑衫的短小背影，她在我這裡做些什麼呢？我心裡畫著一大團問號，輕輕繞到她的身後。

啊，多緊張的一幕，她正打開了櫃桌的抽屜，自我那黑皮包裡拿出我這月僅餘的五十元。

多動人的一個鏡頭啊，——我不知那兒來的機智與勇氣，——一下便捏住那隻手，那隻手正捏著的是我那十元(註)的一張票子！她在驚悸中驀的一回首，好個「相喜逢」呵，她真未料想我這麼快就回來了！（她也許從前來過，早就認識了每一間宿舍裡的面孔！）在那一室的黯淡的光影中，她那戴了太陽鏡的面孔，呈現出死般的慘白。

「放下吧，這是我自己要用的。」天哪，我的心跳得也許比她還要劇烈！

一張十元的票子，顫抖著自那隻顫抖的手中落了下來。在我的面前，是一個多麼無助的靈魂呵，好像聽到天神號角，爬出墓地等待審判的孤魂，她的嘴唇也似在搐動，她怔怔的望著我，濾過墨色的鏡片，是兩顆怎樣天真未泯、充滿哀情的眸子呵！

「你不要怕，我不會告訴別人的；只是你得講，你為什麼要這樣？」

她無言，兩滴清淚，自那黑鏡片下流了出來……

兩滴清淚，還有什麼比這再簡單的解釋？還有什麼比這再充分的解釋？我失去了再追問她的勇氣了。就在這奇窘的場面下，一雙棕色的、粗糙的，孩子的手，向我伸來了，指尖還帶著才拭下的淚水呢。我無力拒絕這隻伸過來的顫抖的手，只有緊緊的握住這隻手，這在我真是破題第一遭呢，握住一雙賊的「友誼的」手！

「好了，我送你出去吧，免得別人難為你，答應我，下回不要再來，換一個人，不見得會饒恕你的！」

她柔順的點點頭，我陪她走出了天香庭院巍峨的紅樓，經過那幾株雨點滴瀝的海棠樹，走過我們適才相遇的曲曲長廊，迎面走來暑假留在校內的幾個同學，她們大約才自市場回來，手提著大包小裹，在那一陣香風，一片笑語裡，交織著絢爛的青春、希望，好像一根花繁葉滿的枝柯，輕掠我們而過，她們那矯健輕盈的足步，和我那小囚犯的遲遲步履，形成了怎樣鮮明的比照？我恍惚想起了作寫生畫時牢記的原則——光明與陰影，永遠是並存的東西！

她們嘻笑著向我打招呼，同時盯視著我那神情恍惚的「新朋友」，我畢竟是個弱者呵，為了那一點

「不可告人」的同情，我倒像偷兒般的羞紅了臉。

送那小小的黑色身影自運動場旁門溜了出去，我一轉身，才意識到那小小的黑色身影並未溜走，卻一直溜到我的心裡。

回來又看到那一群同學在樓前，逍遙的散立在一堆菓皮與糖紙裡，我告訴她們適間的故事，她們像聽到傳奇一樣關心，喧嘩得像噪晴的春燕。

「你為什麼不抓住她，反而將她放走？」音樂系的靜在嗔怪我。

家政系活潑的珍幾乎要跳到我的肩上：

「你為什麼不送她到校警室？」

「呵，×小姐，你為什麼不喊我來，給那小妮子一頓掃帚？」正預備給我們灌煖瓶的李媽，也興奮的放下那把大銅壺！

那小小的黑色身影停留在我的心上。太陽鏡片下閃爍著兩滴清淚！我無言，我只默默的發怔。

黃昏，我晤見了那個好心的老教授霍蓀太太，她慈祥的臉上展出了幾道笑紋：「好孩子，你做得對，但你為什麼不拉她停下來，叫她訴說她全部的故事，那可以幫助你寫成功一篇社會小說。」

訴說她的全部故事？我已自那兩點清淚裡找到最完全的解答了。

這實在不是什麼聳人聽聞的「捉賊」故事，實際，只是一個女孩和另一個女孩的故事吧了。當年，我曾一步跨進了女子最高學府的門檻，到煙海般的典籍裡，自古今哲人竊取知識，來裝飾自己；她呢，一天也冒險跨進了這女子最高學府的門檻，竊取錢財，來養活自己。就是這樣，那竊取知識的，捉住了那竊取錢財的。我們中間的不同處，只是這一點罷了。這區別何其大。這區別又何其小？儘管我們的身世不同，但在造物的眼中，我們的靈魂，同是晶瑩的兩顆珍珠，只是我被幸運湊巧安置於玉盤之內，益形光澤，而她被厄運的大手，投擲於幽潭，沾染泥垢。盤中的珠顆，又有什麼理由來蔑視、來輕賤幽潭深處的那珠顆呢？我惋惜，當時為什麼不拉住那個女孩子，拔她於墮落之淵？你是否也曾有這樣一個遺憾，一宗過失：——是否曾有一顆珍珠，璀璨明麗，照眼欲流，悄悄的溜過你的指縫，你不曾握住它，置諸錦匣，而任它滾落幽潭，沈埋終生？

我擲筆，我嘆息，外面又如當時情景，簷溜敲出一串單調的叮咚，就在這簷雨滴瀝的分秒之間，這世界上，不知又有多少的靈魂珠顆沈落！……

註：那時的十元足夠一個大學生一個月的膳費。

選自：爾雅出版社，《三色堇》

著作年表

作品名稱	出版者	出版日期	作品名稱	出版者	出版日期
大龍河畔	北方文化流通社	26	心曲笛韻	光啟	48
同心曲	天主教真理教會	28	現任的教宗是誰？	光啟	48
皈依	保祿書局	28	牧羊女	光啟	49
聖誕海航	天主教真理教會	29	恨與愛	光啟	49
幸福的泉源	保錄書局	30	感情的花朵	文壇社	49
珂蘿佐女神	紅藍出版社	32	女少的書	婦友月刊社	50
尋夢草	臺灣商務	42	友情與聖愛	光啟	50
七弦琴	大業	43	兩個聖誕節	光啟	50
水上琴聲	樂天	45	北窗下	光啟	51
懷念	大業	46	回憶錄	光啟	51
女兒行	光啟	47	改造世界	光啟	52

作品名稱	出版者	出版日期	作品名稱	出版者	出版日期
愛琳日記	三民	47	凡妮的手冊	大業	53
張秀亞散文集	大業	53	我的水墨小品	道聲	67
張秀亞散選集	大業	53	詩人的小木屋	光啟	67
曼陀羅	光啟	54	寫作是藝術	東大	67
湖上	光啟	56	石竹花的沈思	道聲	68
愛火炎炎	光啟	56	湖水秋燈	九歌	68
心寄何處	光啟	58	書房一角	光啟	69
那飄去的雲	三民	58	三色菫	爾雅	70
張秀亞自選集	皇冠	59	白鴿·紫丁花	九歌	70
在華五十年	光啟	60	我與文學	三民	70
狐狸與金嗓子	國語日報社	61	海棠樹下小窗前	星島	73
論藝術	大地	61	愛的輕歌	論壇	74
天香庭院	先知	62	人生小景	晨星	74

作品名稱	出版者	出版日期	作品名稱	出版者	出版日期
水仙辭	三民	62	杏黃月	林白	74
秀亞自選集	黎明	64	愛的又一日	光復	76
寂寞之歌	清溪	66	與紫丁香有約	九歌	91・3

延伸閱讀（一）

1. 〈把文學的種子播在臺灣的土地上〉，瘂弦，《文訊》，二〇〇一年十二月。
2. 〈「溫情」不溫情—張秀亞「溫情」中作者為何袖手旁觀〉，景尼，《國文天地》，二〇〇一年十月。
3. 〈此情已自成追憶—悼念張秀亞阿姨〉，樸月，《文訊》，二〇〇一年八月。
4. 《甜蜜的星光—張秀亞紀念專輯》，于德蘭編，二〇〇三年。
5. 〈張秀亞散文論〉，王小琳，第五屆兩岸中國文學學術研討會，中山大學，二〇〇二年六月。

——張秀亞的作品有幾個轉折。五〇年代的作品是「寫那些平凡、潔淨、素樸而詩意化了的『人生』」；六〇年代的作品在現實的感受上比較強烈，「有意描寫生活中的瑣碎」，希望「自生活的最細微處，反映出那顛撲不破的真理」；七〇年代的作品趨於平淡，表現在篇章中的「是對都市生活的厭倦，對人生化妝舞會的厭棄，及對田園生活的渴慕」；八〇年代則回顧創作的足跡。

作者小傳

王鼎鈞，一九二五年生，山東臨沂人。抗戰末期棄學從軍，一九四九年來臺，曾任職中廣公司、中國電視公司，並擔任《中國時報》主筆、「人間副刊」主編。文學經驗長久而豐富，著作等身。現旅居美國，專事寫作。著有小說集《單身溫度》，散文集《開放的人生》、《碎琉璃》、《海水天涯中國人》、《左心房漩渦》、《千手捕蝶》等三十餘種。近作為《風雨陰晴》。

王鼎鈞作品質量兼具，獨創寓言體哲理之散文，識者以為他是以小說家之筆寫哲人之思，文筆洗鍊，每能發人深省。曾獲行政院新聞局圖書著作金鼎獎、時報文學獎散文推薦獎、吳魯芹散文獎等。《開放的人生》被選入文建會「臺灣文學經典」。

三、失樓台

王鼎鈞

小時候，我最喜歡的地方是外婆家。那兒有最大的院子，最大的自由，最少的干涉。偌大幾進院子只有兩個主人：外祖母太老，舅舅還年輕，都不願管束我們。我和附近鄰家的孩子們成為這座古老房舍裡的小野人。一看到平面上高聳的影像，就想起外祖母家，想起外祖父的祖父在後院天井中間建造的堡樓，黑色的磚，青色的石板，一層一層堆起來，高出一切屋脊，露出四面鋸齒形的避彈牆，像戴了皇冠一般高貴。四面房屋繞著它，它也晝夜看顧著它們。傍晚，金黃色的夕陽照著樓頭，使它變得安祥、和善，遠遠看去，好像是伸出頭來朝著牆外微笑。夜晚繁星滿天，站在樓下抬頭向上看它，又覺得它威武堅強，艱難的支撐著別人不能分擔的重量。這種景象，常常使我的外祖母有一種感覺，認為外祖父並沒有死去，仍然和她同在。

是外祖父的祖父，填平了這塊地方，親手建造他的家園。他先在中間造好一座高樓，買下自衛槍枝，然後才建造周圍的房屋。所有的小偷、強盜、土匪，都從這座高聳的建築物得到警告，使他們在外邊經過的時候，腳步加快，不敢停留。由外祖父的祖父開始，一代一代的家長夜間都宿在樓上，監視每一個出入口。

輪到外祖父當家的時候，土匪攻進這個鎮，包圍了外祖父家，要他投降。他把全家人遷到樓上，帶領看家護院的槍手站在樓頂，支撐了四天四夜。土匪的快槍打得堡樓的上半部盡是密密麻麻的彈痕，但是沒有一個土匪能走進院子。

舅舅就是在那次槍聲中出生的。槍戰的最後一夜，宏亮的男嬰的啼聲，由樓下傳到樓上，由樓內傳到樓外，外祖父和牆外的土匪都聽到這個生命的吶喊。據說，土匪的頭目告訴他的手下說：「這家人家添了一個壯丁，他有後了。我們已經搶到不少的金銀財寶，何必再和這家結下子孫的仇恨呢？」土匪開始撤退，舅舅也停止哭泣。

等到我以外甥的身份走進這個沒落的家庭，外祖父已去世，家丁已失散，樓上的彈痕已模糊不清，而且天下太平，從前的土匪，已經成了地方上維持治安的自衛隊。這座樓唯一的用處，是養了滿樓的鴿子。自從生下舅舅以後，廿幾年來外祖母沒再到樓上去過，讓那些鴿子在樓上生蛋、孵化，自然繁殖。樓頂不見人影，垛口上經常堆滿了這種灰色的鳥，在金黃色的夕陽照射之下，閃閃發光，好像是皇冠上鑲滿了寶石。

外祖母經常在樓下撫摸黑色的牆磚，擔憂這座古老的建築還能支持多久。磚已風化，磚與磚之間的縫隙處石灰多半裂開，樓上的樑木被蟲蛀壞，夜間隱隱有像是破裂又像摩擦的咀嚼之聲。很多人勸我外祖母把這座樓拆掉，以免有一天忽然倒下來，壓傷了人。外祖母搖搖頭。她捨不得拆，也付不出工錢。每天傍晚，一天的家事忙完了，她搬一把椅子，對著樓抽她的水烟袋。水烟呼嚕呼嚕的響，樓頂鴿子也咕嚕咕嚕地叫，好像她老人家跟這座高樓在親密的交談，日子就這樣一天天的過去。

喜歡這座高樓的，除了成群的鵓鴿，就是我們這些成群的孩子。我們圍著它捉迷藏，在它的陰影裡玩彈珠。情緒高漲的時候掏出從學校裡帶回來的粉筆在上面大書「打倒日本帝國主義」。如果有了冒險的慾望，我們就故意忘記外祖母的警告，爬上樓去，踐踏那吱吱作響的樓梯，撥開一層一層的蜘蛛網，去碰自己的運氣，說不定可以摸到幾個鵓鴿蛋，或者撿到幾個空彈殼。我在樓上撿到過銅板，鈕扣，烟嘴，鑰匙，手槍的子彈夾，和鄰家守望相助連絡用的號角——吹起來還嗚嗚地響。整座大樓，好像是一個既神秘、又豐富的玩具箱。

它給我們最大的快樂是滿足我們破壞的慾望。那黑色的磚塊，看起來就像銅鐵，但是只要用一根木棒或者一小節竹竿一端抵住磚牆、一端夾在兩隻手掌中間旋轉，木棒就鑽進磚裡，有黑色的粉末落下。輕輕的把木棒抽出來，磚上留下渾圓的洞、漂亮、自然，就像原來就生長在上面。我們發現用這樣簡單的方法可以刺穿看上去如此堅硬無比的外表，實在快樂極了。在我們的身高所能達到一段牆壁，佈滿了這種奇特的孔穴，看上去比上面的槍眼彈痕還要惹人注意。

有一天，里長來了，他指著我們在磚上造的蜂窩，對外祖母說：「你看，這座樓確實到了它的大限，隨時可以倒塌。說不定今天夜裡就有地震，它不論往那邊倒都會砸壞你們的房子，如果倒在你們的睡房上，說不定還會傷人。你為什麼還不把它拆掉呢？」

外祖母抽著她的水烟袋，沒有說話。

這時候，天空響起一陣呼嚕呼嚕的聲音，把水烟袋的聲音吞沒，把鴿子的叫聲壓倒。里長往天上看，我也往天上看，我們都沒有看見什麼。祇有外祖母不看天，看她的樓。

里長又說：

「這座樓很高，連一里外都看得見。要是有一天，日本鬼子真的來了，他老遠先看見你家的樓，他一定要開砲往你家打。他怎麼會知道樓上沒有中央軍或游擊隊呢？到那時候，你的樓保不住，連鄰居也都要遭殃。早一點拆掉，對別人對自己都有好處。」

外祖母的嘴唇動了一動，我猜她也許想說她沒有錢吧！拆掉這麼高的一座樓要花不少的工錢。可是，她什麼也沒有說。

呼嚕呼嚕的聲音消失了，不久又從天上壓下來，墜落非常之快。一架日本偵察機忽然到了樓頂上，那刺耳的聲音，好像是對準我們的天井直轟。滿樓的鴿子驚起四散，就好像整座樓已經炸開。老黃狗不知道發生了什麼事，圍著樓汪汪狂吠。外祖母把平時不離手的水烟袋丟在地上，把我摟在懷裡。……

里長的臉比紙還白，他的語氣裡充滿了警告：「好危險呀！要是這架飛機丟個炸彈下來，一定瞄準你這座樓。你的家裡我以後再也不敢來了。」

這天晚上，舅舅用很低的聲音和外祖母說話。我夢中聽來，也是一片咕嚕。

外祖母吞吐她的水烟，樓上的鴿子也用力抽送牠們的深呼吸，那些聲音好像都參加計議。

一連幾夜，我耳邊總是這樣響著。

「不行！」偶然，我聽清楚了兩個字。

我在咕嚕咕嚕聲中睡去，又在咕嚕咕嚕聲中醒來。難道外祖母還抽她的水烟袋？睜開眼睛看，沒有。天已經亮了，一大群鴿子在院子裡叫個不停。

唉呀！我看到一個永遠難忘的景象，即使我歸於土、化成灰，你們也一定可以提煉出來我有這樣一部份記憶。雲層下面已經沒有那巍峨的高樓，樓變成了院子裡的一堆碎磚，幾百隻鵓鴿站在磚塊堆成的小丘上咕咕地叫，看見人走近也不躲避。昨晚沒有地震，沒有風雨，但是這座高樓塌了。不！他是在夜深人靜的時候悄悄的蹲下來，坐在地上，半坐半臥，得到徹底的休息。它既沒有打碎屋頂上的一片瓦，甚至沒有弄髒院子。它祇是非常果斷而又自愛的改變了自己的姿勢，不妨礙任何人。

外祖母在這座大樓的遺骸前面點起一柱香，喃喃地禱告。然後，她對舅舅說：

「我想過了，你年輕，我不留下你牢守家園。男兒志在四方，你既然要到大後方去，也好！」

原來一連幾夜，舅舅跟她商量的，就是這件事。

舅舅聽了，馬上給外祖母磕了一個頭。

外祖母任他跪在地上，她居高臨下，把責任和教訓傾在他身上：

「你記住，在外邊處處要爭氣，有一天你要回來，在這地方重新蓋一座樓。……」

「你記住，這地上的磚頭我不清除，我要把它們留在這裡，等你回來。……」

舅舅走得很秘密，他就像平時在街上閒逛一樣，搖搖擺擺的離開了家。外祖母依著門框，目送他遠去，表面上就像飯後到門口消化胃裡的魚肉一樣。但是，等舅舅在轉角的地方消失以後，她老人家回到屋子裡哭了一天，連一杯水也沒有喝。她哭我也陪著她哭，而且，在我幼小的心靈中、清楚的感覺到、遠在征途的舅舅一定也在哭。我們哭著，院子裡的鵓鴿也發出哭聲。

以後，我沒有舅舅的消息，外祖母也沒有我的消息，我們像蛋糕一樣被切開了。但是我們不是蛋糕，我們有意志。我們相信抗戰會勝利，就像相信太陽會從地平線上升起來。從那時起，我愛平面上高高拔起的意象，愛登樓遠望，看長長的地平線，想自己的樓閣。

選自：《碎琉璃》

著作年表

作品名稱	出版者	出版日期
文路	益智書局	52・5
小說技巧舉隅	光啟	52・6
廣播寫作	中廣	53・3
短篇小說透視	大江	58・9
文藝批評	廣林書局	58・11
世事與棋	驚聲文物供應中心	58・11
長短調	大林	58・11
人生觀察	大林	59・2
單身漢的體溫	大林	59・8
情人眼	大林	59・12
文藝與傳播	三民	63・2
王鼎鈞自選集	黎明	64・5
開放的人生	爾雅	64・7
我們現代人	王鼎鈞	64・12
情話	大林	68
白如玉：單身漢的體溫	大林	71
碎琉璃	王鼎鈞	71・1
文學種籽	明道文藝	71・5
海水天涯中國人	爾雅	71・11
作文七巧	王鼎鈞	73
山裡山外	洪範	73・4
別是一番滋味	皇冠	73・4

作品名稱	出版者	出版日期	作品名稱	出版者	出版日期
講理	大地	63・4	看不透的城市	爾雅	73・5
意識流	撰者	74	怒目少年	撰者	84・7
作文十九問：作文七巧補述	王鼎鈞	75	隨緣破密	爾雅	86・5・10
左心房漩渦	爾雅	77	心靈分享	爾雅	87・11・1
單身温度：單身漢的體温	爾雅	77	千手捕蝶	爾雅	88
靈感	爾雅	78	滄海幾顆珠	爾雅	89・4・5
兩岸書聲	爾雅	79	人生試金石	爾雅	91・8
昨天的雲	撰者	81	風雨陰晴	爾雅	91

延伸閱讀

1.《王鼎鈞論》，蔡倩茹著，二〇〇三年，爾雅出版社。
2.《散文捕蝶人─王鼎鈞散文研究》，彰化師範學院陳秀滿碩士論文，二〇〇一年。
3.〈到紐約，走訪捕蝶人─王鼎鈞〉，廖玉蕙，收入《走訪捕蝶人》，九歌出版社。

──大致說，〈我的創作〉約略可分三個時期：

第一期，迷戀大我，輕賤自己，否定個人價值，崇尚紀律，讚歎慷慨犧牲，常思改變大眾的觀念習性，可稱為「瓦器時代」。如從作品中找痕跡，可舉《怒目少年》為例。

第二期，知道做人做事是一個漫長細緻的工程，追求知識品德和韌性，健全自身優於指責他人，可稱為「瓷器時代」。如從作品中找痕跡，可舉「人生三書」為例。

第三期，發現人的極限，人生的功課在對內完成，過濾人生經驗，提高心靈，自身仍為瓦器，但其中貯有珍品。如從作品中找痕跡，可舉《心靈與宗教信仰》為例。

4.〈上帝的手套─分享王鼎鈞之《心靈分享》〉，詹悟，《明道文藝》，二〇〇二年十月。
5.〈王鼎鈞《左心房漩渦・看大》的鄉情書寫藝術〉，萬金蓮，《中國語文》，二〇〇二年十月。
6.〈人生的說理者─王鼎鈞〉，張懿文，《全國新書資訊月刊》，一九九九年四月。

7.〈金針度人——王鼎鈞的《千手捕蝶》〉，張春榮，《文訊》，一九九九年四月。
8.〈駱駝背上的樹——王鼎鈞散文的人格與風格〉，沈謙，《中國現代文學理論》，一九九七年六月。
9.〈以人性尊嚴為中心——評《怒目少年》〉，李瑞騰，《聯合報讀書人》，一九九五年九月。
10.〈《左心房漩渦》的憂患與昇華〉，徐學，《明道文藝》，一九九四年二月，收入齊邦媛等著《評論十家》，爾雅出版社，頁二一一～二二九。
11.〈細緻與真實——王鼎鈞散文的描寫藝術〉，張春榮，《文訊》四四期，一九九二年九月。
12.〈《左心房漩渦》讀後〉，袁慕直，《明道文藝》一六〇期，一九八九年七月。
13.〈「硫璃」不碎——序《碎琉璃》〉，蔡文甫，收入王鼎鈞著《碎琉璃》，九歌出版社，一九七八年三月。

作者小傳

林文月，臺灣彰化人，一九三三年生於上海，戰後返臺，臺大中文系、中文所畢業，一九六九年赴日本京都大學研究比較文學，後任教臺大中文系，迄一九九三年退休。林文月專攻六朝文學及中日比較文學，曾翻譯《源氏物語》與《伊勢物語》等日本古典名著。著有散文集《遙遠》、《午後書房》、《交談》、《作品》、《擬古》、《飲膳札記》等。

林文月散文擅寫醇厚人情，節制而婉約。《飲膳札記》看似寫飲食，實則懷詠歲月人物；近年以英文字母為題的人物散文，更見醇厚風格。曾獲教育部國家文藝獎、中國時報文學獎推薦獎、臺北文學獎等。

四、溫州街到溫州街

林文月

從溫州街七十四巷鄭先生的家到溫州街十八巷的臺先生家，中間僅隔一條辛亥路，步調快的話，大約七、八分鐘便可走到，即使漫步，最多也費不了一刻鐘的時間。但那一條車輛飆馳的道路，卻使兩位上了年紀的老師視為畏途而互不往來頗有年矣！早年的溫州街是沒有被切割的，臺灣大學的許多教員宿舍便散布其間。我們的許多老師都住在那一帶。閒時，他們經常會散步，穿過幾條人跡稀少的巷弄，互相登門造訪，談天說理。時光流逝，臺北市的人口大增，市容劇變，而我們的老師也都年紀在八十歲以上了，辛亥路遂成為咫尺天涯，鄭先生和臺先生平時以電話互相問安或傳遞消息；偶爾見面，反而是在更遠的各種餐館，兩位各由學生攙扶接送，筵席上比鄰而坐，常見他們神情愉快地談笑。

三年前仲春的某日午後，我授完課順道去拜訪鄭先生。當時《清晝堂詩集》甫出版，鄭先生掩不住喜悅之情，叫我在客廳稍候，說要到書房去取一本已題簽好的送給我。他緩緩從沙發椅中起身，一邊念叨著：「近來，我的雙腿更衰弱沒有力氣了。」然後，小心地蹭蹬地在自己家的走廊上移步。望著那身穿著中式藍布衫的單薄背影，我不禁又一次深刻地感慨歲月擲人而去的悲哀與無奈！

《清晝堂詩集》共收鄭先生八十二歲以前的各體古詩千餘首，並親為之註解，合計四八八頁，頗有一些沈甸甸的重量。我從他微顫的手中接到那本設計極其清雅的詩集，感激又敬佩地分享著老師新出書的喜悅。我明白這本書從整理、謄寫，到校對、殺青，費時甚久；老師是十分珍視此詩集的出版，有意以此傳世的。

見我也掩不住興奮地翻閱書頁，鄭先生用商量的語氣問我：「我想親自送一本給臺先生。你哪天有空，開車送我去臺先生家好嗎？」封面有臺先生工整的隸書題字，鄭先生在自序末段寫著：「老友臺靜農先生，久已聲明謝絕為人題寫書簽，見於他所著《龍坡雜文》〈我與書藝〉篇中，這次為我破例，尤為感謝。」但我當然明白，想把新出版的詩集親自送到臺先生手中，豈是僅止於感謝的心理而已；陶潛詩云：「奇文共欣賞，疑義相與析。」何況，這是蘊藏了鄭先生大半生心血的書，他內心必然迫不及待地要與老友分享那成果的吧。

我們當時便給臺先生打電話，約好就在那個星期日的上午十時，由我駕車接鄭先生去臺先生的家。其所以挑選星期日上午，一來是放假日子人車較少，開車安全些；再則是鄭先生家裡有人在，不必擔心空屋無人看管。

記得那是一個春陽和煦的星期日上午。出門前，我先打電話給鄭先生，請他準備好。我依時到溫州街七十四巷，把車子停放於門口，下車與鄭先生的女婿顧崇豪共同扶他上車，再繞到駕駛座位上。鄭先生依然是那一襲藍布衫，手中謹慎地捧著詩集。他雖然戴著深度近視眼鏡，可是記性特別好，從車子一發動，便指揮我如何左轉右轉駛出曲折而狹窄的溫州街；其實，那些巷弄對我而言，也是極其熟悉的。在辛亥路的南側停了一會兒，等交通號誌變綠燈後，本擬直駛到對面的溫州街，但是鄭先生問：「現在過了辛亥路沒有？」又告訴我：「過了辛亥路，你就右轉，到了巷子底再左轉，然後順著下去就可以到臺先生家了。」我有些遲疑，這不是我平常走的路線，但老師的語氣十分肯定，就像許多年前教我們課時一般，便只好依循他的指示駕駛。結果竟走到一個禁止右轉的巷道，遂不得不退回原路，重新依照我所認識的路線行駛。鄭先生得悉自已的指揮有誤，連聲向我道歉。「不是您的記性不好，是近年來臺北的交通變化太大。您說的是從前的走法；如今許多巷道都有限制，不准隨便左轉或右轉的。」我用安慰的語氣說。「唉，好些年沒有看臺先生，路竟然都不認得走了。」他有些感慨的樣子，習慣地用右手掌摩挲著光禿的前額說。「其實，是您的記性太好，記得從前的路啊。」我又追添一句安慰的話，心中一陣酸楚，不知這樣的安慰妥當與否？

崇豪在鄭先生上車後即給臺先生打了電話，所以車轉入溫州街十八巷時，遠遠便望見臺先生已經站在門口等候著。由於我小心慢駛，又改道耽誤時間，性急的臺先生大概已等候許久了吧？十八巷內兩側都停放著私家小轎車，我無法在只容得一輛車通行的巷子裡下車，故只好將右側車門打開，請臺先生扶鄭先生先行下車，再繼續開往前面去找停車處。車輪慢慢滑動，從照後鏡裡瞥見身材魁梧的臺先生正小心攙扶著清癯而微傴的鄭先生跨過門檻。那是一個有趣的形象對比，也是頗令人感覺溫馨的一個鏡頭。臺先生比鄭先生年長四歲，不過，從外表看起來，鄭先生步履蹣跚，反而顯得蒼老些。

待我停妥車子，推開虛掩的大門進入書房時，兩位老師都已端坐在各自適當的位置上了——臺先生穩坐在書桌前的籐椅上，鄭先生則淺坐在對面的另一張籐椅上。兩人夾著一張寬大的桌面相對晤談著；那上面除雜陳的書籍、硯臺、筆墨，和茶杯、菸灰缸外，中央清出的一塊空間正攤開著《清晝堂詩集》。臺先生前前後後地翻動書頁，急急地誦讀幾行詩句，隨即又看看封面看看封底，時則又音聲宏亮地讚賞：「哈啊，這句子好，這句子好！」鄭先生前傾著身子，背部微駝，從厚重的鏡片後瞇起雙眼盯視臺先生。他不大言語，鼻孔裡時時發出輕微的喀嗯喀嗯聲。那是他高興或專注的時候常有的表情，譬如在讀一篇學生的佳作時，或聽別人談說一些趣事時；而今，他正十分在意老友臺先生對於他甫出版詩集的看法。我忽然完全明白了，古人所謂「奇文共欣賞」，便是眼前這樣一幕情景。

我安靜地靠牆坐在稍遠處，啜飲杯中微涼的茶，想要超然而客觀地欣賞那一幕情景，卻終於無法不融入兩位老師的感應世界裡，似乎也分享得他們的喜悅與友誼，也終於禁不住地眼角溫熱濕潤起來。

日後，臺先生曾有一詩讚賞《清晝堂詩集》：

千首詩成南渡後，
清深雋雅自堪傳。
詩家更見開新例，
不用他人作鄭箋。

鄭先生的千首詩固然精深雋雅，而臺先生此詩中用「鄭箋」的典故，更是神來之筆，實在是巧妙極了。

其實，兩位老師所談並不多，有時甚至會話中斷，而呈現一種留白似的時空。大概他們平常時有電話聯繫互道消息，見面反而沒有什麼特別新鮮的話題了吧？抑或許是相知太深，許多想法盡在不言中，此時無聲勝有聲嗎？

約莫半個小時左右的會面晤談。鄭先生說：「那我走了。」「也好。」臺先生回答得也簡短。

回鄭先生家的方式一如去臺先生家時。先請臺先生給崇豪、秉書夫婦打電話，所以開車到達溫州街七十四巷時，他們兩位已等候在門口；這次沒有下車，目送鄭先生被他的女兒和女婿護迎入家門後，便踩足油門駛回自己的家。待返抵自己的家後，我忽然冒出一頭大汗來。覺得自己膽子真是大，竟然敢承諾接送一位眼力不佳，行動不甚靈活的八十餘歲老先生於擁擠緊張的臺北市區中；但是，又彷彿完成了一件大事情而心情十分輕鬆愉快起來。

那一次，可能是鄭先生和臺先生的最後一次相訪晤對。

鄭先生的雙腿後來愈形衰弱；而原來硬朗的臺先生竟忽然罹患惡疾，纏綿病榻九個月之後，於去秋逝世。

公祭之日，鄭先生左右由崇豪與秉書扶侍著，一清早便神色悲戚地坐在靈堂的前排席位上。他是公祭開始時第一位趨前行禮的人。那原本單薄的身子更形單薄了，多時沒有穿用的西裝，有如掛在衣架上似的鬆動著。他的步履幾乎沒有著地，全由女兒與女婿架起，危危顛顛地挪移至靈壇前，一路慟哭著，涕淚盈襟，使所有在場的人倍覺痛心。我舉首望見四面牆上滿布的輓聯，鄭先生的一副最是真切感人：

六十年來文酒深交弔影今為後死者

八千里外山川故國傷懷同是不歸人

那一個仲春上午的景象，歷歷猶在目前，實在不能相信一切是真實的事情！

臺先生走後，鄭先生更形落寞寡歡。一次拜訪之際，他告訴我：「臺先生走了，把我的一半也帶走了。」語氣令人愕然。「這話不是誇張。從前，我有什麼事情，總是打電話同臺先生商量；有什麼記不得的事情，打電話給他，即使他也不記得，但總有些線索去打聽。如今，沒有人好商量了！沒有人可以尋問打聽了！」鄭先生彷佛為自己的詩作註解似的，更為他那前面的話作補充。失去六十年文酒深交的悲哀，絲毫沒有掩飾避諱地烙印在他的形容上、回響在他的音聲裡。我試欲找一些安慰的話語，終於也只有惻然陪侍一隅而已。腿力更為衰退的鄭先生，即使居家也須倚賴輪椅，且不得不雇用專人伺候了。在黃昏暗淡的光線下，他陷坐輪椅中，看來十分寂寞而無助。我想起他《詩人的寂寞》啟首的幾句話：「千古詩人都是寂寞的，若不是寂寞，他們就寫不出詩來。」鄭先生是詩人，他老年失友，而自己體力又愈形退化，又豈單是寂寞而已？近年來，他談話的內容大部分圍繞著自己老化的生理狀況，又雖然緩慢卻積極地整理著自己的著述文章，可以感知他內心存在著一種不可言喻的又無可奈何的焦慮。

今年暑假開始的時候，我因有遠行，準備了一盒鄭先生喜愛的鬆軟甜點，打電話想徵詢可否登門辭行。豈知接電話的是那一位護佐，她勸阻我說：「你們老師在三天前突然失去了記憶力，躺在床上，不方便會客。」這真是太突然的消息，令我錯愕良久。「這種病很危險嗎？可不可以維持一段時日？會不會很痛苦？」我一連發出了許多疑問，眼前閃現兩周前去探望時雖然衰老但還談說頗有條理的影像，覺得這是老天爺開的玩笑，竟讓記性特好的人忽然喪失記憶。「這種事情很難說，有人可以維持很久，但是也有人很快就不好了。」她以專業的經驗告訴我。

旅次中，我忐忑難安，反覆思考著：希望回臺之後還能夠見到我的老師，但是又恐怕體質比較薄弱的鄭先生承受不住長時的病情煎熬；而臺先生纏綿病榻的痛苦記憶又難免重疊出現於腦際。

七月二十八日清晨，我接獲中文系同學柯慶明打給我的長途電話，鄭先生過世了。慶明知道我離臺前最焦慮難安的心事，故他一再重複說：「老師是無疾而終。走得很安詳，很安詳。」

九月初的一個深夜，我回來。次晚，帶了一盒甜點去溫州街七十四巷。秉書與我見面擁泣。她為我細述老師最後的一段生活以及當天的情形。鄭先生果然是走得十分安詳。我環顧那間書籍整齊排列，畫畫垂掛牆壁的客廳。一切都沒有改變。也許，鄭先生過世時我沒有在臺北，未及瞻仰遺容，所以親耳聽見，也不能信以為真，有一種感覺，彷彿當我在沙發椅坐定後，老師就會輕咳著、步履維艱地從裡面的書房走出來；雖是步履維艱，卻不必倚賴輪椅的鄭先生。

我辭出如今已經不能看見鄭先生的溫州街七十四巷，信步穿過辛亥路，然後走到對面的溫州街。秋意尚未的臺北夜空，有星光明滅，但周遭四處飄著悶熱的暑氣。我又一次非常非常懷念三年前仲春的那個上午，淚水便禁不住地婆娑而往下流。我在巷道中忽然駐足。溫州街十八巷也不再能見到臺先生了。而且，據說那一幢日式木屋已不存在，如今鋼筋水泥的一大片高樓正在加速建造中；自臺先生過世後，實在不敢再走過那一帶地區。我又緩緩走向前，有時閃身讓車輛通過。

不知道走了多少時間，終於來到溫州街十八巷口。夜色迷濛中，果然矗立著一大排未完工的大廈。我站在約莫是從前六號的遺址。定神凝睇，覺得那粗糙的水泥牆柱之間，當有一間樸質的木屋書齋；又定神凝睇，覺得那木屋書齋之中，當有兩位可敬的師長晤談。於是，我彷彿聽到他們的談笑親切，而且彷彿也感受到春陽煦暖了。

選自：九歌出版社，《作品》

著作年表

作品名稱	出版者	出版日期	作品名稱	出版者	出版日期
南朝宮體詩研究	臺大文學院	55	午後書房	洪範	75
京都一年	純文學	60	交談	九歌	77・2・10
唐代文化對日本平安文壇的影響	臺大文學院	61	中古文學論叢	大安	78
			作品	九歌	82
山水與古典	純文學	65	擬古	洪範	82
讀中文系的人	洪範	67	風之花	大陸長江文藝	82・9
青山青史（連雅堂傳）	中國出版社	69	飲酒及與飲酒相關的記憶	洪範	85
遙遠	洪範	70	飲膳札記	洪範	88
謝靈運	國家出版社	71	林文月精選輯	九歌	91・6
澄輝集—古典詩詞初探	洪範	72			

延伸閱讀

1.〈林文月散文的重要意象〉，余椒雪，《國文天地》，二〇〇三年三月。

2.〈樸實清暢，深情至性—林文月「給母親梳頭髮」一文賞析〉，王昌煥，《國文天地》，二〇〇二年十二月。

3.〈林文月散文的特色與文學史意義〉，何寄澎，《明道文藝》，二〇〇二年八月。

4.〈她自己的書房—林文月的散文書寫〉，陳芳明，《中國時報》三七版，二〇〇〇年三月二十～二十一日。

5.〈林文月《飲膳札記》〉，何雅雯，《文訊》，二〇〇〇年十月。

6.〈婉轉附物，怊悵切情—論林文月《飲膳札記》〉，郝譽翔，一九九九年，收入焦桐、林水福編《趕赴繁花盛放的饗宴—飲食文學國際研討會論文集》，時報出版社。

7.〈擬古與創新—評林文月擬古散文之創作〉，羅宏益，《國文天地》，一九九五年二月。

作者小傳

陳冠學，一九三四年生，臺灣屏東人，師範大學國文系畢業。曾受教於牟宗三，出版過諸子文字學等學術論著。一九八一年辭去教職，專心從事文學創作。散文集《田園之秋》曾獲吳三連文藝散文獎、中國時報散文推薦獎，並入選文建會「臺灣文學經典」。另著有散文集《訪草》、《父女對話》、《藍色的斷想》等。

陳冠學的《田園之秋》是知識份子重返自然、融於自然的真情結晶，它以樸拙凝鍊的田園日記型式，描寫農家四周景物，充分反映臺灣這塊土地所孕育的內藏之美；同時也是難得一見的臺灣博物誌，字裡行間體現了許多高層次的人文觀照。

五、田園之秋

陳冠學

■十月十九日

三天來都是好天氣，今天向晚前微陰。落日在一條條灰紗也似的雲條隙縫間隱下去，將雲條的邊沿燒成紅紅的火焰，中間的部分竟燒成焦黑，怪不得日本人晚霞叫夕燒。李商隱詩云：夕陽無限好，只是近黃昏。無論怎樣的落日，都是極可賞的，有雲也罷，無雲也罷，有靄也罷，無靄也罷，只要見得著日落，就有深深的感印烙上人的心頭，除了印給人一片美之外，還隱約將某種莫可究詰的思想通進人的生命深底，發人深思。單就那一片美而言，我和人們沒有不同，我是迷戀任何形態的落日情景的。唐詩云：落日照大旗，馬鳴風蕭蕭。又云：大漠孤煙直，長河落日圓。再無才氣的詩人，只要筆尖指向落日，總可寫出好詩句，這可看出落日情景那浩瀚深邃的美。但是落日的思想性，往往令人不堪，因之，我很少正面去觀看它，無寧說，我有意無意之間，都在逃避這個景觀。有始便有終，有出便有入，有生便有死。不錯，這一條道理誰都能講，因為它顯明的在那裡，就像二加二等於四一樣的明白。然而將這道理推在生命外講，它是客觀的純理，可是一拉進生命中來，它就不是空理，它就成了執行；而且它是不能推在生命之外去講的，你不講它倒好，你一講它，它就一定要教你看見，你在這一條道理的盡頭，只是一堆灰，你舉目望去就望見了，除非你生命中的生氣盡了，否則你就不能接受它，因為生命只是一個生字，我們不能於生之外想像任何非生的存在。黃檗罵呂洞賓是守屍鬼，大概黃檗自己早就沒生氣了，或許他是一隻被蜾蠃螫了痳醉液的螟蛉，那就沒話說了。其實越是表示豁達，表示對死超越或否定，越見出其對生執著。對生執著是正當的、正確的，只是所執著的應該是生的自身，而不是生的外項。只有對生感到十分厭惡的人，纔不執著於生。但是一個厭惡生的人，一定會以自殺來否定生。因之，一個現活著的人就不會是超越死生、達觀死生的人。宗教是執著於生而想衝破它的盡頭，企圖使有始而無終，有出而無入，有生而無死的一種徒然的努力。人們往往認為，只要證明了靈魂存在，死便成了假象，這是一種嚴重的錯覺。靈魂不滅，並不表示自我不朽，這等於構成我們身體的物質雖可依物質不滅定律證明其不滅，而我們的肉體卻不因而不朽，靈魂不滅與自我之有死無死是無關的。我字只存在於死以前，死以後就沒有我字存在了。靈魂確是存在的，或者還可以說，它是不滅的。朗格在其《唯物論史》一書中斬釘截鐵地說，感覺與神經之間，永遠有條不可跨越的鴻溝。這裡不承認靈魂的存在，就安頓不了這件事實，而這件事實卻是事實地存在著。我曾經觀察過一隻蜜蜂，吃飽了花蜜，左右股上攜足了花粉團，停在一支與蜜蜂絕不相干的屋柱上，在那裡搓牠的前後腳，修飾牠的觸鬚。我心裡想：你這隻蜂什麼時候會起飛呢？何所依據而起飛呢？我觀看了牠許久，初時以為牠病了，還替牠耽心，後來我見牠情況尋常，就知道牠一定要起飛而去；可是是什麼時候什麼動力讓牠下決意起飛呢？我惹起了極濃厚的興趣。後來牠起飛了，我腦子裡感到一團迷惑。牠為什麼不在前一秒起飛呢？或為什麼不在下一秒起飛呢？偏偏在這一秒鐘上起飛了！我想不出所謂的科學客觀答案，我只能說這是取決於牠的自由意志：任何科學上的物理、化學乃至生理化學的解釋都是強辭奪理的，你不能說牠由某種外在的物理因素、化學因素以及內在的生化因素共同決定了牠起飛事件的時刻。承認一隻蜜蜂有自由意志，會引起全世界的哲學家哄然議論痛斥的，即使是人，在經驗論的系統內，也不容許安上一個自由意志，何況是一隻蜂？一個人犯了罪，並非出於他的自由意志，而刑罰只是為了糾正使他犯罪的因素入軌而已；因為人是沒有靈魂的，人只是一部較複雜的機器罷了。這真是個矛盾，一方面不承認人有自由意志，一方面又要他對自己的行為負責。若人真的沒有自由意志，人的行為決定於內外物質因素，那麼一個人犯了罪，是這個政府要負刑責，而不是犯罪的人要負的；因為這個政府沒有把這部活機器調整到最佳情況，去放置在一個最佳條件的環境中，使之成為最佳活存在。那麼當這個人不幸犯了罪之時，只有一種解釋，只表示這部活機器失調了，或者外在條件有了增損，不適合這個人的情況。若原因是出於前者，則犯人應被送交醫生審判（診斷），而後發配醫院服刑（治療）；若原因是出於後者，則政府應即平衡這個人的環境條件，或者給調到另一合適而正常的環境中去。可是事實上從來沒有一個政府把人當僅僅的一部機靈而沒有自由意志沒有靈魂的活機器看待，這是正確的，因為人是有靈魂的，有自由意志的。若一個人每次伸手去拿食物時，都會挨到痛打，這個人必然寧願暫時挨餓，而不願意遭殃。這種例子也可見於一般動物，甚至蟲類。可見自由意志或靈魂通於一切有知覺的生物，因為「食」是一個最強烈不可抗拒的本能，不是有自由意志，就不可能拗得過這個本能。蒼蠅停在桌上，這是人人見過的，照例牠們喜歡轉著眼珠兒不停的搓前腳。只要一舉手，牠就飛了，你的手難得快過牠，十次中有九次牠準是逃過了劫難。但是牠這樣的機警，迷惑了我。當然若你不去理牠，牠搓過了一陣子的前腳，在一種微妙的取決之後，牠就飛了，就像前述那隻蜜蜂。這個照樣迷惑了我或你。若蒼蠅僅僅是一部精妙的機器，你以為牠可能有那兩樣行為嗎？一部機器人，若不輸入某些程式，它就不能有行為，這是眾所周知的。既然要輸入，就得有個輸入者，這個輸入者是誰呢？當然是人。現在我們來看看人罷，若人僅僅是一部機器，非有由外輸入的程式，人是不能行為的，這個產生了兩件事實，一件是輸入者，一件是程式。關於這個輸入者，過去的人慣稱為造物主或上帝，而程式即是所謂的靈魂。這個靈魂包含著康德所謂的先驗的感性、悟性、理性，孔孟所謂的仁義，心理學所謂的生存、自衛本能，莊子所謂的真知（這個真知是靈魂中的主要部分，鳥獸的季節遷徙所以可能，就全賴這個真知）。若人僅僅是部機器，腦中的松果腺上沒有靈魂駐在（笛卡兒認為靈魂駐在於松果腺中），在任一塊皮上擰一把，是會照樣蹙眉、哀叫，卻不會感覺到痛，因為沒有一個感痛者，因此朗格說感覺和神經之間有道不可跨越的鴻溝。所以說，要了解或證明人有靈魂是簡單的，但要明白人的這個自我死後是否仍然存在，那就不簡單了，因為靈魂與自我是不相等的。自我是帶氣質的，它是靈魂與肉體結合之後，在生命歷程中形成，一旦靈魂與肉體的結合瓦解，自我也就還為烏有了。起碼我是這樣來理解這件事實，因此我不願正面去面對落日的思想性。有人或要譏我不豁達。我認為這不是達不達的問題，坦然的去接受死是一回事，這樣的事並不難，仁人志士，甚者世間成千上萬的自殺者都做得到，或更廣泛地說，一切世人有那個曾經畏懼過死來著？雞鳴而起，孳孳為利者跖之徒也，這些人直到彌留之際，還喃喃唸著他的幾個銅板，死幾乎永遠不曾在他的生命上發生過；雞鳴而起，孜孜為善者舜之徒也，這些人死亡豈曾攪過他？一種不自覺的人生，可以說它是不曾生過不曾死過，或可以更質直地說，根本不曾有過。一種既已自覺過的人生，不止是對死，有時對生反而覺得艱難，若活著須得接受一個喪失自我委屈自我的生活，則生不如死。死雖比這樣的生好，死卻是對自我的絕對否定。從理智上說，不能坦然地接受不可避免的事，當然是不智；但從感情上說，硬裝著若無其事以表示豁達，豈非自欺而欺人？世人的做假，由來久矣。我平生第一拙事便是不能做假，我坦承死是件極大的遺憾，除非生已成了極大的苦事。

傍晚時在籬東採摘皇帝豆莢，打算用來做晚飯的下飯菜，直採到了盡北臨著小溪的橋邊。有四隻長眉鳥從北面的蔗田一程程地飛過來，停在木棉樹上，在樹上攀著玩耍，還不停地 kyo-ki kyo-ki 地鳴叫。四周圍有鳥飛，很難逃過我的視線，即連日落後，我仍然可看到半里外。我停了採摘，在一旁觀看牠們的憨態，傾聽牠們的鳴聲。落日正從溪岸上映入溪水中，在雲條間形成兩個紅輪，岸上的一個向下沈，水裡的一個向上昇，那橫帶似的雲條畫出了暗影，增加了這景色的神祕與美感。我不覺為這景色所吸引，纔注視了一會兒，長眉鳥早飛走了，也不知道往那個方向去了。須臾，上下兩個紅輪在溪岸間一齊隱沒了，我於是陷入冥思。我坐在橋邊，將兩腳垂落橋下，抬頭凝望西天的殘霞，心神早馳入宇宙深處。溪面上時有游魚潑水，偶爾也濺著我的腳底。落日的思想性撥動了我思惟的心絃，雖是老調，在孤獨生活之前早已彈過千百遍，自從離群索居以來，更是朝夕，甚至子夜不寐中，無時不彈的一曲〈廣陵散〉，是充滿了深邃難解的幽玄的旋律，隨著心境的變換，調性每略有昇降，雖有昇降，終歸是悲調；明白地說，每當深思力索之極，則見造物主也與萬有共懸太虛，同在失重狀態中，四無搭掛，任由無始的動力，推向宇宙外的荒漠邊境。思惟中每現此景，便嗒然如廢。蘇格拉底在前線曾經站立冥思過一晝夜，可知他馳思之深。我雖常冥思，往往只一個多時辰，便懸崖勒馬。我與蘇格拉底不同，蘇格拉底是周身而旋，雖深不遠；我則如脫弦之矢，筆直奔去，我怕一去不返；而且從幾千百遍的經驗，我發現，思境總有一定極限，過此以往，便空無一物，欲待不返亦不可得。

待我醒轉來，西天早已全暗，大概至少已過了三、四個鐘頭，身上不免覺著夜氣微寒。只見西北角天邊，有一團光塵，那裡大概是高雄鬧市；而北西略近處，也有一團光塵，大概是潮州街。忽覺著自己竟已真的成了世外人，不禁喟然一慨息。站了起來，提了小竹筐，慢步走回家去。平屋在濃厚的夜色中，依稀僅見輪廓。聽見番麥田那邊有一隻孤鷺飛過。

選自：草根出版社，《田園之秋》

著作年表

作品名稱	出版者	出版日期
莊子—古代的存在主義	三民	58
莊子新傳—莊周即楊朱定論	三信	65
莊子宋人考	三信	66
莊子新注內篇	三信	67
老臺灣	東大	70
論語新注	復文	71
田園之秋・初秋篇	前衛	72
人生論	前衛	73
臺語之古老與古典	第一	73
田園之秋・仲秋篇	前衛	73
田園之秋・晚秋篇	東大	74
父女對話	圓神	76
第三者	圓神	76
訪草	前衛	77
藍色的斷想	三民	83
莎士比亞識字不多？	三民	87
進化神話第一部	三民	88

延伸閱讀

1. 〈《田園之秋》的辭與物—論陳冠學《田園之秋》〉，唐捐，一九九九年六月，收入陳義芝編《臺灣文學經典研討會論文集》，聯經出版社。
2. 《作家列傳—陳冠學篇》，阿盛著，一九九九年，爾雅出版社。

——《田園之秋》三集，詳細記錄了田園四季變遷，內容涵括野生動植物、自然景觀。行文舒緩，感觸敏銳，見解精到，等閒絕無此功力。葉石濤先生以法國十九世紀詹•亨利•法布爾的《昆蟲記》作比，陳冠學確是當得起如此佳評。

3. 〈評《田園之秋》全卷〉，亮軒，一九九三年，收入陳冠學著《田園之秋》，草根出版社。
4. 〈一切都是為著美—二訪陳冠學先生〉，陳列，《中國時報》人間版，一九八七年一月十一日。
5. 〈析《田園之秋》〉，何欣，《自立晚報》，一九八三年三月十日。
6. 〈吾友陳冠學先生—夜讀《田園之秋》後鉤起的回憶〉，鄭穗影，《文學界》七期，一九八三年八月。
7. 〈《田園之秋》代序〉，葉石濤，一九八三年，收入陳冠學著《田園之秋》，草根出版社，一九九四年。
8. 〈受傷的戀土情結—評陳冠學《訪草》〉，鄭明娳，《聯合文學》第五卷五，一九八九年三月。

作者小傳

楊牧，本名王靖獻，一九四〇年生，臺灣花蓮人。東海大學外文系學士、美國愛荷華大學藝術碩士、加州柏克萊大學比較文學博士。曾任教麻州大學、普林斯頓、西雅圖華盛頓大學，一九九六年回國接任東華大學文學院院長，現為中研院文哲所所長。著有散文集《年輪》、《搜索者》、《山風海雨》、《方向歸零》、《昔我往矣》（三本合為《奇萊前書》）、《疑神》、《星圖》、《亭午之鷹》等，另有詩集及評論集數種。

楊牧的散文，兼有「詩人散文」與「詩化散文」兩重特質，執著於美、善等宇宙定則之追索，為現代散文寫下拓展與新變的一章。曾獲國家文藝獎、吳三連文藝獎、中國時報文學獎推薦獎等；散文集《搜索者》與詩集《傳說》雙雙入選文建會「臺灣文學經典」。

六、接近了秀姑巒

楊牧

1

夜裡我躺在覆著蚊帳的榻榻米上，聽海潮的聲音嘩然來去，很細微卻又彷彿猛烈地流過我的胸膛，很溫柔，帶著一種永恆的力量，絕對不會止息的，持續地嘩然來去。我聽著那聲音，一遍又一遍來去，巨幅的同心圓——我就靠著枕頭躺下，做為那不可計數的圓圈的中心，精神向外逸走，在無限的空間裡湧動，向外界延伸，直到最不可思議的抽象世界裡，似乎還縹緲地搖著，閃動著，乃沈沈睡去——睡在大海的溫柔裡。

大海，其實大海上已經充滿了血腥的戰鬥。一九四四年夏天，日本偷襲珍珠港三年半以後，美軍正節節從南太平洋向前推進，終於在六月中旬打下了塞班島。美軍從那裡開始，配合新幾內亞的攻勢，指向菲律賓。到年底更以塞班島為基地，派遣B二九轟炸機空襲日本本土；一九四五年初麥克阿瑟將軍重返馬尼拉，緊接著攻陷了琉璜島。

我睡在大海溫暖的旋律裡，那麼平安，幾乎是完全不憂慮的。其實那時已經有無數住在臺灣的日本人被鼓動去參加「聖戰」，在雄壯卻又帶著東洋傷感風味的軍歌裡離開他們統治的社區，永遠沒有再回來過。呂宋戰役前後，更有許多臺灣人被遣去南洋當軍伕。這些臺灣人真不知道為甚麼必須捲進這場暴虐可恥的戰爭裡，而且死在荒謬的熱帶海外，沒有英勇可信的號召，也沒有莊嚴或貪婪的目標，死在沙灘上，叢林裡，死在焚燒著爆炸著並且旋轉下沈的戰艦上，而他們的毀滅並不曾榮耀大和的英魂，如他們的日本長官所喧囂訓誨的；也不曾榮耀大漢的英魂，如他們的祖先藏書裡的記載，如何在戰爭時勇敢地捐軀，身死神靈，魂魄始終是鬼世界的英雄。沒有，這一切都和顛躓於南洋戰場上的臺灣兵伕無關；他們的死延續的是一種被迫的羞辱，並不曾突出任何再生的喜悅。許多人失落在海外。我睡在大海溫暖的旋律裡，不知道這些都在煙波外劇烈地發生著，瘋狂地進行著。我幼稚地編織自己的夢，沒有足夠的智慧去憂慮思考。夢裡的世界和醒來的世界一樣美麗，我能夠張臂高飛，飛越水田和高山。

白天是帶著香氣的時光。山的形象不變，除了雲霧濃淡以外，山永遠是不變的，俯視著我，並且自動凝然向南北兩個方向蜿蜒突兀。我是聽得見山的言語的，遠遠地，高高地，對我一個人述說著亙古的神話，和一些沒有人知道的秘密。那些秘密我認真地藏在心底。可是有一天巷口忽然擁著一群小孩，並且努力向圓圈裡擠著，我跑過去一看，是兩個大男人在展示一頭野獐。他們大概是業餘的獵人，而那獐已經被他們打死了，從深山裡扛回來的，血跡大半都沖洗掉了，睜著眼睛躺在地上，夕陽掠過屋頂照在它身上。它的嘴角帶著淺淺的水斑，那樣緊緊地閉著，有一條美麗的弧度，好像在微笑。鄰居一個大人摸摸它的背，驚訝地說：「還是溫的！」我擡頭看山，山很高，可是那麼近，就在屋頂和樹梢上，彷彿伸手就可以碰到它的衣帶。我心裡惘然，它和我共有不少秘密，我聽得見山的言語；可是它並沒有告訴我今天黃昏有人會從它那裡扛來一隻死獐，並且擺在巷口地上，這麼殘忍嚇人。然而我終於多了些知識，山是很高，而在雲霧和豔陽的森林裡，想像到處都是飛瀑泉水，滑落澗谷之下，水邊是鹿獐和野兔，上面垂掛著古老的樹木，猴子成群在嬉戲，吱喳爭吵，搶摘多汁的水果，樹下蹣跚行過一頭大熊，趴下看亂草間無聲的穿山甲；偶爾游來一條碧綠斑爛的小蛇，沙沙輾過碎葉，向密林裡消逝。遠遠看得見一群野豬，挺著勇敢的獠牙，它們是山林裡最大無畏的獸，隨時攻擊獵戶和他們唁唁的走狗。我聽到很多關於野豬的故事，在夏天晚上乘涼的廊下，聽大人描述他們離奇的遭遇，如何以武器支援獵犬來捕捉它，而野豬卻又那麼勇敢地反抗著，甚至攻擊著，直到力竭死亡，和血倒在殘枝敗葉並且翻滾過無數遍的塵土上。我想，野豬是最大無畏的獸，是所有狩獵故事裡，最讓我著迷同情的，真正的英雄。

大約就在B二九開始飛臨日本上空，並且轟炸驕傲的日本軍人的家鄉的時候，一九四四年夏秋之交，美國飛機也出現在臺灣島上，造成可怖的空襲。但幾乎所有的轟炸和掃射都是偶發性的，而且都集中在北部和西部較大的城鎮，也許根本沒有來到過花蓮。海潮依然平靜地拍打著山嶺俯瞰下的小城，結著一條又一條永恆的白紗帶，在麗日下，風雨中，不停地湧來，升起又落下。然而不久以後，我們終於聽到美國飛機掠過花蓮的消息了；它在港口附近投了幾顆炸彈，並且以機關鎗襲擊這裡僅有的幾間大工廠。空襲來了，終於，戰火終於波及這沒沒無聞的小城了。

飛機空襲花蓮的次數愈來愈多，那大概是冬天當美軍逐漸逼近菲律賓群島的時候。等到麥克阿瑟將軍把日本人悉數驅逐出呂宋以後，美軍卻決定跳過臺灣和澎湖，直接撲向琉璜島，而僅對我們的家鄉展開密集的空襲。我們聽說港口和南北兩個小機場時常被轟炸，但一般民房並沒有受到嚴重的騷擾，惟有不及走避的行人，有時不幸被他們自空中掃射，死在路上。大家開始想到疏散的必要，設法逃到山地裡去，然而多半的人都宕延著，觀望著，每天聽警報聲起就躲進防空洞裡，直到警報解除了才出來站在街上談論著，憂心忡忡地交換彼此的經驗。B二九在空襲日本和臺灣幾個比較重要的城邑，但我想它從來沒有飛臨花蓮，雖然有些人從防空洞裡爬出來後，總誇張地訴說他如何如何看到巨型的轟炸機，並且不太有把握地說：那一定就是B二九了。這時有些特別睿智的人開始感到不安，若是飛機有一天把花蓮南下的鐵路炸毀，疏散到山地去的路就斷了，或者就很不容易走了。一般人都想到向南疏散是最好的途徑，因為花蓮北部是純粹的山地鄉，進入那些村莊和山地人雜居彷彿太不可思議。而向南雖然也都是些山地聚落，但到底沿鐵路的村莊裡群居的都是漢人，有些村莊以客家人為主，有些以閩南人為主；而離鐵路越遠，向山腳下深入的，則依然是山地人錯落的小村。若要向南疏散，非在鐵路還通的時候動身不可。

2

從花蓮往南行的火車一開動，不消幾分鐘就進入縱谷地帶，左邊遠處是海岸山脈，右邊還是偉大的中央山脈。海岸山脈對我說來除了遙遠和陌生以外，甚麼感覺都沒有，不如右邊的大山那樣，似乎所有連綿和迤邐都是屬於我的。坐在火車上，我們最努力觀看的必然是右邊的大山，而我們就在那山腳下迂迴推進。從花蓮南下，想像西邊巍巍第一層峰巒是木瓜山，林田山，玉里山，都在兩千公尺以上，比海岸上任何突出的山尖都高出一倍。第二層是武陵山，大檜山，二子山，它們都接近三千公尺了。而和我們的奇萊山——啊！偉大的守護神，高三千六百零五公尺——同為第三層次環疊高聳在花蓮境界邊緣的，是能高山，白石山，安東軍山，丹大山，馬博拉斯山，大水窟山，三叉山，卻以秀姑巒山為最高，拔起海面三千八百三十三公尺，和玉山並肩而立，北望奇萊山，同為臺灣的擎天支柱。

秀姑巒山原名馬霍拉斯，由它東麓流下了幾條巨水，馬霍拉斯溪和米亞桑溪在神秘的山林裡匯合，又東南行接納馬戛次純溪和塔洛木溪，河水擴大稱樂樂溪，又向東流，到距離大海僅只十二公里的地方竟為海岸山脈所阻，乃以巨大的水勢北行二十餘公里，這時它已經獲得秀姑巒溪的名字了，遂東流並終於切過海岸山脈的火山集塊岩，在兩岸尖銳陡削的石壁和古木俯視下，以急湍洶湧的姿態飛快出海。秀姑巒溪是花蓮惟一發源於中央山脈並且能夠奮勇橫切海岸山脈以注入太平洋的河流。在它最後預備橫切海岸山脈所以東流的轉折處，不遠的火車站叫瑞穗，瑞穗舊稱水尾，距離花蓮五十公里；在稍早當它剛進入縱谷忽然北走的地方，不遠的火車站叫玉里，距離花蓮七十公里。瑞穗和玉里同為東線鐵路上重要的大站，鎮上聚居了很多漢人。

當美軍飛機空襲花蓮的次數不斷升高的時候，我的父母終於決定糾合親戚一起疏散到瑞穗或者玉里附近的山地區域。

火車離開花蓮進入縱谷地帶，水田逐漸被旱田取代。鐵路附近的小村落表面上都很相像，無數的檳榔樹便圍成一個家園，綠竹和麵包樹參差其間，簡單的蓋著鐵皮或稻草的農舍，屋旁有牛棚豬圈和雞窗之類的附屬物，有些房子外還看得出幫浦抽水機，有些在院子裡帶有一口加了蓋的井。檳榔樹外是蔬菜園，離房子更遠的才是稻田，農夫和耕牛在初春的阡陌間工作，孩子們在田埂和小溪岸上遊戲；蜻蜓在空中飛，溪旁和池塘岸邊長滿了蘆葦稈和水薑花。飛機想必很少到達田野上空，感覺上戰爭並不曾擾亂這縱谷農家生活的秩序，一切都很和平很安寧。火車駛得非常慢，吐著濃厚的煤煙。這條鐵路是臺灣最窄的鐵路之一，和西海岸縱貫線的寬度不能比，而車速也完全不能比，突突，突突，緩慢地蜿蜒著，尤其在爬坡的時候，可能還不如行人的速度，突突。可是每當它逼近河口的時候——那些發源於大山的河流一一注入秀姑巒溪——它就好像快起來了，甚至必然就拉長了汽笛「嗚」一聲，即刻飛也似的在鐵橋上奔了起來。我從窗口看河流上游，藏在煙霧渺茫的深山腳下；河床很廣闊，積滿了大大小小的石頭，但是真正有水流淌而來的只是一衣帶寬而已，上面架了竹子編結的便橋。這些河流平時就是這樣，但逢到颱風季節山洪暴發的時候，狂潮從高山傾瀉奔來，即刻把整個堆積著大小石頭的河床注滿濁水，上面飄著連根拔起的原木，枯樹和野草，淹死的禽獸，和許多不可辨識的來自深山的東西。這時原來我們在火車上看見的竹橋當然早已被沖進秀姑巒溪，捲入大海；有時火車的鐵橋也被震撼歪斜，或流離到下游的淺灘上。颱風過後洪水漸稀，人們開始整頓鐵橋，並且越過積石將新編的竹橋架到那一衣帶的髒水上，挑擔的行人和車輛便又小心地來往通過。

火車呼嘯過完鐵橋，便又困難地爬起坡來了，突突緩慢地向前推進。水田越來越少了，這一帶平地裡種植的大半是甘蔗和樹薯，還有些我永遠不認識的作物；山坡上幾乎全是麻竹，櫛比叢生，從鐵路旁一直上升到眼睛看不清楚的嶺巔，偶然雜有別的樹木，在高地的冷氣裡哆嗦。

這五十公里的火車路程，在我記憶裡好像花了一整天才到，可是感覺上並不像疏散逃難，倒更像是一次令人快樂的春季旅行，因為我們從頭到尾都沒有聽到空襲警報的聲音。火車每進入一個小站，都要休息良久，或是接駁別的臺車，或是耐心地等從臺東北上的火車來交會，然後繼續前進。這一路上太平靜了，我坐在車廂裡看農舍和田地，看河流和山林，看電線桿一根一根向後退，完全沒有戰爭年代的恐懼不安。可是等我們進入山地住定後，有一天我聽大人在傳說，晚我們幾天離開花蓮的一班列車在木瓜溪附近曾遭遇到美軍飛機的攻擊。起先當飛機忽然出現的時候，列車不知道如何是好，所以就在曠野裡停了下來。飛機開始低飛向車廂掃射，片刻之後，有些人看飛機轉變方向，就冒險翻出車廂跑到堆積了無數岩石和長著蘆草的野地裡去匍匐，誰知飛機很快轉了一個彎又回來了，並且猛烈向野地裡趴倒的避難者開火，殺死了很多人，然後才掠過木瓜溪上空，向海外飛去。多年後我上中學的班上，有一個男同學曾經對我說，戰爭時代他和他母親正好就搭上了這班不祥的列車；他自己倖免於難，然而他的母親卻在那血腥的掃射裡被機關鎗打死了。他是我的好友，我記得他的父親一生未曾再娶。

我們在午後四點鐘左右到達瑞穗前一個很小的小站，火車戛然煞住。人們將各種行李，包括衣服被褥和炊食用具，紮綑在扁擔兩端，陸續跳下火車。那小站就像所有東線鐵路上的小站一樣，泛著一層灰黯的顏色，靜謐蕭條，但空中飄著怡人的農村氣息。我們在站外的檳榔樹下換乘牛車，過了鐵路平交道，向大山的方向搖過去。我大概在這沈悶的山路裡睡著了，感覺過了許久，顛得非常疲憊厭煩，才終於到達山坳裡一片小小的空地。夜色裡看得見空地上立著三四間小茅屋，有人出來招呼，讓我們在煤油燈下吃晚飯。大人都在小聲說話，我飯沒吃完便又累了，四週蟲聲喧鬧，但很黑暗，喧鬧裡反而透著無邊的寂靜，煤油燈在跳動，很奇異，但也沒有恐懼不安的感覺，然後就睡著了。

3

我醒來的時候天好像還沒有全亮，躺在牀上回想昨天發生的事情，知道我們已經坐了一天火車，後來又換上牛車，來到一個很遠的從前沒有來過的地方。我又想起好像半夜曾經醒過一次，看到煤油燈低低的火燄，並未能照明一間小屋，我來不及再想別的就又沈沈睡著了。可是現在，天耿耿欲明的清晨，我終於都記起來了：火車，鐵橋，山和河流，竹林，小站的顏色，氣味。

我起牀走到窗口向外看，新闢的空地裡到處都是枝枒和枯葉，成材的木頭大概已經繳給了官廳。從窗子望出去，不遠就是竹子和雜樹林，地勢上升；我推門出去再看，上升的地勢正是山坡的一部分。這幾間小屋背山而築，而屋前也是樹林，有一條崎嶇的小路縈繞而過，忽然開朗的地方竟是水田；而最遠處也還錯落著一些農舍，低藏在檳榔樹裡。田裡已經有人在耕作了，牛在草地上嚙著，靈巧地甩著尾巴，為了驅趕永遠跟著它的一群蚊蚋。

看到水田，我們就知道這塊小山坳裡的居民大概以漢人為主，不是阿眉族，雖然這裡距離鐵路線已經相當遠，在一般的情況下這應該是個山地村。阿眉族人不太種植水稻，喜歡旱作的小米。我們到達這小山坳的時候正是春耕的開始，田裡很忙，而現在太陽已經從海外升起來了，照滿整個鄉野，春天的寒氣逐漸消逝。我看到那些耕牛在嚙草甩尾巴，又看到白鷺鷥飛掠於阡陌水塘之上，那麼簡單純潔的顏色和風姿，是我下定決心要記住的。我站在水田的這一邊看過去，覺得這是一個豐美茂盛的天地，竹林檳榔樹和農舍外起伏的是一系列小山，正好環抱這小小的平原。那是一系列蒼翠碧綠的小山，小山後面是高入雲霄的大山，遙遠而縹緲，和我從花蓮南下一路上看見的一樣，帶著原始的青灰色調，在早晨的雲霧裡和我凝然對望。陽光遍曬山坳，我回頭看我們避居的小屋，隔著那密林，幾乎不能相信那裡還會有人家。再擡頭看後面的小山，也是蒼翠碧綠的。我對這個新奇的天地感到興奮和滿意。

幾天以後，我已經熟悉了這山坳的整個環境。前面的樹林裡經常有成群的鳥類來集，有時聒噪的聲音會引我深入去尋找它們。我曾經在一棵小樹上發現一個鳥巢，巢裡有剛才破殼的雛鳥，光禿禿地張嘴扭擠著；我扶在樹幹上看它們，直到一隻大黃鳥倏忽飛回，飛躁而兇猛地在我對面撲打它寬厚的翅膀，我才趕快滑下樹來。那是小鳥們的母親吧。有一天我在後山看到一個竹竿編造的高架子，一條細繩緊張地繃在上面，盡頭倒懸著一隻鳥，在垂死的邊緣哆嗦。陽光照著它美麗的羽毛，隨風擺盪。我正在想不知道怎樣可以將它放下來，樹林後走出來一個矮小黝黑的男人，一語不發抽下那細繩，把鳥解下來並用腰下另一條繩子纏住它的雙腳，看看我，又伶俐地把架子上的細繩整理好，一語不發走了。我注意到他腰下已經綁了一長串死鳥，和他有鞘的彎刀碰撞著，了無聲息。

不久當林外的稻田都注滿了清水，而農夫正預備插秧的時候，忽然山外傳來一陣急似一陣的嗚嗚聲響，起先我們以為那是火車的汽笛，再聽下去才知道是空襲警報。大家都沒想到飛機會深入這一帶，只好趕緊跑進後山躲避，但警報很快就解除了。這以後幾天時常聽到警報聲，農夫只好拋棄秧盆奔到水溝裡暫避，我們也習慣快步跑過山腰，到一個低窪的土坑裡去坐下，但我從來沒看見過飛機，甚至連它的聲音都沒聽到過。猜想那飛機是從花蓮順著鐵路飛下來的，沿途扔幾顆炸彈，用機關鎗射殺一些行人，然後挑一個很寬的河口左轉回到海上去。在這種情形下，農夫照樣把秧插好，而耕牛也更閒散地在水邊嚙草，甩尾巴，白鷺鷥在田裡駐足，或者翩翩翱翔。我時常跑到水牛嚙草的地方去採水薑花，並且和放牛的小孩玩遊戲，天氣漸熱的時候，甚至全身脫光到河渠裡游泳。有一次從水裡爬起來，正好一個放牛的小孩允許我騎他的牛，上去以後數到二十就得下來。我困難地上了牛背，當然非常興奮；可是因為沒穿褲子，覺得牛背的長毛弄得我全身好癢，就大聲笑了起來；忽然又覺得牛的身體很燙，所以很快就跳了下來。從那次經驗以後，我自以為完全懂了，為甚麼牛那麼愛洗澡？為甚麼它沒事就泡在小河裡，只露出一顆帶著兩根尖角的大頭，傻得不能再傻的樣子？為甚麼？我自以為是完全懂了，因為它的體溫太高。

田裡的秧越長越密，人們不太認真地躲著警報。有一天下午警報解除以後，我自己往山上爬，在森林裡穿梭。不久轉進一片陽光明亮的空地，看見三個男人和一頭水牛在那裡。男人講的是閩南話，可見他們不是阿眉族，但他們看到我從樹林裏鑽出來就互相搖手不說話了；牛頹喪地站在一邊，韁索緊緊繫在一棵大樹上。我好奇地看看那三個男人再看看牛，發現那牛在流眼淚。「看啊，你們的牛在哭！」我說。那三個男人很尷尬地互相看了一眼，忽然也變得和牛一樣頹喪起來了。其中一個揮揮手凶惡地叫我走開。我一夜沒有睡好，不斷夢見那流淚的牛。第二天午前我又循原路走到那明亮的空地，發現樹下佈滿了血漬和一大灘牛屎，蠅蟲和蚊蚋在現場盤旋。我雖然很幼稚愚騃，但我知道那三個男人昨天下午屠殺了那流淚的牛。

這個屠殺在我心靈裡造成極大的震動，雖然我並沒有親眼看見那些人的攻擊和那牛的死亡，但我可以想像得到，想像那三個男人如何聯手以重物將它打昏，如何利刃支解它，致使現場一片血腥污穢；而牛是如何沈默，在一生辛苦的耕作和拉車之後，發覺它所服役的人類竟如此殘忍如此無情。說不定那三個男人還是它一向認識的農夫，所以它就悲傷地哭了，為它自己也為人之殘忍無情而哭。我在最憤懣最懼怕的時候，只能不斷地告訴自己：那三個男人是盜牛賊，絕對不是它的主人。縱使這樣，我已經第一次認識到死亡的恐怖，即使死去的只是一頭水牛；我聞到人間暴虐的氣息，那氣息剎那間擴散開來，摻進農村表面的純樸。這山坳並不如我想像的那麼和平安逸，不如我想像的那麼清潔。我開始在幼稚愚騃的心裡培養一份抑鬱和懷疑，在無聊的警報聲裡長大了不少。初夏，稻穗在田裡隨風搖曳，蜻蜓越來越多，白天的警報聲也從來沒有斷過。忽然父母親說我們要離開這個地方，搬到玉里西邊的山裡去，也就是秀姑巒溪進入縱谷後忽然轉折北流的那個地方。我想到那屠殺，心裡也很願意走出這個令我失望的天地。我們和一些鄰人合組了一個牛車隊沿秀姑巒溪的左岸向南走；為了提防飛機的襲擊，我們選擇了白天歇息晚間跋涉的方法，這樣翻過一些山頭，又橫渡幾條秀姑巒溪的支流，到達二十公里外一個以山地人為主的村莊。

我現在知道，當我們離開那稻穗漸漸成熟的山坳，倉皇遷移到這個山地村的前後那段日子，空襲的次數之所以特多，是因為那正好已經到了太平洋戰爭的末期。一九四五年四月初美軍大舉進攻沖繩，戰事延續了將近三個月。日本政府眼看敵人已經到了門前，遂發動青年去奮勇犧牲，組織了「神風特攻隊」，在那燃燒的三個月內從事瘋狂的自殺戰術。美軍為了防止臺灣島上日本軍人的參與，更可能已經風聞他們正在花蓮海濱擴建南機場以提供自殺飛機使用的情報，所以對東臺灣的空襲反常地劇烈。鐵路大半時間都不通，因為橋樑隨修隨毀；即使當火車能行駛的時候，一般鄉民也不敢搭乘，深怕天外倏忽掠過的軍機迴旋攻擊。我們在那二十公里的路途上，就看到許多斷垣殘壁，還有不少完整的家園卻無人居住，人們都躲到靠近高山的小聚落裡去了。秀姑巒溪的支流大半都是細小的，雖然河床廣闊，積滿了大小石頭。有一次遇見一條不尋常的支流，水勢很大，天黑以後我們在阿眉族人的嚮導下涉水通過。我坐在高高的牛車上，身邊是一路上隨行的雞鴨，雞籠疊在鴨籠上，聽說雞怕水淹而鴨不怕。

這個山地村飄著另外一種氣味，我一時完全不知道如何接受它。以後我每次進入任何阿眉族的村莊都聞到那氣味，起先有點厭惡，不久就習慣了，甚至有點認同的喜悅。這裡真的沒有水田，而到了戰爭末期，稻米也就越來越缺乏了，母親開始在鍋裡加上少量番薯和米一起煮；時間越久，番薯份量越多。有時阿眉人會馱一包小米來推銷，但往往喜歡以物易物就感到非常滿足了。母親後來也把小米煮成稀粥當我們的主食。我又開始在飄著新奇氣味的山林裡穿梭，看阿眉獵人進出谷壑，在竹林和香蕉園之間快速閃動。我並沒有忘記那流淚的牛。然而夏天還沒結束，這一帶竟也傳起空襲警報了，嗚嗚地響著，一天比一天頻繁。不過現在我們再也不用遠遠跑進山林躲避了，因為這村子到處都是防空洞。我始終不能忘記那流淚的牛，在另一個山坳，在一次解除警報後，被三個男人聯手屠殺的水牛。我懷疑我的童年是不是已經隨著那屠殺而結束了。

4

那一年盛夏，我更能體會那飄浮在山村裡的氣味，我變得非常敏感，覺得它好像要告訴我一些甚麼，啟發我一些新的知識和關懷。那是阿眉族特有的氣味，我知道，它粗曠，勇敢，純潔，樂天，在青山綠野中生長，而似乎又帶著一種宿命的欠缺。我不知道那是甚麼，決心去尋覓。

這時從村子外跑進一個人，一邊喘氣一邊大喊：「太平了，太平了——」人們從屋子和樹林走到空地上，並且狐疑地迎向他。「太平了，」他大聲說：「太平了。」日本在一九四五年八月中宣佈無條件投降。戰爭就這樣結束了，而我的尋覓還沒有開始。

選自：洪範書店，《山風海雨》

著作年表

作品名稱	出版者	出版日期
水之湄	明華	49
花季	明華	52
燈船	文星	55
非渡集	仙人掌	58
傳説	志文	60
瓶中稿	志文	64
楊牧自選集	黎明	64
柏克萊精神	洪範	66
葉珊散文集	洪範	66
找斗行	洪範	67
楊牧詩集 1950—1974	洪範	67

作品名稱	出版者	出版日期
吳鳳	洪範	68
傳統的與現代的	洪範	68
海岸七疊	洪範	69
禁忌的遊戲	洪範	69
年輪	洪範	71
搜索者	洪範	71
文學的源流	洪範	73
交流道	洪範	74
陸機文賦校譯	洪範	74
有人	洪範	75
山風海雨	洪範	76

作品名稱	出版者	出版日期	作品名稱	出版者	出版日期
文學知識	洪範	68	飛過火山	洪範	76
一首詩的完成	洪範	78・2・25	亭午之鷹	洪範	85・4
方向歸零	洪範	80	昔我往矣	洪範	86
完整的寓言	洪範	80	時光命題	洪範	86
疑神	洪範	82	失去的樂土	洪範	91・8
星圖	洪範	84	奇萊前書	洪範	92・1
楊牧詩集 1974—1985	洪範	84・9			

延伸閱讀

1.《隱喻的流變—楊牧散文研究（1961—2001）》，臺灣大學張依蘋碩士論文，二〇〇一年。

——楊牧藉著表現在散文中的文字藝術，傳達一種符合邏輯、宇宙定律的寫詩規律，我們認為他等於是藉著其散文的書寫去定義中文現代詩。

2.《楊牧散文研究》，政治大學中國文學系張家豪碩士論文，一九九九年。

3.《楊牧散文的藝術風格：崇高與秀美》，東吳大學中國文學研究所王鴻卿碩士論文，二〇〇〇年。
——其散文之內涵，及其所顯露的思想信仰，勾勒出楊牧散文的終極關懷，浪漫的抒情與古典的回歸，不曾離開「崇高」與「秀美」本質。

4.《創作實踐與主體追尋的融攝：楊牧詩文研究》，臺灣大學何雅雯碩士論文，二〇〇一年。

5.〈孤獨深邃的浪漫象徵—楊牧的詩與散文〉，陳芳明，《洪範季刊》六三期，二〇〇〇年十一月。

6.〈典範的追求—楊牧散文與臺灣抒情傳統〉，收入陳芳明著《典範的追求》，一九九四年，聯合文學出版社。

7.〈三十五歲以後的葉慈，三十五歲以後的楊牧—兼談《亭午之鷹》〉，王文進，《幼獅文藝》五一三期，一九九六年。

8.〈永遠的搜索者—論楊牧散文的求變〉，何寄澎，《臺大中文學報》四期，一九九一年六月。

9.〈雪紅鱒的旅程—評楊牧散文新著《星圖》〉，李奭學，《中時晚報》，一九九五年四月九日。

10.〈讀楊牧《山風海雨》〉，林燿德，《文訊》三五期，一九八八年四月。

11.〈從楊牧的《年輪》看現代散文的變〉，溫任平，《中外文學》八卷三期，一九七九年八月。

12.〈無盡的搜尋—論楊牧《搜索者》〉，鍾怡雯，臺灣文學經典研討會論文，一九九九年三月。

作者小傳

張曉風，一九四一年生，江蘇銅山人。東吳大學中文系畢業，曾任教東吳大學、香港浸信會學院，現任陽明大學教授。早期曾以曉風、桑科、可叵為筆名，著有散文集《地毯的那一端》、《步下紅毯之後》、《再生緣》、《從你美麗的流域》、《我在》、《這杯咖啡的溫度剛好》、《你的側影好美》，及小說、戲劇、兒童文學等共三十餘冊。近作為《星星都已經到齊了》。

張曉風的散文亦秀亦豪，尤擅長從日常生活中析解事理，重賦新意，折射出生命的哲理。創作以散文為主，劇本方面亦受各界肯定，曾獲教育部國家文藝獎、吳三連文藝獎、中國時報散文推薦獎、洪建全兒童文學獎等。

七、你要做什麼

張曉風

1

咖啡初沸，她把自烘的蛋糕和著熱騰騰的香氣一起端出來，切成一片片，放在每個人的盤子裡。

「說說看，」她輕聲細氣，與她一向女豪傑的氣勢大不一樣，「如果可以選擇，你想要做什麼？」

（可惡！可惡！這種問題其實是問不得的，一問就等於要人掀底，好好的一個下午，好好的咖啡和蛋糕，好好佇立在長窗外的淡水河和觀音山，怎麼偏來問這種古怪問題！）

她調頭看我，彷佛聽到我心裡的抱怨。

（好幾個月以後，看到她日漸隆起的圓肚子，我原諒她了，懷抱一團生命的女人，總難免對設計命運有點興趣）

「我——一定得做人嗎？」我囁嚅起來。

「咦？」她驚奇的攪著咖啡，「好吧！不做人也行！那麼你要做什麼？做小鳥嗎？」

「老實說，」我賴皮，「『選擇』這件事太可怕，『絕對自由』這件事我是經不起的，譬如說，光是性別，我就不會選——只這一件事就可以把我累死。」

我說完，便低下頭去假裝極專心的吃起蛋糕來。

然而，我是有點知道我要做什麼的……

2

行經日本的寺廟，每每總會看到一棵小樹，遠看不真切，竟以為小樹開滿了白花。走近看，才知道是素色紙籤，被人打了個結繫在樹枝上的。

有人來向我解釋，說，因為抽到的籤不夠好，所以不想帶回家去，姑且留在樹上吧！

於是，每經一廟，我總專程停下來，凝神看那矮小披離的奇樹，高寒地帶的松杉以冰雪敷其綠顏，溫帶的花樹雲蒸霞蔚一副迷死人不償命的意味，熱帶的果樹垂實纍纍，聖誕樹下則有祝福與禮物萬千——然而世上竟有這樣一株樹，獨獨為別人承受他自己不欲承受的命運。

空廊上傳來搥鼓的聲音和擊掌的聲音，黃昏掩至，虔誠禮拜的人果然求得他所祈望的福祿嗎？這世上抽得到上上籤的能有幾人呢？而我，如果容我選擇，我不要做「有求」的凡胎，我不要做「必應」的神明，鐘鳴鼓應不必是我，繚繞花香不須是我，我只願自己是那株小樹，站在局外，容許別人在我的肩上卸下一顆悲傷和慌惴的心。容許他們把不祥的預言，打一個結，繫在我的腕上，由我承當。

3

「遙憐故園菊，應傍戰場開」，岑參詩中對化為火場災域的長安城有著空茫而刺痛的低喟。但痛到極致，所思憶的竟不是人，不是瓦舍，甚至不是宮廷，而是年年秋日開得黃燦燦的一片野菊花。

我願我是田塍或籬畔的野菊，在兩軍決壘時，我不是大將，不是兵卒，不是矛戈不是弓箭，不是鮮明的軍容，更不是強硬動聽的作戰理由——我是那不勝不負的菊花，張望著滿目的創痕和血跡，傾耳聽人的呻吟和馬的悲嘶，企圖在被朔風所傷被淚潮所傷被令人思鄉的明月所傷的眼睛裡成為極溫柔極明亮的一照面。在人世的慘淒裡，讓我是生者的開拔號，死者的定音鼓。

4

「黃帝之史倉頡見鳥獸蹄迒之跡……初造書契」，我願我是一枚梅花鹿或野山羊的蹄痕，清清楚楚的拓印在古代春天的原隰上，如同條理分明的版畫，被偶然經過的倉頡看到。

那時是暮春嗎？也許是初夏，林間眾生的求偶期，小小的泥徑間飛鳥經過，野羌經過，花豹經過，蛇經過，忙碌的季節啊，空氣裡充滿以聲相求和以氣相引的熱鬧，而我不曾參與那場奔逐，我是眾生離去後留在大地上的痕跡。

而倉頡走來，傻傻的倉頡，喜欲東張西望的倉頡，眼光閃爍彷彿隨時要來一場惡作劇的倉頡，他其實只是一個愛搗蛋的大男孩，但因本性憨厚，所以那番搗蛋的欲望總是被人一眼看破。

他急急走來，是為了貪看那隻跳脫的野兔？還是為了迷上畫眉的短歌？但他們早都逃遠了，他只看到我，一枚一枚的鳥獸行走的足印。年輕的倉頡啊，他的兩頰因急走而紅，他的高額正流下汗珠，他發現我了，那些直的，斜的，長的和短的線條以及那些點，那些圓。還有，他開始看到線與線之間的角度，點與點之際的距離。他的臉越發紅起來，汗越發奔激，他懂了，他懂了，他忘了剛才一路追著的鶴蹤獸跡，他大聲狂呼，撲倒在地，他知道這簡單的滿地泥痕中有尋不盡的交錯重疊和反覆，可以組成這世上最美麗的文字，而當他再一次睜開不敢完全置信的眼睛，他驚喜的看到那些鹿的、馬的、飛鳥的、猿猴的以及爬蟲類的痕跡——而且，還更多，他看到剛才自己因激動而爬行的手痕與足印。

我願我是那年春泥上生活過的眾生的記錄，我是圓我是方我是點我是線我是橫我是直我是交叉我是平行我是蹄痕我是爪痕我是鱗痕我是深我是淺我是凝聚我是散。我是即使被一場春雨洗刷掉也平靜不覺傷悲，被倉頡領悟模仿也不覺可喜的一枚留痕。

可愛的倉頡，他從痕跡學會了痕跡，他創造的字一代一代傳下來，而所有的文字如今仍然是一行行痕跡，用以說明人世的種種情節。

我不做倉頡，我做那遠古時代春天原野上使倉頡為之血脈賁張的一枚留痕。

5

日本有一則淒艷的鬼故事，叫「吉備津之釜」（取材自「牡丹燈」），據說有個薄倖的男子叫正太郎，氣死了他的髮妻，那妻子變成厲鬼來索命。有位法師可憐那人，為他畫了符，貼在門上，要他七七四十九天不要出來，自然消災。厲鬼在門外夜夜詈罵不絕，卻不敢進來。及至四十八天已過，那男子因為久困小屋，委頓不堪，深夜隔戶一望，只見滿庭乍明，萬物澄瑩，他奮然跳出門去，卻一把被厲鬼揪住，不是已滿了四十九天嗎？他臨死還不平的憤憤，但他立刻懂了，原來黎明尚未到來，使他誤以為天亮而大喜的，其實只是如水的月光！

讀這樣的故事，我總無法像道學家所預期的把「好人」「壞人」分出來，佛經上愛寫「善男子」「善女人」，生活裡卻老是碰到「可笑的男子」和「可悲的女人」。連那個法師也是個可憫可歎的角色吧？人間注定的災厄劫難豈是他一道的悲慈的符咒所化解得了的？如此人世，如此愛羅恨網，吾誰與歸？我既不要做那薄倖的男子，更無意做那啣恨復仇的女子，我不必做那徒勞的法師，那麼我是誰呢？其實這件事對我而言，一點也不困難，在讀故事的當時，我毅然迷上那片月光，清冷絕情，不涉一絲是非，倘詩人因而墮淚，胡笳因而動悲，美人因而失防，厲鬼因而逞凶，全都一概不關我事。我仍是中天的月色，千年萬世，做一名天上的忠懇的出納員，負責把太陽交來的光芒轉到大地的帳上，我不即不離，我無盈無缺，我不喜不悲，我只是一丸冷靜的岩石，遙望著多事多情多欲多悔的人世。

世上寫月光的詩很多，我卻獨鍾十三世紀時日本人西行所寫的一首和歌。那詩簡直不是詩，像孩童或白痴的一聲半通不通的驚歎，如果直譯起來，竟是這樣的：

明亮明亮啊
明亮明亮明亮啊
明亮明亮啊
明亮啊明亮明亮
明亮明亮啊——月亮

別人寫月光是因為說得巧妙善譬而感人，西行的好處卻在笨，笨到不會說了，只好楞楞的叫起來，而且賴皮，彷彿在說：「不管啦，不管啦，說不清啦，反正很亮就對啦！你自己來看就知道。」

如果我真可選擇，容許我是月，光澈絕豔使人誤為白晝的月，明坦浩蕩，使西行為之癡愚而失去詩人能力的月。

6

小時候，聽人說：「燒窰的用破碗」，蒙蒙然不知道是什麼意思。

漸漸長大才知道世事竟真是如此，用破碗的，還不只是窰戶哩！完美的瓷，我是看過的，宋瓷的雅拙安詳，明瓷的誇富鬥艷都是古今不再一見的絕色了，然而導遊小姐常冷靜的轉過頭來，說：

「這樣一件精品，一窰裡也難得出一個啊，其他效果不好的就都打爛了！」

大概因為是官窰吧？所以慣於在美的要求上大膽越分，才敢如此狂妄的要求十全十美，才敢於和造化爭功而不忌諱天譴。宮裡的瓷器原來也是如此「一將功成萬骨枯」啊！我每對著冷冷的玻璃，看那百分之百的無憾無瑕，不免微微驚怖起來，每一件精品背後，都隱隱堆著小塚一般的尖銳而悲傷的碎片啊！

而民間的陶瓷不是如此的，民間的容器不是案頭清供，它總有一定的用途。一隻花色不勻稱的碗，一把燒出了小疙瘩的酒壺都仍然有生存權，只因為能用。凡能用的就可以賣，凡能賣的就可以運到市場上去，每次窰門打開，一時間七手八腳，窰便忽然搬空了。窰大約是世上最懂得炎涼滋味的一位了，從極熱鬧極火熾到極寂寞極空無——成器的成器，成形的成形，剩下來的是陶匠和空窰，相對峙立，彷彿散戲後的戲子和舞臺，彼此都疑幻疑真起來。

設想此時正在套車準備離去的陶瓷販子忽然眼尖，叫了一聲：

「哎！老王呀，這隻碗歪得厲害呀，你自己留下吧！拿去賣可怎麼賣呀，除非找個歪嘴的買主！」

那叫老王的陶匠接過碗來，果真是個歪碗哩！是拉坯的時候心裡惦著老母的病而分了神嗎？還是進窰的時候小么兒在一邊吵著要上學而失手碰撞了呢？反正是隻無可挽回的壞碗了，沒有買主的，留下來自己用吧！不用怎麼辦？難不成打破嗎？好碗自有好碗的造化，只是歪碗也得有人用啊！

揑著一隻歪碗的陶匠，面對著空空的冷窰，終於有了一點落實的證據——具體而微溫，彷彿昨日的烈焰仍未褪盡。

在滿窰成功完好的件頭中，我是誰？我只願意是那隻瑕疵顯然的歪碗啊！只因殘陋，所以甘心守著故窰和故主，讓每一個標價找到每一個買主，讓每一種功能滿足每一種市場，而我是眷眷然留下來的那一隻，因為不值得標價而成為無價。

成年後讀梅堯臣寫瓦匠的詩：

陶盡門前土
屋上無片瓦

十指不沾泥
鱗鱗居大廈

張俞寫蠶婦的詩也類似：

昨日到城廓
歸來淚滿巾
遍身羅綺者
不是養蠶人

原來世事多半如此嗎？一國之中，最優秀的人才注定只供外銷吧？守著年老父母的每每是那個憨愚老實的兒子。如果這是一個瓦匠買不起瓦的世界，英雄豪傑或能鼎革造勢，而我不能，我只願是低低的茅簷，為那老瓦匠遮蔽一冬風雪。如果蠶婦無法擁有羅綺，我且去作一襲黯淡發白的老布衣，貼近她憤憤不平的心胸。至於那把一窰的碗盤都賣掉的陶匠，我便是他朝夕不捨的歪碗，或啜水，或飲粥，或注酒，或服藥，我是他造次顛沛中的相依。他或者知道，或者並不知道，或者感激，或者因物我歸一也並不甚感激，我卻因而莊嚴端貴如同唐三藏大漠行腳時御賜的紫金盂。

7

很少有故事像「甘澤謠」中的「三生石上」那樣美麗：

是春日的清晨吧？一婦人到荊江上峽汲水，她身著一件美麗的織錦裙，在一注流動的碧琉璃前面佇步。陽光爍金，她也為自己動人的倒影而微怔了，是因駘蕩的春風嗎？是因和煖的春泥嗎？她一路行來幾若古代的姜嫄，竟有著一腳踏下去便五內皆有感應的成孕感覺。她想著，為自己的荒唐念頭而不安，當即一旋身微蹲下去，豐圓的瓦甕打散滿眼琉璃，一霎間，華麗的裙子膨然脹起，使她像足月待產的婦人，陶甕汲滿了，她端然站直，裙子重又服貼的垂下，她回身急行的風姿華艷流鑠，有如壁畫上的飛天。

而那一切，看在一位叫圓觀的老僧眼裡，一生修持的他忽然心崩血嘯，如中烈酒，但他的狂激卻又與平靜寧穆並起，彷佛他心中一時決堤，湧進了一大片海，那海有十尺巨浪，卻也有千尋淵沈。他知道自己愛上這女子了，不，也許不是愛那不知名不知姓的女子，只是愛這樣的人世，這樣的春天，春天裡這樣的荊江上峽，江畔這樣的慇勤如取經的汲水，以及負甕者那一旋身時艷采四射的裙子。

「看到那汲水的婦人嗎？」老僧轉身向他年輕的友人說，「我要死了，她是我來世的母親。」

圓觀當夜就圓寂了，據說十二年後，他的友人在杭州天竺寺外看到一個唱著竹枝詞的牧童，像圓觀……

世間男子愛女子愛到極致便是願意粉身立斷的吧？是渴望捨身相就如白雲之歸岫如稻粒之投春泥的吧？老僧修持一世，如果允許他有願，他也只想簡簡單單再投生為人，在一女子溫暖的子宮中做一團小小的肉胎。是這樣的春天使他想起母親嗎？世上的眾神龕中最華美神聖的豈不就是容那一名小兒踞坐的子宮嗎？

而我是誰呢？我不是那負甕汲水的女子，我不是那修持一世的老僧，我只是那繫在婦人腰上的長裙，與花香同氣息，與水紋同旋律，與眾生同繁複的一條織錦裙，我行過風行過大地，看過真情的淚急，見證前生後世的因緣——而我默無一言，我和那女子因一起待孕和待產而鮮艷美麗，我也在她攜著幼兒的手教他舉步時逐漸黯然甘心的敗舊。我是目擊者，我是不忘者，我恆願自己是那串珠的線，而不是那明珠。

8

「你們想好了沒有？」美麗的女主人把咖啡一飲而盡，「我想好了，如果要我自己選擇，我要做一個會唱歌的人。」

而我笑笑，走開，假裝看窗外仰天的觀音山，以及被含啣著的落日。我不能告訴她，她的性格裡有種窮追不捨的蠻橫，如果我告訴她，她一定會叫起來，追根究底的問道：

「為什麼？為什麼？為什麼你不肯是人？為什麼你在迴避？人生的擲骰大賭場裡你不下注嗎？你既不做莊家，又不肯做賭雙數、或者單數的賭徒，你真的如此超然嗎？」

因為知道她要這樣問我，所以乾脆不說，讓她無從問起。但逃不掉的，我自己終於這樣問起自己來。然後，我發現我對自己耐心地解釋起來。

記得不久以前在香港教書，有一天去買了一幅手染的床罩，是中國大陸民間的趣味。我把它罩在床上，一個人發呆發癡的看個不停。到了晚上該睡覺了，我竟睡不著，在沙發上靠靠，在桌邊打個盹兒，也就混過去了，只因捨不得掀開啊，那麼漂亮那麼迷死人的東西啊！這樣弄了一個禮拜，忽然讀到朋友蔣勳的文章，提到民間楊柳青的年畫，年年都要換新的，他的結論竟說連美也是不可沈陷不可耽溺的。我看了大為佩服，見面的時候我說：「真佩服你啊！能不耽美，我就做不到！」他笑起來：「老實說，我也做不到，你當我那些話是說給誰聽的？就是說給我自己聽的！」

我又猛然想起有一次看柏格曼的電影，其中一位小丑有難，有人好心引述良言勸慰他，他哭笑不得，反譏了一句：

「朋友，你真幸福——因為你說的話，你自己都相信。」

原來，所有的話，都是說給自己聽的——說給或相信或不相信的自己聽的——希望至少能讓自己相信自己所說的話，我之所以想做樹，想做菊，想做一枚蹄痕，想做月，想做一隻殘陋的碗，甚至是一條漠然不相干的裙子，不是因我生性超然，相反的是因為我這半生始終是江心一船，崖邊一馬，「船到江心馬到崖」，許多事已不容回頭，因而熱淚常在目，意氣恆在胸，血每沸揚，骨每嗚嗚然作中宵劍鳴，這樣的人，如果允許我有願，我且勸服我自己是江上清風，是石上苔痕，我正試著向自己做說客，要把自己說服啊！至於我聽不聽自己的勸告，我也不知道啊！

選自：爾雅出版社，《從你美麗的流域》

著作年表

作品名稱	出版者	出版日期	作品名稱	出版者	出版日期
畫愛	校園出版社	60	愁鄉石	基督文藝	71
武陵人	基督教文藝出版社	61	戲曲故事・看古人扮戲	時報	71
第五牆	基督教文藝出版社	61	心繫	百科	72
非非集	言心	65	安全感	宇宙光	72
黑紗	宇宙光	65	你還沒有愛過	大地	72
曉風創作集（文集）	道聲	65	通菜與通婚	九歌	72
曉風戲劇集	道聲	65	桑科有話要說	時報	73
血笛	黎明	66	給你	宇宙光	73
詩詩、晴晴與我	宇宙光	66	幽默五十三號	九歌	74
曉風自選集	黎明	68	給你・瑩瑩	宇宙光	74
花之筆記	道聲	69	三弦	爾雅	75

作品名稱	出版者	出版日期	作品名稱	出版者	出版日期
曉風創作集	道聲	69	再生緣	爾雅	75
有情人	爾雅	75	舅媽祇會説一句話	省教育廳	80
我在	爾雅	75	説戲	省教育廳	80
步下紅毯之後	九歌	75	曉風小説集	道聲	80
曉風散文集	道聲	75	地毯的那一端	水牛	81
動物園中的祈禱室	宇宙光	76	我知道你是誰	九歌	83
哭牆	水牛	77	這杯咖啡的溫度剛好	九歌	85・9・10
祖母的寶盒	省教育廳	77	你的側影好美	九歌	86・11・10
從你美麗的流域	爾雅	77	他？她？	九歌	91・4
玉想	九歌	79	星星都已到齊了	九歌	91
曉風吹起	文經	79			

延伸閱讀

1.《張曉風植物散文鑑賞與教學研究》，國立高雄師範大學葉嘉文碩士論文，二〇〇二年。

2.《亦秀亦豪的健筆：張曉風抒情散文之翻譯與評論》，輔仁大學吳敏嘉碩士論文，一九九一年。

3.〈張曉風的藝術—評《我在》〉，王文興，《中國時報》人間版，一九八五年三月十五日，收入張曉風著《從你美麗的流域》，一九八八年七月，爾雅出版社。

——《我在》，於散文藝術層面，表現最好的，當為「意念」這一點，和文字。……情感，是的，不論人倫，夫婦，友儕，家國，都不宜高談，只合暗示，否則讀者多少會為之羞赧不禁。《我在》一書，於意念一環，已經揚棄「談『情』說『愛』」的取材，轉而求更深他種意念的蒐索。

4.〈有以與人的採蓮女子—張曉風的散文世界〉，林怡芳，《國文天地》，一九九五年四月。

5.〈亦秀亦豪的健筆—張曉風教授訪談記〉，林彩淑整理，《文藝月刊》二五四期，一九九〇年八月。

6.〈活著與當下—談張曉風《這杯咖啡的溫度剛好》〉，張春榮，《文訊》，一九九七年一月。

7.〈茶香與酒情—評張曉風《這杯咖啡的溫度剛好》〉，盧怡文，《北師語文教育通訊》，一九九九七年六月。

8.〈情繫天地之間—評張曉風《從你美麗的流域》〉，魯瑞菁，《聯合文學》第五卷第三期，一九八九年一月。

9.〈張曉風《步下紅毯之後》的四種修辭格試探〉，鄭芳郁，《國文天地》九卷一二期，一九九四年五月。

10.〈隨興讀書，自在生活—張曉風用單純的心經營每一天〉，鍾怡雯，《國文天地》一一卷六期，一九九五年十一月。

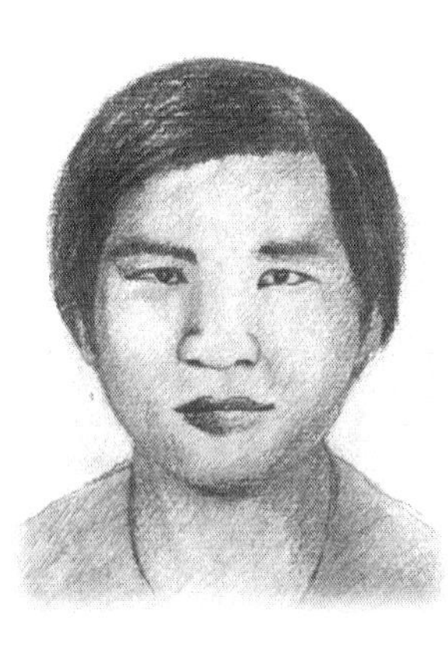

作者小傳

陳列，本名陳瑞麟，一九四六年生，臺灣嘉義縣人。淡江大學英文系畢業，曾任國中教師，受政治冤獄後投入民主運動，曾為民進黨花蓮縣黨部主委、國大代表。其作品不多，但量少質精，篇篇佳作，故倍受重視。著有散文集《地上歲月》、《永遠的山》，未集結者有《寧靜海》。

陳列的散文風格沈厚凝練，不與時人唱同調，作品除描寫個人生命感懷之外，更關懷自然生態與弱勢族群，穩健中有奇巍的心志。曾二度獲時報文學獎散文首獎，並獲時報文學獎推薦獎。

八、我的太魯閣

陳列

1

我對山水世界的概念和情懷，到目前為止，大抵都是由太魯閣一帶那片豐富的天地塑造出來的。將近二十年了，除去其間遠行幾達五年的時光外，每年，我都會至少一次到峽谷內住一段日子。太魯閣那種有骨有神地揉和了磅礴與靈秀、高廣與幽奇的氣質與境界，一直深深地令我著迷。

早先的時候在山上，年輕而狂野，幾乎天天都要進入山林水澤裡搜巡，好像那是我假期裡自派的任務。我和年齡相若的同伴們溯著立霧溪的一些支流而上，在纍纍的巨石間攀爬跳躍，穿過寒冷嘩叫的水瀑，我們哆嗦著身體，也大聲地嘩叫著，然後我們有時就停下，躺在水中平板的大石上胡亂唱歌，看山間的樹葉在水霧飛濺中迴轉著緩緩飄落，蛙類驚慌地跳下水。有時，我們繼續走，為了繞過峭壁夾峙的深潭，便找來梗在石頭間的浮木，將它靠在長滿了青苔的陡崖，然後再危顫顫地抱著木頭爬到可以落腳的更高處，或者腳踩著斜生在石壁上的樹幹，手也緊抓著枝葉，戒懼地一步一步走過，偶爾實在害怕，便轉身直立地跳入那綠得泛黑的寒潭裡。經過了數秒鐘才浮上水面時，全身冰透了，衣服當然也濕了，但即使在中午時分，陽光也難得射進那鬱綠的狹谷，於是我們乾脆就裸身烤火。那時候，那些幽谷寒水多還沒有名字，我們慎重地商討著為它們一一命名：葫蘆谷、羞月潭、天池、向雲門……

當然我們也專門去爬山，循著獵人的小徑，穿過蓊悶青蔥的雨林，腐葉混合著濕氣和密林的味道老是跟著我們走，偶爾還看到青竹絲掛在頭頂上方的細枝上。步道經常是沿著斷崖上升的，手腳並用地走在上面，腳下鬆動的石片唰唰滑落，無聲地跌入我們不敢探望的谷底，若是忽然飛起一隻鳥，並發出尖拔的嘯叫，我們更是渾身一時都是冷汗。所以我們常常是半路就退了下來，帶著一些挫折、沮喪。

然而我們仍還見到了幾個原住民近乎廢棄的部落和獵寮。我們躺在四下無人的嶺上看雲走過潔淨的藍天，覺得自己很偉大。有時，當我們或者採到了一些漂亮的楓葉或什麼的摸黑下山時，耳邊全是風吹過迅速漆暗下來的樹林山岩的聲音，以及驚起的鳥獸噗噗飛竄的聲音和蟲鳴。山林的氣味一陣濃過一陣，彷彿是它們正要入睡的鼻息。

夏季裡，畢竟還是覺得碧澄的溪水較安全和誘人。我們往往是吃中飯時就說好要去哪一條溪谷，飯後就立刻出發了。我們在巨石下的洞穴游進游出，順著滑溜的岩石從瀑布上滑入水潭，和山地小孩比賽跳水，以藤蔓和撿來的樹幹紮成木筏，然後或坐或攀地一起努力順流而下，但經常是沒兩下子筏就翻覆或沈沒了，只留下歡笑聲在水面隨著那些可能已經散開的木頭四散，在岸壁間迴繞。當我們抬頭，也許可以看到一群獼猴垂掛在山腰的樹枝上，正對著我們吱吱叫，一邊還不停動著牠們的身軀，像是在為我們喝采，或者在嘲笑我們在大自然世界裡的笨拙。我們當然也哄鬧著逗牠們玩，在岸邊的石頭流水間跑上跑下。那清澄的澗水不斷地激越著，跳躍著，嘩啦嘩啦地唱歌，一如我們稚嫩的青春。

那激越的水，那清澄的水，等我五年後再來時，似乎沒什麼改變，青山也是。但我騷動的青春卻好像已隨著當年的流水匯入大海了。

近年來，我大概都是獨自上山的，偶爾也或許帶著妻子女兒同來。雖然也還不時深入溪谷去游泳，但已少有尋幽探奇的興致了。而往往只是坐在石頭上看流水，端詳石壁糾扭褶皺的陰陽紋路和色澤，或者仰臥著看葉隙後的一線天。雲緩緩走過。正午的時候，也許會有陽光照在某個段落的溪水上，而在氣候易變的晨昏，或者也不一定要是氣候易變的晨昏，在不遠的某個山彎水折處，我可能還會看到烟霧在溫暖的光線裡映著裸露的灰藍色的斷崖浮升，有時激烈地無聲噴騰，有時則如薄薄的棉絮飄忽飛舞。

更常的是，只是在住處附近坐著看山，或毫無目的地閒閒散步，時而抬起頭來，看到的依然是山，挺拔硬毅，綿密厚實，一層疊著一層，而雲，各種風貌的雲，就在那些大山間遠遠近近地生息幻化，在陽光下，在陰雨中，或者有時帶著大塊的影子悠緩地移過。我總覺得，那些山，在光影烟雲的烘托下，每一個分秒都呈現出絕佳的姿色，豐繁多變卻又極其單純的美的姿色，而那種美是既完全悄無聲息卻又暗潮洶湧的，是一種雄渾無限的氣勢，靜的奧義，大自然生命深沈壯闊的訊息。

那奧義和訊息，我隱約體會著，把握著，然後回到室內，安心地看書，寫字。

安心地看書寫字。那些日子，一向就是如此。偶爾抬頭望向窗外，也仍是無邊的青山。紅塵裡的憂傷、爭執、憤怒等等彷彿很遠。這是我休息，回首端詳自己的地方。

最後，我甚至於搬來花蓮這個太魯閣的居住地了。

2

啊，我的太魯閣。當我曉得大夥兒要來這裡盤桓個兩三天時，我是很興奮的；一種預期和一些可愛的人分享快樂經驗的歡喜。甚至於還不曾見面，我就已覺得，通過這片山水，我們是親近的。

我們去了我曾游過數十次泳的神秘谷，但卻是初次知道我一直認定的一種鳥叫原來是出自所謂的「騙人蛙」。

我們也去了白楊瀑布和水濂洞。山環水繞。景色依舊，轟然衝下的水浪在窪谷中呼吼著，在森黑的山洞中迴響，兩段瀑布也還在遠遠高高的青翠山林間無聲流瀉。但那個水濂洞，我卻覺得破頂而下的水瀑似乎更大更強勁了。

我們甚至以一整天的時間深入陶塞溪。那一天，從迴頭灣步上古道時，我就開始深深地懷念起上個月來時寒冷的竹林部落和葉子全已落光的桃子園，以及那在黝暗的廚房裡為我們煮麵的老兵了。這一回，春日的熱陽照在窄促的古道上，照著幽深的溪谷，冬季山坡上不時燦爛惹目的紅野櫻花也不見了，全換成了或黃或澀紅的嫩葉。一些鳥翩然或急速地飛過，在深不知處的密林子裡鳴叫。劉克襄激動地為我們現場講解大冠鷲在藍天下飛翔的姿勢，和如何將它和烏鴉區別，並且叫我們用他的望遠鏡看那隻在樹梢上也對著我們張望的橿鳥。國家公園管理處的黃課長則以她的專業知識不時為我們解說路邊岩石的名稱、水流的縱切與橫切，以及地形地質的生成和構造。

在太陽下，我們這一天著實是走了不少路的。回到住處時，大家都累了，晚上，都早早休息睡覺了。但我躺在床上，卻一點睡意也無，似乎老是聽到屋後立霧溪水沖激的聲音，以及風吹過山林原野的聲音，又彷佛是神秘宇宙千古的言語，在訴說著大自然的誕生、太魯閣的誕生、立霧溪的誕生。

那是一則多麼古老多麼古老的故事啊。億萬年前，我們現在稱為大理石的這種東西開始在深海裡孕育壓聚著，那時，臺灣當然還沒出現，而所謂的人類也還不知道在那裡。到了大約七千萬年前，平靜的大理石層因造山運動而被壓迫著在水面上站了起來。接著，六千八百年的漫長歲月過去了，第二次造山運動令大理石不斷地隆起生長。但這時，它的身上仍覆蓋著一層較軟的岩層。我們今天所說的立霧溪大概也就在這時出生的。然後又經過多少日子的風蝕雨侵啊，大理石終於露出地殼了，並持續地隆起，立霧溪水則相反地不斷向下切斷，向東橫流。終於，我們才有了現在的，太魯閣峽谷。

終於，我還是決定起床，披衣，出去再看一次夜裡的太魯閣。

一輪滿月正靜靜地定在墨藍乾爽的空中，伴著稀疏閃爍的星辰。空氣清冷香甜，在露濕的草坪上淡淡瀰漫。幢幢大山的黑色剪影映著夜空，卻又彷彿一起要向我俯壓過來的樣子。整個天地是既溫柔又莊嚴的。

但當我回頭，卻看到祥德寺旁的佛塔邊緣亮著好幾圈庸俗的猩紅燈光。即使這裡的商店的買賣活動都已歇息的時候，那些燈光卻仍還在不甘寂寞地招搖著，在黑暗的山水裡顯得多麼地突兀啊。佛陀說法，千言萬語，無非就在去除人心中的貪嗔痴，但在我看來，那些燈簡直就代表著明目張膽的痴障。修行人尚且如此，何況一般眾生？

我知道，就在綠水管理站對岸高高的深山裡，一條蜿蜒十餘公里的林區道路幾乎把古老的林木載運光了。在峽谷口外的那個水泥廠採石場，以及更多分佈各處的各種礦場，也正不停地糟蹋著大好的巒脈。而更荒謬的是，竟然有臺電這樣的公家機構在處心積慮、永不罷休地要截斷立霧溪上游的各條水流，想以整個峽谷的億萬年美麗生命來換取佔全島百分之零點四五的發電量。

相對於極其難有的生長過千古歲月的這片山水，相對於這個靜穆細緻的月夜，這類的作為，顯得何其無知、貪婪和粗鄙啊。

3

隔天清晨，我悄悄出門的時候，四周的山仍在睡覺，罩著朦朧的墨綠色彩。我走過一片老梅園，從教堂邊折入一條古道。三月梅樹的綠葉和嫩果都還沾著夜來的濕霧，一起垂蔭著滄桑多節的灰色老幹。鳥聲起起落落地響在樹叢與教堂的圍牆內，很愉快的樣子。教堂的一個人正在屋簷下為整排的盆花澆水。

古道沿立霧溪左岸的山壁曲折上升。隔著深谷看過去，幾乎也全是陡然拔起的大山，在溪流的一個急彎處，更還有一座尖塔狀的山岬橫刺進水域裡，上下全面凸顯著嶙峋的岩塊斷層，如參差的鱗片。眼前重疊的山勢隨著古道的盤繞轉；水聲也是，忽大忽小。我在路邊的一段枯樹幹上坐下來。在遠方高處的一些山坡上，這時已開始亮出幾抹鵝黃的陽光，背陽光的部分則反而顯得更暗藍沈肅了。

這條山路，我不曾走過，但這一切景致卻仍是我多年來所熟悉的。那種油然生起的戀慕情懷和心思空靈的感覺，也是我熟悉的。

據說，由這裡西行約四十五公里，可以上接合歡山界。這條古道是六十多年前完工的，但泰雅族人卻早在兩百五十年前就開始東移，進入立霧溪流域，散居在可耕的各個河階地了。他們大規模遷出這裡的山區，也不過是四、五十年前的事。在居住於這廣闊的大小深水領域的長時期裡，他們耕作、狩獵，向大自然討生活的基本所需，卻不曾留給山水怎樣的傷害。但是，當他們走了之後呢？

聽著在春晨的河谷間湧迴著的水聲，我實在不忍想像當這些水被堵死在一個個的壩堤內的時候，當立霧溪變啞了並堆積起越來越多崩塌的砂石巨岩時，它的生命，以及整個太魯閣地區的美質，會變成如何。

但我仍不禁地也這麼想像著：對那些蠻橫貪婪的心靈，我們是否也能終於讓他們稍稍曉得，在開發徵逐之外，在短視的經濟炫耀之外，另有一些更值得珍視的價值，譬如美和愛呢？在肆意地揮霍變賣之外，能把這塊天地當作子孫世代生息的天地，而不是存著過客的心理？在薰染了過多的僚氣之餘，也能來太魯閣作一番休息，接受澗水的清滌，學習山的風範，靜心諦聽大自然幽微的訓諭呢？

除了永遠的水聲，群山仍然永遠不語。我站了起來，迎著那逐漸露出山頭的溫暖春陽往回走。

我的太魯閣又在開始它億萬個歲月中的另一個新鮮的日子了。

選自：聯合文學出版社，《地上歲月》

著作年表

作品名稱	出版者	出版日期	作品名稱	出版者	出版日期
地上歲月	漢藝色研文化公司	78	玉山行	臺灣省教育所	81
永遠的山	內政部營建署玉山國家公園	80			

延伸閱讀

1.〈原住民的世界—楊牧、黃春明與陳列散文的觀點〉，收入李瑞騰編《臺灣文學二十年集：評論二十家》，九歌出版社。原刊第一屆《臺灣本土文化學術研討會論文集》，一九九八年五月。

2.〈地上歲月・人間文學—初讀陳列《地上歲月》〉，郭楓，《新地》五期，一九九〇年十二月。

——陳列，在相當高的水平上，創造出作品的藝術境界。這境界是他特有的：美麗的語言蘊藏在樸拙的描述之中，似乎未見神奇，而神奇已融入語言的骨髓裡。完密的結構在自然間發展，章法的安排，段落的銜接，首尾的呼應，看似渾然天成，實則匠心獨運。

3.〈永遠的山—陳列的玉山之旅〉，張尤娟，《新觀念》一〇三期，一九九七年五月。

4.〈知識與心靈的雙重驚歎—陳列《永遠的山》〉，何雅雯，《文訊》，一九九九年七月。

5.〈臺灣本土人物傳—陳列其人、文學與政治的天平〉，王威智，《臺灣時報》二三版，一九九四年十一月三日。

6.《作家列傳—陳列篇》，阿盛著，一九九九年，爾雅出版社。

7.〈讓人心柔念淨：試評陳列《地上歲月》〉，郭明福，《文訊》四四期，一九八九年六月。

8.〈囚禁的歲月—論陳列的「無怨」與施明德的「囚室之春」〉，陳萬益，《文學臺灣》六期，一九九三年四月。

作者小傳

奚淞，一九四七年生，上海市人。國立藝專美術科畢業，巴黎美術學院研究。返國後任職《雄獅美術》與《漢聲》雜誌，現任《漢聲》雜誌副總編輯。奚淞創作多樣，包含散文、小說、兒童文學與繪畫。出版散文集《姆媽，看這片繁花》、《給川川的札記》、《三十三堂札記》、《夸父追日》、《自在容顏》，小說集《封神榜裡的哪吒》等。

奚淞散文氣蘊內斂，經常流露真情至性，其文字有詩意，有畫境，自有一種沈潛之美，近年隱居新店，潛心於油畫創作。

九、姆媽，看這片繁花！

奚淞

母親的手，靈活而優雅，像菩薩的手，無時無刻不在照顧和護衛著家人。

有一回，父親大概是被照拂得太過，有點不耐煩了，抱怨道：「你看你，終會把家裡的孩子都寵壞——」

母親不好意思的笑了，把手插進棉襖裡暫時躲藏。這雙手自有奇特的生命，一不小心，就會烹煮出過分精緻的菜肴、織出太厚暖的衣物，這是她自己也無法控制的事。

我童年最深的記憶，也相關於這雙手。

幼年時，因為戰爭，我一度遠離雙親，寄養別家，直到五歲才重回父母身邊。

回家後的我，忽然從乖順中爆發了躁惡的脾氣，經常與哥哥們纏鬥不休，時時啼泣撒賴。出於一種難以表達的心靈匱乏和飢渴，我做一切行為，無非想搏取父母的關注，特別是母親更多的優寵。

記得是一個冬夜，我終於有機會傍著母親睡了。我蜷縮、隔著黝深如洞穴的厚棉被，依稀感覺到母親平勻的呼吸。我悄悄伸出手，像伸向無窮遙遠的世界，朝母親的方向。

姆媽！我摸到了，你的手！

母親並沒有睡著，在黑暗裡，她也輕輕回握了我的。

我的心狂喜、跳躍。一切過早的憂傷和不安，都在母親溫暖的一握中平撫。

在此後的歲月裡，我是如何依戀著母親的手啊。直到因過分熟悉，而終於無視這雙手的存在了。

成長後，另一種嚮往和飢渴，導引我去探索屬於藝術的天地。我又離開了家庭。這回，我走得遠，那是大學畢業後，到地球另一端的巴黎去學畫。

而父親竟遽然去世了。

父親一向自誇強健，他的死訊帶給我的震撼多於哀傷。當我慌忙搭機飛返臺北，更令我驚駭的是母親的模樣。一身未換洗、不合身的灰布喪服，驟然霜白而蓬亂的頭髮上，胡亂結一朵不成形的白棉線花。看見我，枯而黑的臉顫然，僅咧開嘴，顯示了無言而黝深的哀慟。

我在巴黎三年，任性的作自己藝術家的夢，不察覺間，歲月竟來催討所有積欠了。父親去世，母親能健康而平安的活下去，應比一切都更重要。

我從舊書攤買一大堆內容輕快的雜誌和小說給母親，希望能轉移她凝定不化的哀傷。翻開書頁，她視線茫然滑開。我這才發現：她不只是失去了閱讀的習慣，視力也壞到早該配老花眼鏡了。

我烹煮一些肉類食物，笑鬧地端到她面前，想引動她的食慾。母親千百無奈的咬嚼兩下，趁我轉身，又偷偷把食物吐在碗背後。我這才發現：她不只是因悲傷而忌肉食，她的臼齒早已缺損多時，並沒有人促她去裝假牙。

誰想到一逕照顧人的母親，其實已經到了最需要人照顧的時候呢？

配眼鏡、裝假牙，母親都順從的做了。可是，母親仍不愛吃、也不看書。她兩手像是無事可做，一支香煙接著一支香煙的抽，從籠罩的煙霧裡，追尋往事蹤影。

為逝者摺紙錢的時候，母親的手才又活起來了。銀亮的冥紙，在她的手上靈巧轉動，瞬息間成為平整的元寶，翻飛飄落在她膝間的竹簍裡。這時，她對自已彷彿有片刻的滿意，抬頭半開玩笑的問我：「反正我已經沒用了，到紙錢店接工作，摺銀元寶賺錢罷！」

看母親摺紙錢的手，學美術的我有了新的狂想：為什麼不讓姆媽學畫畫呢？

母親無奈的說：「你不要再尋我的開心了，我那裡能畫畫？」

趁一股孩子胡鬧的狂勁，我把畫架、畫板、畫紙、畫夾和彩筆都準備好，一古腦堆置在母親面前。看到這一切鄭重的裝備，母親呆了。

以後，好一段時日，我假裝不在意，偷偷觀察母親的動態。我看到她在畫架前片刻的徘徊、片刻的猶疑、片刻的嘗試。這一生沒有為自己做過多少事的她，開始怯生生的拿起鉛筆，試著在紙上輕淡的畫一粒花生米大小的孩子，然後匆匆忙忙塗抹掉，深怕別人看見。

我沒想到：真有這麼一天，母親會認真而著迷的畫起畫來呢。她從舊書裡翻出一些過時的畫片，以刺繡般的耐心，一筆一筆的臨摹。

一天，母親在房裡獨自大笑起來。許久沒聽到母親笑聲的我，驚奇的衝進房，只看她一邊笑、一邊遮掩畫紙。

「畫得好醜，難看死了。」母親笑著說。

我看到了。畫的是一個三十年代打扮、穿旗袍的女人，側身站立鏤花的窗邊。稚拙的鉛筆痕擦了又改，直到那苗條的女郎天真的巧笑起來。原來，母親臨摹的是金嗓子歌后周璇的舊照。當周璇高歌「龍華的桃花」時，也正是父母親在上海相識、相戀的年代！

從記憶深處尋到圖像，母親的鬱結似找到宣洩出口。她居然一張又一張的畫起畫來了，起初畫婦人、孩子，然後就狂熱的畫起花來，黑白的畫面上，開始添加顏色，由淡雅趨於絢爛。

看母親蓬鬆著斑白的頭，鼻端架了老花眼鏡，聚精會神湊近艷麗的花朵細心描繪，有時竟連爐上煮著飯菜都渾然忘卻。我才了解到：在母親心底，也藏著一個從未被人注意過的藝術家呢！這藝術家是子女長成、丈夫去世後，才被釋放出來的。

這段日子，應是母親晚年最愉快的時間。她畫畫，也不厭其煩的為我一件又一件縫製唐衫。住在靠新店溪的三樓公寓裡，閒來可眺望一片水田和覓食的白鷺。夏天夜晚，她手揮羽扇，坐在窄小的陽臺上乘涼。樓上新婚的鄭先生用繩子吊一串葡萄下來，逗引得她大為開心。

母親的性格也變得開放瀟灑。記得有一回，我陪她到景美巷落裡的小戲院看武俠片，電影離開演還有一段時間。戲院門口泥濘又吵雜，找不到歇腳的地方。母親左右望望，忽然一屁股坐在門口的水泥矮階上，自得其樂的笑著說：「我就坐在地上，反正沒熟人看見！」

就這樣，母子兩人並肩坐在地上等看武俠片，像小孩一般樂著。

母親畫花，我受她純稚的畫風誘引，也在工作之暇畫起花來。住公寓，沒有自己的花園，然而兩人所畫的花，高低掛滿四壁，母親怡然行走其間，頗得意的說：「這就是我們的花園。」

一個晴日黃昏，陽臺上的母親眺望新店溪彼岸山頭的夕陽。她忽然畫興大發，拿了水彩筆，飛快的在紙上塗抹起來。一向慢工出細活的她，此刻連顏色也顧不得斟酌，十分鐘就完工了。

「太陽落得真快，我好緊張哦，眼都不敢眨一下，還是來不及畫好它。」母親遺憾的說。

匆匆的筆觸，天空渲染成異樣澄澈的晴藍，一輪巨大渾圓的紅日半沈半掩，被母親的畫筆留滯在山頭。當時，我看母親這幅簡單得接近抽象畫的水彩，只是不甚在意的玩賞。如今事隔數年，母親已經去世，翻開舊畫夾，這幅畫觸目而現，令我怵然震動，再度感受到那一日留不住的夕陽，一寸寸沒入山脊的威嚴與莊肅，同時也感覺到母親的筆觸從急迫中流露多少的愛和依戀。

前年秋天，母親忽然病發，得的是肺氣腫引發的心肺症。才入院，她即陷入半昏迷和囈語狀態，我和哥嫂姐姐都被這令人措手不及的病變嚇壞了，大家日夜輪班照護，也不見絲毫起色。

危急關頭，動氣管切開手術。只見白髮蓬散、面色灰敗的母親被飛快的由手術房推入加護病房，白被單下的頸間切口冒出血沫，轉瞬裝置在人工鐵肺下。

這是我平日親愛又慈祥的母親嗎？為防她自手術麻醉中醒來驚悸、妄動，雙手都被紗布綁定在金屬床架上。此外，她一身上下都裝插了各種管線：藥水點滴、心電探測、排泄裝置……當身側巨大的人工鐵肺單調響動，白被單下，顯得異常瘦薄的母親胸脯，便也機械地、隨響動而起伏。

床後的心電圖幕跳動十分混亂，望著那忽高忽低的數字和曲線，我完全呆木了。母親必須交給現代的醫學處置，這冰冷而正確的現代醫學，可曾把病人的恐懼、孤絕和憂傷都計算在內？望著母親陌生的模樣，我的雙手彷彿被剁斷，頭腦也被剜空了。我什麼也不能做、什麼也不能想……

第一次出院，母親成了類似中風後，言語有障礙、行動有困難的人。即使如此，能由病院回家，仍是多麼快樂而可寄以無限期望的事。

夕陽依舊穿透我家三樓落地窗，斜曬到掛滿花卉圖畫的牆壁。穿絨睡袍的母親也依舊坐在畫框下的小沙發上。她輕微痙攣了一下，轉過頭來看我，展開一個迅速得不自然的微笑。那微笑，像是向我表示回家後的欣慰。而我卻分明從她的眼中讀到一種深刻的疑懼，對自身狀態的疑懼。

像要撫平一根飄散的頭髮，或是拂去一粒看不見的微塵，她的手因努力上舉而在半空中劇烈顫搖。母親帶著那奇特疑懼的笑容說：「我的手……以前……會做好多事的……」

客廳裡，乍然變得那麼沈寂，沈寂得令人發慌。

姆媽，快點好起來罷！

心肺症是隨氣候冷暖變化而發作的。此後一年中的母親多次發病。家。救護車。醫院。最後因陷於癱瘓而進療養院。我始終不能習慣而勉強自己去習慣。一次次踏入醫院，如受法官宣判般接受經常性的檢驗報告，強充笑臉去握病床上母親的手，去傳述好轉的一切契機。

我從家裡取來了畫，張貼在病院空白得可怕的牆上。我發覺這樣做有多重好處。病床上母親的眼睛有了依附，由這張花移往那張花，而不茫然瞪在沒著落的半空。一些職業化、冷峻如冰的護士踏入病房，驚訝的看見畫，會突然輕緩了腳步，和悅地問起有關畫畫的問題。甚至連每日掃地的清潔婦，也會手拿拖把，叉腰賞畫老半天，跟母親愉快的談起天來。

這時候，母親的臉上閃過一絲得意。有了這些畫，恍惚也是自己喜愛的家了。

最令我驚訝的，是母親在肉體上備受折磨、日趨衰弱的同時，她竟表現出那樣的忍耐和強烈的求生意志。

一回，她在床上緊握住我，對我一字一句清晰的說：「以前，爸爸死的時候，我以為自己不想活，想跟他去。現在我想活，想活得更好……」

在記憶裡，脾氣溫和的母親很少這樣斬釘截鐵的表達過自己。我凜然感受到一種超乎語言以上的威嚴。母親的眼睛無影翳的瞪視著我，深邃而神秘，彷彿傳遞出直接來自生命本體的訊息微光。我低下頭來，禁不住熱淚盈眶了。

陽臺上，母親曾日日灌溉的一盆海棠，乏人照應，竟也開得紅艷一片，像病人掙扎的嗆咳，迸濺出無數細碎的花朵。

母親終於去世了。

最後一次，我坐在母親的身體前。無可言喻的失落感，使我饒舌地向她說起話來。我說了又說，不可自制，常以為母親會突然微笑、坐起身來。

可是母親畢竟不動分毫。而她那半握半張的手啊，我忍不住去撫摩。這是曾經撫愛了我童年的手。這是做家務、打毛線、縫唐衫的手。這是畫花卉的手。可憐，這也是病中顫抖、如受酷刑般注射多少點滴藥水，被綑綁在病床邊腫脹的手。

如今，這雙手猶留著瘀傷的青紫，靜靜彎曲垂落，像枯萎了的花朵。

姆媽！你的手，依舊是我最愛的手啊！

突然間，我有奇異的觸動。我覺得母親並不在這受傷的身體上，而是如空氣般包圍了我，並且微笑著從某處望著我。

是誰說的？一切過去的，都不曾真正消失，點滴都被記錄進生命的大書裡。

此刻，我翻開母親留下的畫夾，裡面有婦人和孩子的素描、吹笛走向歸途的少年、莊嚴的夕陽風景……一切並沒有消失，全都記錄得非常完好。還有，一幅幅美麗的花啊，攤開來，就像一座最豐饒的花園。

姆媽，面對這一片繁花，我又看到你的微笑了。

選自：爾雅出版社，《姆媽，看這片繁花！》

著作年表

作品名稱	出版者	出版日期	作品名稱	出版者	出版日期
夸父追日	遠流	70	三十三堂札記	雄獅	80
三個壞東西	信誼基金	74	自在容顏：三十三觀音菩薩和心理	雄獅	80
姆媽，看這片繁花	爾雅	76			
給川川的札記	皇冠	77	封神榜裡的哪吒	東潤	80

延伸閱讀

1.〈光陰・素顏—訪奚淞談其近作〉，鄭麗卿，《雄獅美術》，一九九六年八月。

2.《作家列傳—奚淞篇》，阿盛著，一九九九年，爾雅出版社，頁一一三。

——《給川川的札記》一書，一九八八年出版。奚淞的人格特質在這本書裡展現得相當明顯，精細的觀察、廣面的哲思、內斂的氣韻，都足以令人折服。他的文字自有一種潛沈的美，有詩意，有畫境。

3.〈黑暗中碰撞孤寂的靈魂—試以佛洛依德之心理分析解讀奚淞短篇小說「奪水」〉，陳潔晞，《人文及社會科學教學通訊》，二〇〇二年二月。

作者小傳

蔣勳，一九四七年生，福建長樂人，學生時期就對藝術有濃厚的興趣，十六歲開始創作，文化大學歷史系、藝術研究所畢業後，赴巴黎大學藝術研究所研究。先後任教於文化大學、輔仁大學和臺灣大學，後為東海大學美術系創系主任，現自由講學及寫作。著有散文集《萍水相逢》、《大度・山》、《今宵酒醒何處》、《人與地》、《島嶼獨白》、《寫給 Ly's M-1999》等，另有詩集、小說集和評論集數種。

蔣勳創作跨越諸多文類，散文風格頗受其詩和繪畫經驗的影響，節奏與視覺意象豐美，為當代散文家最具美學素養者。曾獲時報文學獎散文推薦獎。

十、七〇

一九七〇年，結束軍隊的服役，從鳳山回到臺北。坐很慢的慢車，彷佛一種無休無止的流浪。車廂內因為炎熱蒸發的汗酸，混合著嘔吐物稠黏的氣味。放假的兵士們也肆無忌憚，脫去了草綠色的軍服，裡面仍是草綠色的圓領棉布內衣。在過嘉南平原的時候，熟透的金黃色的稻穗沈重地歪倒著。夏天似乎使氣味特別易於擴散。稻米飽熟得使人飢餓的香味，火車的煤煙味，兵士們男性腥臊的體臭，食物在胃中逐漸糜爛打嗝而出的腐臭……。氣味罷，那是遲緩死去的六〇年代的氣味。農業的氣味，手工業小鎮的氣味，性慾被禁錮的氣味，軍隊紀律的氣味，多澱粉質穀類而少肉食的氣味……遲緩而沈重的流過。一列解甲兵士的列車，疲倦有一點沮喪的馳過許多鳳凰木的小鎮月台。無事在月台上瞌睡的老人，彷佛夢中的蟬嘶，一直一直叫著，尖銳高亢到了近於空白。

預官中許多是讀過卡繆的《異鄉人》的。在路過竹鎮的時候，相約一起去有名的相士處摸骨，卜算未來的命運，夜間並集體在一間兼營私娼的旅店中嫖妓。

蔣勳

「解甲兵士們的性是特別難以理解的。」

讀醫學的C惘然地望著看來一點也不像交媾的男子與女子赤裸彼此嬉戲調笑的身體這樣說。

C是竹鎮著名的醫生世家的長子。發達起來的整建後的華宅是頗西化的建築，但仍保有前庭「穎水堂」的老式門楣的格局。

大部分時候是年輕的解役男子們捂掩著下體私處，躲閃來自潑悍女子們恣意的攻擊，咯咯笑著蜷縮在金粉紅色床單的牆角。

其實是嬉戲到將近黎明，妓女們整裝散去，男子們才相互依靠著入睡了。

C在昏黃的燈光中無意義地看著自己密織網紋的手掌。相士說他將在十年內迅速地富有起來，使士紳家庭出身而又耽讀哲學的C竟有被羞辱的感覺。「這傖俗的騙取錢財的相士——」他心中這樣不屑地輕蔑著，便從口袋中掏出規定的卜費交給盲相士俗艷打扮的小妾，頭也不回地走出相命館。

C果然暴富了。完全違反他的意願，在一次無人知曉緣由的自殺未遂之後，變成了一個進口牙醫器械的商人，在臺灣逐漸注意起兒童的牙齒矯正的七〇年代初期，如神話一般地暴富並肥胖了起來。

相士卜算的或許並不是C個人的運命，而是臺灣七〇年代在岌岌可危中一夕富有起來的神話罷。

但是，我仍在六〇年代的哀悼中。

下了火車站，兀自走到西門町，在封禁不久的「野人」咖啡屋前佇立了一會兒。

我是在服役的南部看到「野人」被警方查封的消息。並公佈查獲了毒品的交換，以及性的猥褻的實例，以「違反善良社會風俗」的理由查封了。

「看著罷，性和政治，都將如火燎原，在這島嶼上燃燒起來。」

Y對我感傷的哀悼並不以為然。他已祕密接通一台短波的收音機，夜裡躲在小小的寢室中收聽充滿雜音的「中央人民廣播電台」的節目。海峽彼岸進行著如火如荼的文化大革命，Y似乎如耽於毒癮般開始每晚亢奮著革命與顛覆的夢想。

「臺灣被趕出聯合國了！」

最早騎著一輛鏘鏘作響的腳踏車四處傳播著訊息的自然也是這讀哲學系的Y。

人心惶惶了一陣子，美金兌換臺幣的黑市價飛漲，許多人竊竊私語著移民的種種。

許多個奇怪的夜晚記憶。穿白襯衫、卡其褲的青年們騎著鏘鏘的腳踏車，在椰子樹影的燈下彼此交談著。他們看來很匆忙，很激動，又很畏懼。彷彿千鈞一髮的時刻，彷彿是在生與死的邊緣，他們交換著短促的言語，或發黃包起書皮的政治禁忌的書籍。

六〇年代後期陳映真和他的友人們入獄的事不斷在青年中流傳著。其實始終沒有人弄清楚真相。他們閱讀的書籍，他們的組織，他們改革的方向，便當然被流傳的無稽一再訛誤或誇張，變成七〇年代如Y一般的青年們憤怒、苦悶、恐懼，或夢想革命的莫名的情緒罷。

因此，Y和他的友人們便有時在宿醉中失聲痛哭。

哭聲和部分的政治憂鬱症在七〇年代陸續形成海外以保釣運動為主的左派潮流。

臺灣在形成新的中產階級。經由農業過渡為工商業的改組，城市一夕暴富的中產者佔取著財富，以殷實的經濟實力抵抗著始終似乎危在旦夕的政治危機。

「請借問田庄邊的阿伯，人們說的臺北繁華都市怎麼走——」

民間流行的歌中有一種農村破產的哀傷，又有一種城市新興的喜悅。在農村與城市間茫然迷惘，農業人口唱著唱著也就自然大多進入了城市近郊的加工區，形成新工業城市生產線上的一員了。

因為保釣運動產生的知識分子認同民族的情緒，基本上朝兩個大的方向發展：認同中國，發展成為左派的運動；或認同臺灣本土，發展成為臺灣文化上的本土運動。

洪通的出現好像一則神話。南鯤鯓是大多數臺北知識分子連聽都沒有聽過的地方。南鯤鯓神祕的王爺信仰，像不可解的符咒，形成洪通詭異、迷魅、多色彩的繁複世界。臺北的知識分子也的確像著了魔一般，在那異常不可解，又異常民間，也異常臺灣的圖像中尋找著什麼。

洪通是七〇年代的一則圖騰神話，通過他，知識分子從西化的六〇年代轉向臺灣本土。洪通兼具著臺灣、民間、鄉土、現代……諸多複雜的象徵，而又以神祕的符咒形態出現，可以供人投射的幅度也最廣。

鄉土運動逐漸起來了，王拓寫基隆八斗子漁民的〈金水嬸〉、〈望君早歸〉在文學上引起兩極性的爭辯，朱銘從三義民間出發的木雕「同心協力」成為七〇年代肯定本土的象徵，林懷民從美國現代舞轉回民間廟會，編作「廖添丁」、「薪傳」；從來不曾受重視的「八家將」、「宋江陣」進入了國父紀念館的舞台，陳達抱著他的月琴從恆春小鎮進駐了臺灣大學對面最前衛的「稻草人」咖啡屋；李雙澤在淡江大學的校園內唱起「美麗島」、「少年中國」，文化大學國劇組的學生在邱坤良引領下學習子弟戲……。

鄉土運動當然可以狹隘到只是政治上的奪權。但是，鄉土運動也可以廣闊成為一代知識分子回頭認識自己土地的贖罪之情罷。

農業急速過渡為工商業。農業形態的村鎮迅速在消失中。如果有所謂的「臺北人」，「臺北人」也只是從各個異鄉村鎮聚集形成的新人口。

在臺北暴富起來的新移民，一方面追逐著城市物質的滿足，另一方面故鄉的種種也在潛意識中醞釀。城市的孤獨者與財富追逐者開始緬想偶然一瞥的故鄉——拆除了的老房子的木雕拱花、窗櫺、幾方綠釉的花磚；一些棄置的瓦甕、陶罐；乃至於祖母的繡花鞋及肚兜……等等。

在新興的繁華城市，故鄉消失中的一些遺物，混合著西方進口的名牌家具、服飾，成為新的美學。當然是因為仍然在農業小鎮與新興工商業城市間徬徨迷惘。鄉土運動做為一次美學革命，卻是集合了臺灣大部分農業人口往工商業城市化過渡時，做了一次不知不覺的告別儀式。

新通車的南下高速公路上夜班車的國光號疾駛在一道道冷銳的燈光中。車中的空調系統使車內與車外的溫度差別很大。城市中逐漸形成的穩定的上班族開始有了週末南下度假或省親的習慣。

「美麗島」事件使許多人激憤或哀傷著。

那似乎是臺灣七〇年代結束前最後的激憤與哀傷。

相信或夢想一個烏托邦信念的中產階級，有一天或許會懷念起這樣近於純稚的激憤與哀傷罷。

大部分南下的高速公路上的冷氣巴士中運載著一些頗茫然的眼神，在黑夜中看望著地面上被規定好了的標幟燈線，速率一致地向前駛去。

美麗島事件中逃亡的施明德彷彿古代傳奇中受難的俠士，每一天使閱報者追蹤著他的逃亡成功而有一種不可言喻的興奮和祝禱。他代表了潛藏著的大眾與惡巨人搏鬥的緊張與快感。有時候，逃亡的俠士是比養尊處優的政客更令人尊敬的。七〇年代後期臺灣各個角落崛起著與惡巨人纏鬥的「小鬼」，他們入獄、顛仆、時時使惡巨人難堪氣怒，他們在七〇年代是改革者、夢想家，是擁有激憤與哀傷的人性的擁抱者，他們在七〇年代留下了可愛有趣的面容。

七〇年代彷彿一條很長的甬道，不知道為什麼解除兵役時北上一站一站停靠的慢車，忽然變成了在冷銳的高速公路上筆直南下的冷氣巴士。

死在七〇年代的人一如李雙澤，可以純粹是七〇年代的了。在許多對七〇年代懷抱夢想者的胸臆間，李雙澤是不拿學位的，沒有職業，吃一個饅頭度日，終年一件舊汗衫，一雙拖鞋，坐在校園草地上，手彈吉他，唱著自編的歌曲，一個率性豪壯的漢子，讀書、畫畫、寫小說、作曲、游泳——「不一口氣游四千公尺怎麼叫會游泳」，這是他常常脫衣跳入淡水河前的豪語。

然而，李雙澤淹死了。

七〇年代也許將淹沒在激憤與哀傷的淚水中，然後使後來者在這淚水的汪洋上乘舟揚帆罷。

死去如果不只是一種肉體存在消失的形式，其實七〇年代許多激憤與哀傷的心都在不同角落死去。

七〇年代卻當然永遠永遠在那裡。

甫自獄中出來的陳映真，並不迷惘，他仍然動筆寫下了七〇年代夢想者的頌歌——夜行貨車。

七〇年代或許真的是一列南下的夜車罷。

選自：東潤出版社，《人與地》

著作年表

作品名稱	出版者	出版日期	作品名稱	出版者	出版日期
「徐悲鴻」研究	雄獅	66・8	今宵酒醒何處—路上書	爾雅	79・7
藝術手記	雄獅	68・7	詩與報導	臺中市立文化中心	80
少年中國	遠景	69・7	祝福	東潤	81・1
母親	遠流	71・5	眼前即是如畫的江山	東潤	81・1
萍水相逢	爾雅	74・1	藝術概論	東華書局	84
美的沈思	雄獅	75・3	島嶼獨白	聯合文學	86
希望我能有條船	爾雅	75・5	新傳說	聯合文學	88
「齊白石」研究	雄獅	76	歡喜讚嘆	聯合文學	88
大度・山	爾雅	76・1	寫給Ly's M-1999	聯合文學	89
傳說	皇冠	77・3	蔣勳精選集	九歌	91・7
多情應笑我	爾雅	78・1	因為孤獨的緣故	聯合文學	91・9

作品名稱	出版者	出版日期	作品名稱	出版者	出版日期
中國美術史	東華	79・7			

延伸閱讀

1. 〈追索與誘拐—評蔣勳《島嶼獨白》〉，江林信，《書評》，一九九八年六月。
2. 〈在孤獨裡獨白—蔣勳訪談錄〉，魏可風，《聯合文學》，一九九七年一月。
3. 〈每一個生命都是直墜深淵的—談蔣勳《人與地》〉，張春榮，《文訊》，一九九六年七月。
4. 〈只有清醒，才是活著—蔣勳《島嶼獨白》〉，張春榮，《1997文學年鑑》，收入《現代散文廣角鏡》，二〇〇一年，爾雅出版社。

——蔣勳以隱喻的手法，冷冷關照島上浮動的政治意識、經濟危機、教育病症、媒體神話、社會亂象，並由個別事件凝慮推衍，展開「合乎邏輯的荒謬」敘述，勾勒出一則則驚心動魄的現代寓言。……所謂「獨白」，無非是「島嶼」症狀的門診。

作者小傳

顏崑陽，一九四八年生，臺灣嘉義縣人，國立臺灣師範大學國文研究所博士，先後任教高雄師範學院、淡江大學、中央大學，現為東華大學人文社會學院院長。研究古典文學，創作以現代散文、小說及古典詩為主。著有散文集《秋風之外》、《傳燈者》、《手拿奶瓶的男人》、《智慧就是太陽》、《聖誕老人與虎姑婆》、《上帝也得打卡》等，另有小說集和學術論作多種。

顏崑陽早期散文唯美浪漫，其後轉為社會現實文化的感思與批判，近期則在語言形式上實驗，融合詩的象徵、小說的情節以及寓言的虛設與託意，奇詭幻變。曾獲時報文學獎散文優等獎、中國文藝協會散文創作獎。

十一、窺夢人

顏崑陽

1

我認識「窺夢人」，這是真的。

我並不打算寫一篇純屬虛構的小說，也不預備向你講個查無此事的寓言。我想告訴你的，都是平常發生在你我身邊的事。

這些事，全是真的。或許，你不相信，硬說是假的。恐怕我們免不了要爭辯起來，但是語言最靠不住了，人們從未曾拿它弄清過任何真象呀！還不相信嗎？那麼，我們就活在快被如浪的語言溺斃的世界，誰又確實弄明白過，那些每天口沫橫飛的人，背地裡想的是什麼，幹的又是什麼！

這世界，任何一件事都只能各說各話，「真象」就讓「自以為是」的人去相信吧！假如，這世界果然事事都有真象，許多人將無法活下去。坦白承認吧！我們之所以還能放心地吃飯睡覺，完全是因為這世界不會真正的透明。

那麼，我說我真的認識「窺夢人」，你根本無需與我爭辯，就當我在「痴人說夢」也罷；這世界向來是真假難辨，因此聰明的人都學會沈默。

2

我們都喊他為「窺夢人」，至於「窺夢人」的姓名，竟已被遺忘而不可考。問他，他有時一手指天一手指地，沈默而不答；有時則隨便胡謅一個姓名給你，什麼「孔仲尼」、什麼「馬基督」、什麼「牛七力」、什麼「李王八」……，然後反問：「你非姓×不可嗎？」

「窺夢人」究竟從那兒來？有沒有父母兄弟、妻妾兒女？也同樣一片空白。曾經有人費了不少工夫，從各種管道調查他的身世，卻空白還是空白，就像一口不知隱藏何物的黑箱。他一向不回答任何有關他的問題，只是笑笑地重複二句誰都聽不懂的話：

每個生命都是一口黑箱，而且必需是一口黑箱。

這句話，我開始也同樣聽不懂。後來，因為幾個朋友的生命如黑箱被揭開蓋子而死亡，甚至「窺夢人」也在娶了妻子之後，由於某個與生命黑箱有關的事故而自戕，我才如禪修之頓悟。真的，對任何生命而言，「幽暗」都是一種「必要」，被曝曬在陽光下而裡外透明的生命，都將在他人炯然的注視中枯萎。

對於「窺夢人」之死，我沒有悲傷，那不僅因為他並非我的親人或相交莫逆的朋友，更因為他只有死亡，才能驗證自己所說的至理名言：「每個生命都是一口黑箱，而且必需是一口黑箱」。這就讓人覺得，他的死亡有些滑稽，而滑稽之中又有些淚水悄悄地淌了下來。

從他身上，我們看到人生恍然是一場如真似假而哭笑不得的遊戲。

3

我之遇見「窺夢人」，起始就弄不清究竟是真實或幻夢。

某個下雪的傍晚，我走進一間荒敗的澡堂，它的板壁朽壞而破了幾個大洞，從右前方的一處洞口，可以看到遠方積雪的山坳間，有一座紅瓦的寺廟。寬大的澡池裡，貯滿乳白色的浴湯，但卻空無一人。池面氤氳的水氣，飄浮如輕盈的棉絮。

我赤裸著身子，斜靠池邊，坐進浴湯裡。熱騰騰的水溫，彷彿千萬隻手搔抓著靈敏的皮膚，我感覺到胯間有物暴漲。這時候，澡池中央，忽然冒出一顆光頭，接著便看到雙峰堅挺的乳房，是個姣好的尼姑！她嘴角燦著微笑，像一條肥腴的錦鯉向我游了過來。

忽然，我看見板壁的破洞間，露出一張非常蒼白的臉龐，圓睜睜的兩雙眼睛，沒有瞳人，好似煮熟的魚目。我驚嚇地「啊」了一聲。

妻就躺在我身邊，和我一樣赤裸著身子，頭髮卻披散在籐枕上。她的臉色略顯酡紅，睜著眼睛注視著我，「作夢了！」她說。

我沒有告訴她關於澡池裡裸尼的事。她是個虔誠的佛教徒，準會呵責我如此的褻瀆。假如，我和她爭辯，只不過是個夢而已，怎麼能夠當真。然而，在情欲與宗教上嚴重冒犯到她的這樣一個夢，她絕不會理智地去分辨真假。說不定，還一口咬定：「夢比這現實更真呀！」

我倒是向她說，看到一張沒有血色的臉龐、兩隻沒有瞳人的眼睛，她直呼好可怕好可怕，並且安慰我，只是個夢而已，世界上不會真有這樣的人。人們總是選擇他想相信的去相信，而不想相信的事物便認定是假的。

其實，我也如妻一般認為，世界上不會真有那樣的人，直到遇見「窺夢人」，才開始懷疑，澡堂裡裸尼以及那張臉龐、那雙眼睛，究竟只是一場夢或真實發生過的事？甚至，當時自以為醒來，妻躺在我身邊，說我作了夢，並與我談論這場夢，如此情境，究竟是在夢中或現實的世界？

我在都城一座壅塞著人潮的天橋上遇見他，一張沒有血的臉龐，兩隻沒有瞳人的眼睛。他就站在夕陽軟弱的橙光中，薄暮如紗的煙塵，讓他的身影恍然在大氣中飄浮著。這是在夢裡嗎？

「夢與非夢，怎麼分辨！」他說。

從前，有個樵夫到山野間去砍柴，遇到一隻驚慌的小鹿。樵夫將牠獵殺，但因為他得繼續砍柴，就暫時把鹿藏在乾涸的窪池裡，並覆蓋幾片蕉葉。等樵夫砍完柴，卻已忘記而找不到藏鹿的地方。

「難道這只是一場夢嗎？」他真的迷糊了。

回家途中，他將這件事說給人們聽。有個鄰人依照他所說，竟找到那隻覆蓋在蕉葉下的鹿，很高興地回家，告訴妻子說：「那個樵夫作夢獵得一隻鹿，而忘記藏在那兒。我卻把牠找到了。他的夢竟然是真的！」妻子半信半疑，說：「說不定是你自己夢見樵夫得鹿吧！樵夫在那裡呢？不過，你的確把鹿扛回家了，你的夢竟然是真的呀！」男人說：「管他是誰在作夢，我得到一隻鹿卻是千真萬確。」

樵夫回家之後，非常懊惱，晚上真的作了一個夢，夢見藏鹿的地方，也夢見鹿被那個鄰人找到而扛走了。第二天醒來，依照夢境尋去，鹿果然就在鄰人家裡。他非常生氣，一狀告到官府去。

「窺夢人」說了這則《列子》裡的故事，然後問我：「夢與非夢，怎麼分辨？」

此刻，我真的迷惘了。「澡堂」與「天橋」，那一個是夢，那一個是非夢？而我卻同樣看到這張臉、這雙眼睛。假如「澡堂」是現實，那就是「澡堂」中的我夢見「天橋」上的我；假如「天橋」是現實，那就是「天橋」上的我夢見「澡堂」中的我。而裸尼呢！妻子呢！那一個才是現實中與我同在的女人？那一個只是夢裡無明的幻象？我該相信什麼？我不該相信什麼？倘若曹雪芹感悟到的是「假作真時真亦假」。那麼，此刻我感受到的卻是「真作假時假亦真」。然而，每一個人卻都自認為在真象之中而看到了真象！

其實，這整個經過，最讓我害怕的還不是夢與非夢、真實與虛幻之難以分辨；而是「窺夢人」竟然能夠在我這兩個世界中自由進出，「我在一個荒廢的澡堂裡看過你」！聽到他這句話，我不是訝異，而是驚恐。

我一向認為，生命存在的真假無從辨明，也不重要。重要的是彼此之間，允許自我「留白」；讓每個人在相互瞪視之外，也可以孤獨地躲進一個任何他者所無法侵入的世界。那也是我們可以安全地生活一輩子的理由。假如每個都是「窺夢人」，我不知道誰能放心地過完這一生？

4

我和「窺夢人」坐在都城東北邊的山腰間的一棵白雞油樹下的磐石上。都城已在如墨的夜色中，變成一口巨大的黑箱。箱面上鑲嵌著熠耀的明珠與鑽石，那是可以照灼幽暗的燈火。但是，生命的幽暗處卻向來是任何亮光所照灼不到。它在光之外，像是永藏不露的山陰，與山陽共成無法分割的山之實體。

深夜裡的都城，是一口巨大的黑箱，即使通明的燈火也難以照灼這黑箱中許許多多生命的幽暗。我們所能看到只是黑箱的外殼。然而，因為如此，所以都城繼續存在，人們繼續存在。

「窺夢人」彷彿融進夜色中，變成沒有實體的靈魅。他的眼球不長瞳人，在白天，看起來像顆煮熟的魚睛。這刻在夜裡，竟然泛著曖曖的磷光。他低俯身子，面對腳下如黑箱的都城。眼中的磷光像五月的螢火，閃爍不定。

「搭著我的肩膀，閉上眼睛；我帶你到幾個用眼睛看不到的地方。」他說。

請原諒我吧！我真的無意去揭開任何一口生命的黑箱。然而，隨著「窺夢人」，我侵入了幾個生命的留白，看到了平常眼睛所看不到的景象。當時，我並不知道身在那裡，只以為那是真真切切發生在這現實世界中，卻叫人震驚而難以置信的事。之後，才知道我們進入了某人的夢境，窺視了連他最親膩的人都無以察知的祕密。

其中，有些我認識，有些我不認識。不認識的，我就不說了；認識的，我挑一個說說吧！但我必需姑隱其名，你千萬不要繼續追問，那個人究竟是誰？

天似黑鍋，頂空卻破了一個大洞，散落如血的光芒。大地是滾滾的濁流，什麼都被淹沒掉，只有一座金色的高樓聳立水面。頂層的陽台上，一把長背的交椅，C君端坐彷彿冰冷的石像。他的右手拿著酒杯，左手摟著一個妖冶的女人。

陽台前端有把鐵梯垂懸到水面上。水面上，一個肥胖而衰老的男人，正在滾滾濁流中載浮載沈。他赫然是C君的父親。他不停地揮手向C君求救。但是，C君卻只是冷漠地瞪視著他——這個C君叫他「父親」的男人。

C父拚命地向自己金色的樓房泅泳，終於攀到了梯子。他疲倦而興奮地往上爬，眼看就要爬到梯子的頂端。C君站了起來，臉無表情，抬起右腳將梯子踹倒。

「窺夢人」在我身旁，漠然地看著這一幕悲劇，或許是他看多了，或許這些人這些事都與他無關。但是，我就不能那樣淡漠，C君是我最好的朋友，很知名的大學教授，向以孝悌為我輩所敬重。C父則是一個擁有許多財富與女人的商賈，生了幾個不同母親的兒女。

C君怎麼可能做出這樣的事，但他卻在我眼前發生了。之後，我明白那是C君的一場夢，是C君生命黑箱中另一個幽暗的世界，我不應該侵入。然而，我卻已經侵入，揭開了黑箱蓋子的一個小縫。此後，每當見到溫文儒雅的C君，在真假難辨中，竟感到一種奇異的陌生，甚至摻雜著些許的厭惡。

5

昔者，有「狐疑」之國，王忌其弟謀反而苦無稽焉。某日，一士自西方來，自謂能窺人之夢，以伺心機。王遣之偵察其弟，果得叛變之夢，因以為據而殺之。復疑其弟魂魄為亂，懼而不能自解，終癲狂而死。

我並非在講一個查無此事的寓言，這是平常或至少可能發生在你我身上的事。

自從「窺夢人」在我們的群體中出現，這世界就忽然複雜了起來。許多傢伙開始在最親近的人身上貼問號，「窺祕」是一種心靈自體潛生的病毒，被誘發之後，便很快的擴散開來。很多人都想揭開所親者的生命黑箱，讓他成為一個完全的透明體。因此，他們都以很昂貴的代價，請求「窺夢人」的幫助。有夫窺其妻者，有妻窺其夫者；有父窺其子者，有子窺其父者。有至交之相窺者……而人人自以為已看清對方生命的「真象」。

他們究竟看到了什麼？誰都沒有說明白。但是，據我所知，已有好幾個人，卻因此而夫妻、父子、朋友彼此離散或相殘。

「窺夢人」總是漠然地進出很多人的夢境，並以此異術而致富，於二十世紀末，在都城南區一座天主堂中，由安樂神父福證，而與鶯鶯小姐結婚。

婚後不到兩個月，「窺夢人」便開始酗酒，為什麼會這樣？他始終沈默，但臉色明顯地堆積著層層的怨苦。後來，禁不住我的關心與追問。他終於吐露了實情：

「鶯鶯的夢裡有好幾個男人！就是沒有我。」

他每個晚上，幾乎都在窺視鶯鶯的夢。而他再也無法如窺視他人之夢那樣漠然。

「你就別進入她的夢裡呀！」我勸他。

「既然是X光，能忍得住不透視嗎？」他搖搖頭。

終究，「窺夢人」無法忍受這樣的煎熬，於二〇〇〇年「愚人節」當夜，從鶯鶯的夢裡出來之後，服毒自殺，遺書只留下二句他曾經說過的名言：

每個生命都是一口黑箱，而且必需是一口黑箱。

他早就這樣說了，卻沒有做到，竟然必需滑稽而悲涼地以自己的生命去驗證斯言！

我得再強調，這不是一篇純屬虛構的小說，也不是一則查無此事的寓言，而是平常發生在你我身邊的事。但是，請別找我爭辯它的真假。說不定你身邊就有一個「窺夢人」，只是你沒有察覺罷了。

原載民國八十九年四月二十七日《聯合報》副刊

著作年表

作品名稱	出版者	出版日期
滄海月明珠有淚—李商隱詩賞析	偉文	67
喜怒哀樂—中國古典詩歌中的情緒	故鄉	68
月是故鄉明—中國古典詩歌中的鄉愁	故鄉	70
杜牧	國家	71
莊子的寓言	尚友	71
古典詩文論叢	漢光	72
秋風之外	蘭亭	72
平林新月—唐詩	時報	73
莊子藝術精神之研究	自印	74
莊子藝術精神析論	華正	74
想醉	漢藝色研	78・5
手拿奶瓶的男人	漢藝色研	78・11
龍欣之死	漢藝色研	79
李商隱詩箋釋方法論	學生	80
傳燈者	漢藝色研	80
智慧就是太陽	九歌	81
人生因夢而真實	漢藝色研	81・7
聖誕老人與虎姑婆	躍昇文化	87
上帝也得打卡	城邦文化	89

延伸閱讀

1.〈從顏崑陽「窺夢人」談現代散文中的寓言與象徵〉，黃雅莉，《國文天地》，二〇〇三年四月。

2.〈風姿綽約的文學勝景〉，收入廖玉蕙編《八十九年散文選》，二〇〇一年三月，頁二〇～二一。——〈窺夢人〉直探現今社會人類無可救藥的窺伺通病及種種因之而生的積弊，可說一針見血。其中虛實相生的表現形式明顯受到莊周夢蝶的啟發，……這些冷靜的觀察和反諷非但反映一時的社會現狀、印證了永恆的人文精神，也展現了相當精純的散文質地。

3.《作家列傳—顏崑陽篇》，阿盛著，一九九九年，爾雅出版社，頁一一三。

4.〈女性的莪菲麗亞情節—顏崑陽《龍欣之死》的分析〉，黎活仁，《現代中文文學評論》，一九九四年十二月。

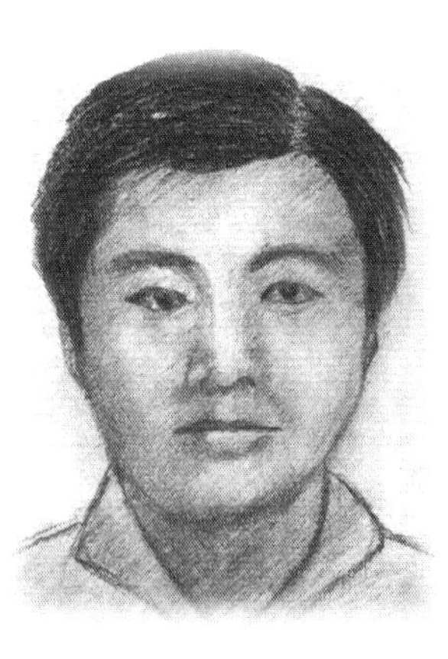

作者小傳

高大鵬，一九四九年生於臺灣，祖籍山東。臺大中文系畢業、政大中文所博士，曾任《聯合文學》總編輯、《中國時報》主筆、政治大學、臺北商業技術學院教授等。寫散文，也寫新詩和評論，散文尤能卓然成家。著有散文集《追尋》、《知風草》、《永遠的媽媽山》、《吹不散的人影》等，另有詩集和學術論作多種。

高大鵬之散文，兼具知性與感性，追索內在心靈經驗之外，又擅闡析歷史、文明典故，開展一遼闊的藝術時空情境。曾獲時報文學獎散文首獎、推薦獎，以及教育部國家文藝獎。

十二、汨羅江與桃花源

高大鵬

1 汨羅江

對於許多人，端午是關乎一條河的故事。

對於更多人，端午是關乎一個人跳河的故事。

至於我，端午則是關乎一隻鳥，乃至一組鳥的故事。

那條河，自然是汨羅江。

那個人，自然是三閭大夫屈原。

至於那些鳥呢？對於我，那是一隻火鳥、火鳳凰，燃燒了自己、光輝了史冊，卻又不斷還魂在其同類身上的一隻始祖鳥、復活之鳥、預言之鳥！一隻從亙古飛向永恆去的火鳥，環繞他的有成千上萬無以數計無以名之的奇禽異鳥與他比翼齊飛、上下交鳴，所過之處，風起雲湧，從九淵之下直飛到九天深處……

對於許多人，端午意味的不外乎艾旗蒲劍、龍舟競渡和彩繩角黍這些美麗繽紛的節目吧！然而每當我一思及端午，浮現在眼前的，卻是「鳳飛，鳥從以萬數」的奇情壯景！那一隻巨大的火鳥以及那一群大小不等的火鳥，看見他們從歷史黑沈沈的地平線上劃然飛出，在重重烏雲的包圍下光彩四射、變化飛騰，在不斷激盪著阻撓著他們的大風中上下求索，婉轉哀鳴！然而在地上忙於龍舟競渡的人們似乎並沒有看見他們，也沒有聽見他們。儘管他們如火如荼地燒紅了滿天的烏雲如同天上著了火的祭壇，但在人們眼中那不過是尋常晚霞罷了！當晚霞滿天，龍舟散去，並沒有人看見這一群燃燒著的火鳥婉轉哀鳴地沒入了喃喃不已著的晚天深處……

面對這樣的端午，時常我感覺到無端的寂寞。

詩人愁予曾問：「是誰傳下這詩人的行業？」我想，在中國，這人就是屈原了吧！劉勰說他「金相玉質，百世無匹」，又說他「衣被詞人，非一代也！」揆諸歷史，這是實情！在他沈江後一百年，洛陽少年賈誼特別過汨羅而投文祭弔他，太史公司馬遷鄭重地記下了這件事，這便是火鳥第一次光榮地復活了！秦漢以降兩千年，沒有一個詩人詞客、沒有一個文人學士在他們心底深處沒有一條潺潺不斷，喃喃不已的汨羅江！不但曹植、陶潛、李杜蘇辛這一班浪漫詩人仿他愛他，而就是嚴毅冷靜的大理學家如朱子、王陽明他們也都寫辭作賦。甚至正色立朝、不苟言笑的國之重臣如范仲淹、曾國藩也在辭賦裡追法他的風調！古今中外，從來沒有一個詩人能讓所有在他之後的詩人文人口服心服、口追心摹，仰慕認同一至於斯！屈原的偉大在這裡，辭賦的偉大也在這裡——它凝聚了一個民族的文心詩魂，它畫出了這個民族的七彩光譜，他傳下的不止是一盞燈，乃是一道長虹，真個是與天地並壽，與日月齊光！有了它，這個民族不會墮落、不會散去！這個民族有一個永不死滅的靈魂在〈九歌〉深處上下求索、婉轉哀鳴地呼喚著他魂隨水散、流落四方的每一個自覺或不自覺的兒女……

汨羅不是忘川、火鳥要不斷還魂。當賈誼面對鵩鳥如同愛倫坡面對大鴉時，他從鵩鳥陰鬱的凝視中看見自己……當李白臨終悲歌「大鵬飛兮振八裔，中天摧兮力不濟！」他在大鵬的摧折中悲悼自己……當杜甫低吟「飄飄何所似，天地一沙鷗」時，他在沙鷗的飄泊中看見自己的一生……陶淵明看見自己是「栖栖失群鳥，日暮猶獨飛」。曹子建則要「拔劍捎網羅」，讓「黃雀得飛飛」，他在黃雀身上看見自己悲劇的身世。當王子安高唱「落霞與孤鶩齊飛，秋水共長天一色」，那與落霞齊飛的正是他自己的靈魂！蘇東坡感嘆人生無常如雪泥鴻爪時，他在「飄渺孤鴻影」中窺見自己的影子……而李義山的春心化作泣血的杜鵑，李長吉的秋懷化作「笑聲碧火巢中起」的夜鴞……直到千載下執文學革命之先鞭的胡適、魯迅也都在烏鴉中發現自己天賦的使命……

「寧鳴而死，不默而生」！這是范仲淹〈靈烏賦〉裡的兩句名言，他向上向下回應了先後兩千年來詩人文人共同的心聲！

鷺自灰裡重生！自從兩千一百年前鵩鳥飛入賈誼的命宮以來，屈子的詩魂就不斷在一代又一代詩人學士的身上浴火重生。這隻上下求索、婉轉哀鳴的火鳳凰從不間斷地向他的同類招魂，正如兩千年來無數的艾旗蒲劍、七彩龍舟從不間斷地向他招魂一般——就在上下求索、響徹天地的一片招魂聲中，這個民族的靈魂永遠不會散去！君不見，即使向古詩揚過叛旗的現代詩人也低吟：「每一朵雲都俯吻汨羅江渚」（鄭愁予〈歸航曲〉），夢土的主人甚至高歌：「展在頭上的是詩人的家譜，智慧的血系需要延續！」（〈山居的日子〉）。詩人瘂弦也說「我的靈魂要到汨羅去，去看看我的老師老屈原」，因為：「我雖浪子，也該找找我的家」（〈我的靈魂〉）。是的，方思說得好：「根植於泥土的必須回歸到泥土」，當浪子匍匐回家，他會發現「希臘的風流、羅馬的偉岸」永不能取代「這一角——永恆的中國」！

直到今天，這一組火鳥仍在冉冉飛翔：蓉子的青鳥、夐虹的白鳥、林泠的鷺鷥、覃子豪的音樂鳥……從賈誼的〈弔屈原〉到方旗的〈端午〉，暗中引領他們的也仍是那隻「魂一夕而九逝」、「雖九死而不悔」的火鳳凰。兩千多少年過去了，汨羅的水聲不斷，洞庭的落葉不斷、龍舟招魂的鼓聲不斷、嫋嫋兮吹起的秋風不斷，湘夫人渺渺兮愁予的眼波不斷，〈九歌〉、〈九章〉、〈九思〉、〈九辯〉、〈九懷〉的歌聲不斷，這穿越了汨羅瀟湘的彩旗龍舟與乎〈九歌〉、〈九章〉的民族詩魂也永遠不會斷絕，永遠不會失散……

這，便是那條河的故事——

這，便是那個投河之人的故事——

這，便是那一隻火鳥和那一組火鳥的故事——

2 桃花源

桃花源，其實並沒有這個地方吧！然而這個秘密，除了陶淵明，知道的人彷佛不多。我，自然便不知道，而不免一廂情願地信以為真了呢！

才上小學就讀到〈桃花源記〉，但不是陶淵明原版的〈桃花源記〉，而是童書改寫的一個小故事。猶記得在那本四十年前堪稱精美的童書上，有國字、有注音、還有彩色插圖——圖上畫著一個小孩兒正撐著一艘小木船漫遊在一條桃花江上，沐浴在一片桃花雨中，在他身上和他身邊，除了桃花還是桃花，滿天落不完的桃花一片一片的就像仙人的喃喃，我幼稚的心靈就這般不設防地被它完全催眠……

猶記那本童書的作者稱那條江叫桃花江，那個仙境叫桃花源，而那撐船的孩子就叫小李子。為什麼叫小李子不叫小桃子？或者怕和桃太郎混淆了吧？或許桃紅李白更搭配？桃李無言、桃李爭春！我的少年時代對人生的憧憬正是由此無際無邊的桃花李花交織而成的花花世界，且充滿了仙人之喃喃與流水之喋喋……它恆在神祕的江水發源處，那裡有飄不完的桃花四時不斷地呼喚著我不為人知的小名……

天真如我，幼稚如我，浪漫如我，自然是抗拒不了桃花源的魅惑，而堅信其確實存在過的！多少次，當我展閱那本童書，恍惚間我自己就化成了書上的小李子，欣然迷失於滿天紅雨中，彷彿一場精靈的洗禮，我流連在紅雨深處和桃花仙子聊天，用今生今世沒有人理解的一種美麗而被遺忘了的語言……

初中時讀到王維的長詩〈桃源行〉，這是他的少作，美麗浪漫，我們一見如故，不知不覺就背下來了：「桃花逐水愛山春，兩岸桃花夾古津，坐看紅樹不知遠，行盡青溪不見人」……這些曼妙的句子像咒語似的喚起兒時的回憶，那一片無盡紅的桃花江又在我身邊喃喃起來了……當我唸到最後：「春來偏是桃花水，不辨仙源何處尋」，我彷彿又回到童年的小木船上，在呢喃的紅雨中悠然迷航……

我想，浪漫的唐人是相信桃花源的——李白、王維這些浪漫詩人，尤其相信——學道的詩仙、學禪的詩佛，在他們的詩心裡，桃源無疑是個隱藏在人間的仙境吧！無數的志怪小說、無數的遊仙故事，似乎都印證了桃花仙境的存在。更有無數的桃源圖索性描畫出桃花源的芳草鮮美、落英繽紛、良田美池、桑竹之屬……崇奉道教的唐人對桃花源是萬分憧憬的。直到我讀到中唐韓愈的〈桃源圖〉詩，他說：「神仙有無何渺茫，桃源之說誠荒唐」，這才使我如夢初醒，大吃一驚！知道即使在滿天神佛的唐代，也有人硬是不信「邪」，硬指桃源之說是「荒唐」；繼韓愈之後，蘇東坡也認為世傳桃源事，多言過其實——他反問：哪有「殺雞作食」的神仙呢？冰雪聰明的他更斷言：假使武陵太守真找到桃花源的話，桃花源早已化為爭奪場了！讀書至此，我不禁大失所望，廢書興嘆！桃花源到底只是陶淵明的一個夢想而已吧！我童年的小木船就這樣悄悄地沈沒在猶自喃喃著的桃花深處了……

其實就像徐福入海求仙，詭稱海上仙山、不死之藥云云，不過是避秦高蹈的託詞一樣，〈桃花源記〉最多也只是古昔避秦遁世的傳說之一吧！然則既經五六百年的生聚蕃衍，小小的桃花源只怕容不下那不斷以幾何級數增長的人口，而不待武陵太守發現就早已自己先亂掉了吧！桃花源裡的人也是人，是人就有人性裡的種種問題，就像武陵人之不顧誠信、不守承諾，經歷六百年的桃花源在這種種人性的摧殘下，又豈能長保其上古淳樸之風，永遠一塵不染、怡然自樂？一代兩代的桃花源或許可能存在，但十幾二十代以上的桃花源就只能是詩歌、寓言和夢境了吧！

想到桃花源不待武陵人重返、不待太守發現、不待劉子驥找到，自己就會先亂起來，甚至還會削桃木為劍，在水源裡下毒，使仙境變成鬼域，使桃花紅雨變成腥風血雨……這樣覺醒過來的我，是何等難過又難堪呢！我童年的小舟、載滿桃花之夢的小舟，在無邊紅雨中悠然迷航的小舟，就這樣徐徐消失在猶自迷迷濛濛呢呢喃喃著的桃花煙雨中，一去不返……

前兩年，無意間在深巷人家裡發現一樹盛開的桃花，突然面對這樣無可言喻的純粹之美，使我頓感以往看過的花全不算花了！難怪陶淵明選擇了桃花來寫他的寓言故事。然而，真個好景不長，一夜風兼雨，第二天再去看她，那一樹令人驚艷的桃花居然已經零落殆盡，憔悴得不成樣子了！旋開旋落旋成空，純粹空靈的美竟焉如此不耐！如是，則陶淵明選擇桃花以寫仙境或許另有深意也未可知吧！看來，桃花源的存在只能是一時，而不能是久遠的哩！

強秦不可避，桃源不可戀，愛空想的小李子終要長大，愛做夢的武陵人終要醒來，桃花還是桃花，只是那看花的人不一樣了！秦可以變成漢，但桃花源永不能變成神仙窩！見識成熟了的小李子應當是可喜的吧！不再癡覓桃花源的武陵人應當是可賀的吧！當春來偏是桃花水、停舟遙望空雲山，祝福他迎向飛花、勇敢出發，穿越魏晉、穿越宋齊粱陳、穿越南朝北朝一切的分裂與擾攘，朝向桃李滿天風華無限的大唐盛世浩然啟航……

選自：九歌出版社，《永遠的媽媽山》

著作年表

作品名稱	出版者	出版日期
味吉爾歌	自印	63
獨樂園	時報	69
陶詩新論	時報	70
唐詩演變之研究	自印	74
神仙傳—造化的鑰匙	時報	76
知風草	黎明	78
追尋	聯合文學	78
移山集	黎明	78
心似秋月	巨龍文化	81
吹不散的人影	三民	84
永遠的媽媽山	九歌	84
傳遞白話的聖火	駱駝	85

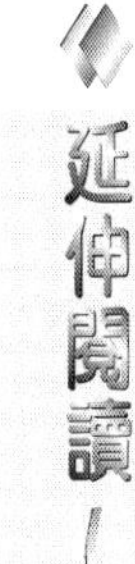

延伸閱讀

1.〈新世界的零件—編者語〉，收入蕭蕭編《八十五年散文選》，一九九七年四月，頁一一一。

——高大鵬見識、氣宇，高人一等，遣詞、用字，精鍊無比。上篇〈汨羅江〉以各種不同的「鳥」貫串古今重要詩人，詩魂彷彿血緣，自有傳承。他以論文的取材方式來發掘詩人的共同心聲，紮實有力。下篇〈桃花源〉追尋自己成長的軌跡，領悟「強秦不可避，桃源不可恃」，雖然他還是未發覺陶淵明的寓意何在，但另闢蹊徑，勇於出發，正是高大鵬散文一貫而來的主調。

作者小傳

廖玉蕙，一九五〇年生，臺灣臺中縣人。東吳大學中文所博士，現為世新大學教授。除從事古典文學研究之外，更致力現代散文創作。著有散文集《閒情》、《今生緣會》、《嫵媚》、《與春光嬉戲》、《如果記憶像風》、《不信溫柔喚不回》、《一本燦爛》、《五十歲的公主》等，近作為《不關風與月》。

廖玉蕙的散文多由家庭和親子入手，皆憨直率真，其文風圓融輕快、歡喜自在，於日常事務中能見機趣，獨樹一格。曾獲中山文藝散文獎。

十三、繁華散盡

廖玉蕙

星月交輝，煙花競麗。

母親和我，推著坐在輪椅上的父親，在笑啼喧闐的人潮中，親密地談笑。父親不時地稚氣地仰起頭，指著高處閃爍的燈花，興奮地東問西問。鑼鼓盈耳的街道上，扶老攜幼的，盡是怡然歡愜的天倫圖。涼薄的夜風也趕來助興，和雲集的小攤販上縷縷竄升的炭煙相互追逐嬉戲。許是為這滿路的巧笑新聲所牽引吧！父親突然忘形地自輪椅中立起身來，一不留神，竟仆倒在微雨過後猶自濕滑的泥地上，在迅速蟻聚的人群中，不知是我，還是母親，抑或其他的什麼人，驀地淒厲地狂喊了起來：

「流血了呀！流血了……」

暗紅的血，很快地在父親仆倒的地上，殷殷地漫衍了開來。母親彎下身，輕輕地扳過父親的臉，父親睜開眼，綻開笑靨，朝我說：

「實在有夠鬧熱！」

然後，徐徐閉上了雙眼。我驚懼地大叫：

「爸！」

冷汗涔涔下，我自驚怖的夢中醒來，黑暗裡，眼淚潸潸掉了一臉。不遠處的鄉間廟會，似是印證著我的夢境般，急管繁絃毫不稍歇地歡慶著元宵夜。

那夜，我身處預官考選命題的闈場內。節慶的歡愉在晚餐過後的猜謎遊戲裡達到最高潮。為了稍稍抒解久困闈場、不得返家團聚的遺憾，大夥兒特意布置了餐廳，搬來了卡拉ＯＫ。我隨著眾人歡唱談笑，刻意忘卻生命中那樁永遠無法踐履的約定。酒酣耳熱後，麥克風傳到了一位笑聲最響、飲酒最豪的上校軍官手上。他放下酒杯，步履癲狂地站在餐廳中央，朗聲說：

「我是革命軍人。」

大夥兒全笑彎了腰。是酒後的醉語吧！我們如是揣測，怕是喝了不少的。

「我必須服從命令，效忠國家。」

底下又是一陣雷動的歡聲。他低下頭，緊握麥克風的雙手竟微微顫動了起來，然後幾近喃喃自語地接著說：

「傍晚，我接到通知，我的母親在今天過世了。……」

石破天驚的宣布使全場陷入一片悚動的靜寂，微醺的酒意頓消。他紅了眼，顫聲說：

「我不能提前離開鬧場，我必須對我的工作負責到底。……前些年，我父親過世時，我也奉命遠在東京，無法及時趕回。我是個不孝子，但身為革命軍人，忠孝不能兩全，我只有……所以，今晚，我要唱一首很悲傷的歌。……」

數度哽咽後，一首痛徹心肺的悲愴旋律，斷斷續續流洩在燈火已闌的暗夜中，直到他掩面泣不成聲。啊！原來豪飲狂歡是另一種的至痛無言！而我，因著元宵燈會而刻意隱忍的傷痛亦早隨著止不住的淚水滂沱直下。去年燈會期間，適值父親北上就醫因跌斷而久不癒合的手腳，從窗口望去，中正紀念堂邊兒，人潮如織，香肩影動，笑語聲來，我四處商借一張輪椅不果後，曾和父親約定，次年必排除萬難，偕伊共賞如沸如撼的燈節盛會。而今，電視新聞中，中正紀念堂的燈籠高掛如列星，童玩技藝紛陳，觀賞的人潮簇擁如東京夢華錄中的太平盛世，而父親卻已乘鶴遠去，骨肉乖隔，寧非人生之至痛？

那晚，我和淚躺下，衾枕盡濕，朦朧中入夢，卻是個以星月、煙花的璀璨始，以鮮血、眼淚的心碎終的夢魘。難道父親不避黃泉路迢遙，千里來入夢，真為奔赴這場生前未了的紅塵盛筵嚒？

父親一生最喜熱鬧繁華。蒔花、養鳥、運動、旅行，把生活妝點得繽紛多彩。退休後，最喜歡拜訪朋友，最企盼兒女返家團聚。到後來，身體狀況已相當不佳時，還因扶杖掙扎著要去參加朋友的喪禮，而數度和母親反目。母親憐惜他身體孱弱，不願他奔波勞累，甚至見景傷情；他卻為不能親向朋友作最後的敬禮而懊惱。他憤恨地抱怨：

「死後才見交情。告別式上的熱鬧與否，可以看出這人做人有成功否。最後一面都不見，算什麼親戚朋友！」

他交代我們，把寄來的訃文一一登錄起來，他說：

「以後，我若是過身，你一定要記住寄一張白帖子倒轉去。」

迎著我們錯愕的眼光，他慢條斯理地解釋道：

「安捏卡鬧熱。告別式無人來，會給人恥笑，給人講我無人緣。我希望我的告別式可以鬧熱滾滾。像你尪叔的告別式，人山人海，看著極好哩，極讓人欣羨！免以為我的朋友死去，伊的後生就不會來，攏總給伊寄去，懂禮數的人就會來。」

我故意別過臉去，不理他。我雖偶爾亦在課堂上和學生高談莊子曠達的生死觀，但面對父親這般赤裸裸地安頓自己的身後事，才知王羲之「固知一死生為虛誕，齊彭殤為妄作」真真道盡了世間兒女平凡的心事。高深豁達的哲理，只宜作學術的討論，小門深巷裡，椿萱康健才是真正的心願。

近年來，父親應是經常在思索著死生大事的。一回，他憂心忡忡地問我：

「人說死去以後，火葬比較卡清潔，你感覺安怎？未知會極痛否？」

我笑答：

「人死去，那會還有感覺！」

從那以後，他便四處去看存放骨灰的骨塔，並自己相中了一處，好幾次拉著我去看，都被我拒絕了。我氣他一直在為死亡做準備。

前年舊曆年，兄弟姊妹全回家。父親因夜半在浴室跌了一跤，手上正打著石膏，精神原本很差。見兒女們都回來，非常高興，吵著要去理髮，要到照相館去照相。我拿出相機，為他和家人合拍了些照片，他顯得神清氣爽，一直對著鏡頭微笑，我們直取笑他愈老愈會搶鏡頭。照完了相，我正捲著底片，他仍糾纏著母親一起去照相館，母親說：

「不是剛才照過了嗎？去照相館做啥米？」

他靦腆地說：

「你嘸知啦！你跟我去，咱拍一張合照，以後，我若死去，禮堂上才有一張卡好看的相片掛。」

我們聽了全傻了眼。母親一愣，隨即玩笑般的打圓場：

「你要掛在告別式上面，我才不要跟你合照，那有人在喪禮上掛合照，笑死人咧！」

他突然變得像個孩子似的，隔不了幾分鐘，又反反覆覆提起同樣的話頭，我耐下性子，像哄孩子似的說：

「你現在手上打著石膏，脖子上吊著繃帶，照起相來多難看，等你石膏拆下來，我再帶你去，好嗎？」

父親悵然若有所失，喃喃自語：

「再慢一下，就未赴啦！」

我佯裝嗔怪，質問：

「未赴做啥？不要亂講啦！」

他定定看著我，神情又恢復茫然，只不斷重複：

「你嘸知啦！正經會未赴啦……」

父親不幸而言中。直至過世以前，石膏一直未曾拆下，父親臨終前最後的影像終究未能如願留下。除此之外，一切都在父親掌握之中。

去年四月四日，父親在長期的病痛中解脫逝去。悲痛惶急，全家人手足無措，不知從何做起，慢慢尋思，才發現這些年來，在閒話家常中，父親早已循序漸進地對自己的後事一一做了安排，慢說喪葬儀式，就連祭壇上的鮮花款式、擺設圖案，都已有了腹案。

他體貼我們工作忙碌，又不願孤獨地面對死亡，所以，選擇三月二十八日凌晨昏迷，直到去世，整整八天，全家大小因著國定假日及春假，得以晝夜不離地陪他走完人生最後的一程。

清明過後，天氣一直陰雨連綿，父親出殯前一日，突然轉晴。那一夜，我至靈堂清理葬儀社布置靈堂所剪下的殘花敗葉，在慘白的燈光下，猛一抬頭，驀然發現懸掛高處、俯視塵寰的父親放大照片，似乎閃過了一絲詭譎的笑容，那樣子像是正為著私心裡一樁未為人識破的計謀得逞而竊竊歡喜著。我丟下掃把，抬頭認真端詳著，照片一如本人，一副自信滿滿的樣子，彷彿這一切的悲歡離合全由他一手策動。不知為什麼，我突然想起父親打從我們小時候就一直喜歡重複說起的兩個耳熟能詳的諧音話及歇後語：

「老師搬過厝，冊（氣）都是冊（冊）。」

「牽狗犁田，可惡至極！」

我不知道，這兩句話是不是正說出了我當時的心情。我神經質地趁著四下無人，拿起一旁準備給花補充水分的風霧器，往父親的笑臉上噴，照片太高了，風霧器的水花搆不上，我使勁兒的壓，踮起腳尖費力的噴，父親居高臨下，一逕兒笑著，依然自信滿滿的樣子。我好恨他獨自開了這麼大個玩笑，居然沒事先偷偷向我——他一向最鍾愛的小女兒透露半分。那位同我一樣——喜歡吹牛，卻經常穿幫；喜歡說笑話，又常常說不好的爸爸，他怎麼可以無端的拋下了我，牽狗犁田！

在四濺的水花中，往事歷歷，掠上心頭。我想起小時候通學，上下學都得行經父親上班的鄉公所旁。常常下課後，筋疲力竭，便轉進爸爸的辦公室，等他下班，用腳踏車送我回去。父親的同事，不拘老小，見了我必高聲大喊：

「嗨！天送兄，你那撒嬌女兒來了。」

父親總是喜孜孜的迎上來，幫我提過沈重的書包。當時，我那身淺藍襯衫、深藍褶裙的臺中女中制服想是給父親帶來許多榮耀的，畢竟鄉下地方，能考上臺中一流的女中的，是鳳毛麟角。我每回去，他總是講話特別大聲，動作特別誇大，故意問我考試成績如何，而當時正值叛逆期的我，總是故意不讓他的虛榮得逞。父親是極珍愛我們父女同騎腳踏車，碾過長長的歸途的那段時光的，而我，其實手攬著父親清瘦的腰身，也為著有這麼位玉樹臨風般的父親而感到無限快樂。然而，我卻緊緊抓住父親掩飾不住的弱點，當他熱切的問我：

「明天，還來辦公室等我嗎？」

我總是矯情地拿喬，故作猶豫地說：

「不一定啦！明天再看看！」

當年那種對擁有父親全然的寵愛的自信滿滿的模樣，想來亦正是得自父親的遺傳吧！

等我大學畢業後，開始做事賺錢，父親一直走在前頭引領我前進。當我還是助教時，他已向外宣稱女兒擔任講師，研究所剛畢業任講師，他馬上主動幫我升等為副教授，我一路追趕不及，有時也不免停在路邊喘息埋怨。然而，小時候愛臉的我，不也曾因父親初中的學歷不夠光彩，而幾度向同學們宣稱父親是高級中學畢業嗎？有一回，甚至差一點偽造文書，在學校發下的表格上父親的「職務」欄內，主動為他升級為「課長」，只為嫌棄小小「課員」，在同學間擁有顯赫頭銜的爸爸群裡，實在太過寒磣。二十多年的歲月飛逝，昔日看不破虛名的小女兒在水深浪闊的十里紅塵中翻滾浮沈過後，已逐漸領悟素樸澹定的丰采，反倒踽步蹣跚的老父卻回首眺望繁華虛幻的海市蜃樓。

風霧器裡，終於再也擠壓不出任何水花。我頹然放下，跌坐在祭壇前的泥地上，和父親四目相視。人人都說兄弟姊妹中，我長得最像父親，長臉孔、挺鼻梁、薄嘴唇、尖小巴，他們看到的是容貌，我知道的卻是看不見的心思，自小我便是父親如影隨形的小跟班。如今，形之不存，影將安附？

次日，豔陽高照，親戚朋友一大早便陸續湧至，旅居日本的堂哥、堂嫂更從大阪匍匐奔回。我們沒有遵照政府革新的指示，我們發了好多訃文出去，邀請所有認識父親的親朋好友前來，父親要一一同他們告別，父親多年來一直期盼的「鬧熱滾滾」的告別式，果真實現了。

我們披麻帶孝，跪倒在祭壇前，模糊的淚眼中，是一雙雙前來拈香的朋友的雙足，穿晶亮皮鞋的、高跟鞋的、布鞋的、趿著拖鞋的，甚至還有拄杖踉蹌而來的，從不同的鞋樣上看出了行業和身分，也看出了父親廣闊的交遊。我不停地一一叩首答拜，打從心裡感謝他們的深情厚意成全了父親最後的心願，讓他無憾地在人生途程中打上一個圓滿的休止符。

屬於父親的繁華終於散盡。熊熊烈火中，父親的肉身漸次消蝕殆盡，從小小玻璃窗內看去，我不禁全身悚慄，淚下如雨，父親一直是那麼個忍不住疼痛的人，烈火焚身，對他而言，是何等酷烈的煎熬。骨灰從火葬爐內推出時，照管火葬的先生特別叮囑，勿將淚水滴進骨灰中，我擦乾了淚，小心翼翼地用夾子夾起一塊父親的頭蓋骨放進罈內，心疼地在心裡重複千百遍父親曾經問過我的：

「會極痛否？爸爸。」

父親逝世，至今已屆周年。這些日子來，我回想起他逝世前半年那段跌斷手腳的日子，總是深自責備沒能為父親付出更多的耐心和寬容。父親一向極畏疼痛，稍有病痛，常極盡呻吟之能事，以致後來真正病痛難忍，我們都懷疑他只是裝腔作勢。他夜半如廁，摔倒於洗手間內，我們一直為他延請骨科大夫診治，孰知，慢性腦溢血才是癥結所在。從臨終前所照X光片看來，醫生斷定他體內出血已非一朝半日。因為腦部神經為逐漸滲出且凝結的血塊所擠壓，因此，在那半年內，他的神智時而清醒一如常人，時而迷糊健忘得教人吃驚，然而，因為他平日喜歡開玩笑，我們一直以為他在裝瘋賣傻。一日黃昏，他居然坐在沙發上指著在陽臺修剪花木的外子，悄聲問母親：

「那人是誰？」

母親初始不以為意，答：

「是我們女婿啊！」

他似乎有些納悶，搔著頭說：

「那我們的女兒又是誰啊？」

母親不悅地說：

「到底是真的，還是假的。你免嚇驚我。」

我一點也沒拿他這番話當真的，我趨向前，傍著他坐下，推擠他，笑說：

「好會假仙哦！假得還真像！好！那你說，如果我不是你女兒，你倒說說看，我是誰？」

他習慣性的聳聳肩，似乎被我說得有些不好意思，這件事就這般真假莫辨地過去。

除了迷糊健忘外，其後，他還逐漸變得脾氣古怪不馴。那段時間內，母親自然是吃盡了苦頭的。白天情況尚不難應付，每到夜晚，便頻頻吆喝，一下子要人攙扶他上洗手間，一會兒又要人倒水，再不就繞室徘徊，彷彿床上藏了什麼妖魔鬼怪，硬是不肯躺下安歇，母親被折騰得幾乎崩潰，父親偏又不肯讓兒女代勞。

元宵節他北上就醫，住我處，一連七天，夜半不眠，每隔三分鐘，便要母親攙扶起床，我在隔室，聽見他呼天搶地，心裡大慟。一夜，我實在忍不住了，強迫母親至他房歇息，由我全權照料，父親以頭撞牆，誓死反對，口裡直喊：

「我會死啊！我會死啊……你們實在可惡至極啊……」

闃寂的暗夜中，一聲比一聲淒厲，然後，開始一反常態地破口大罵母親無情，母親聞言，淚潸然直下，我忍不住厲聲責備他：

「你再罵，小心媽媽從此不理會你。你把媽媽整垮了，以後，看誰有她那樣的耐性來照顧你！」

他似是豁出去的態勢，狠話拚命出籠：

「我才無稀罕，才不用你們來照顧。……」

我軟硬兼施，滿頭大汗；他負嵎頑抗，像負傷的野獸，直到天濛濛亮，才倦極睡去。我見他蜷曲酣睡如稚子的容顏，真是欲哭無淚。

那日中午，他悠悠醒來，我攙扶他至客廳坐下，他笑語如常，我婉陳他昨日之非，他茫昧不復記省，只頻頻否認：

「那有這款代誌！我那會安捏無良心！騙肖仔！……」

經眾人舉證歷歷後，他似乎也被自己異常的行為所震懾。沈默不語良久後，他背著母親，低聲附耳和我說：

「敢真有安捏？如果真有這款代誌，實在太不是款咧。……拜託你給你老母會失禮一下，好嗎？要不，伊會不肯理我……」

那時，我是如此地無知，錯以為他返老還童，故意虛張聲勢以博取憐惜。事後追憶起來，也許，父親視平躺如畏途，正是腦血四溢，痛苦不堪的生理反應也未可知，然而，做為女兒的我，是以何等的不耐來照看父親無法言宣的痛楚呢？這世界何其荒謬，何以最深沈的反省，常只能在無法彌補的悔恨之後？

這些天，我一直翻閱著昔時的照片，在一本本的相簿中，父親一逕地以他招牌的笑容光燦地面對鏡頭。從年輕到年老，從紅顏到白髮，從山巔到海隅，從打球到下棋，從加州的水綠沙暄，到北海道的冰雪滿地，從人子到人父，甚至人祖……他總是那般興高采烈地擁抱生活。生命中的繁華，原不論高堂華筵或淺斟低酌的，父親的一生，充滿了小市民知足強韌的迤邐華彩，繽紛熱鬧。我有幸與他結下四十餘年的父女緣，陪他在人生舞臺上賣力淋漓地演出一場，如今，曲終人散，留在心底的，豈只是止不住的悲傷！

選自：九歌出版社，《不信溫柔喚不回》

著作年表

作品名稱	出版者	出版日期
柳毅傳書與張生煮海研究	撰者	67
唐人傳奇	時報	70・1
一竿煙雨	時報	71・9
閒情	圓神	75
今生緣會	圓神	76・7
唐代傳奇探源	圓神	78・1
紫陌紅塵	圓神	78・7
記在心上的事	圓神	80・2
不信温柔喚不回	九歌	83
《桃花扇》相關問題之研究	撰者	85
夾道楊柳	漢色藝研	85
嫵媚	九歌	86・7・10
如果記憶像風	九歌	86・10・10
與春光嬉戲	健行	87
淡藍氣泡	幼獅文化	89・8
讓我説個故事給你們聽	九歌	89・8
人生有情淚沾臆	九歌	90・2
曾經的美麗	天培文化	90・4
走訪捕蝶人	九歌	91・3
一本燦爛	聯經	91・6
五十歲的公主	二魚文化	91・7
不關風與月	九歌	92

作品名稱	出版者	出版日期	作品名稱	出版者	出版日期
我把作文變簡單了	幼獅	85			

延伸閱讀

1. 〈在被規劃的生活裡自得其樂—專訪廖玉蕙〉，賴佳琦，《文訊》，二〇〇〇年三月。
2. 〈對荒謬微笑—讀廖玉蕙《嫵媚》〉，張春榮，《文訊》一四三期，一九九七年九月。

——《嫵媚》旨在化親情的沈默為幽默，轉敵意為善意，盼師生間的僵化為柔軟，去殘忍而多容忍；讓人與人之間的冷漠冰河解凍，終成誠意相待的潺潺暖流。本書雖不標榜「如何促進人際關係的溝通」，然一路讀下來，在輕鬆妙趣的字裡行間，不自覺生硬的觀念得以鬆綁，重拾歡喜的情意。

3. 〈示愛也示弱—廖玉蕙以幽默和孩子做朋友〉，高惠琳，《中央月刊文訊別冊》，一九九七年七月。
4. 〈如果記憶像風〉，王錫章，《國語日報》，一九九七年四月八日。

5.〈文到入情端不朽——《嫵媚》與生命婉約的對話〉，王邦雄，《九歌雜誌》一九七期，一九九七年八月。

阿盛

作者小傳

阿盛，本名楊敏盛，一九五〇年生，臺灣新營人，東吳大學中文系畢，曾任職中時報系，現主持「寫作私淑班」，兼師大人文中心現代文學講師。著有散文集《行過急水溪》、《綠袖紅塵》、《心情兩紀年》、《五花十色相》、《人間大戲台》、《船過水有痕》、《火車與稻田》等二十餘冊，及長篇小說《秀才樓五更鼓》、《七情林鳳營》。近作為《十殿閻君》、《千杯千日酒》、《民權路回頭》。

阿盛擅長經營鄉土題材，以及異化都市階級的人性剖析，其文筆幽默自然，諧趣與機智橫生，可謂獨樹一幟。論者評為「冷筆中有熱情，簡筆中有繁趣」。曾獲南瀛文學貢獻獎、五四文學獎等。

十四、火車與稻田

阿盛

火車來了，嚐嚐嚐嚐嚐——。

父親正在拔草，右手抓住草梗最底下一截，噗一聲，草根與碎土隨著手勢離地而起；緊湊的噗噗噗，顯然父親心裡發急，播下已兩個月的稻秧，長不到他的膝蓋高，分明肥水流進了草肚子裡。

坐在田埂上，我聽到父親的喘息，縱使相隔一百棵秧子，我想像得到「噗」一聲之後父親鼻中會噓出一股氣，壠邊咬著母親奶頭長大的娃兒，近乎天生成的都有這般領悟力，不曾誰提示過，我吃的是土裡長出來的稻米，我知道在稻穀一粒粒成形之前，田中人是如何輕重緩急的呼吸。

火車到了，空嗱空嗱空嗱——。

我不完全曉得，這頭尾長過我家田界的大機器竟日的跑，究竟奔到何處去？它休不休息？那麼多的人在裡面，他們為什麼要跟著火車往往來來？我六歲多一點，經常坐火車去遠方的大兄從來不太在意回答我的問題。

火車不見了。父親還在喘息，我越過田埂，跑步迎向拎著鐵皮水壺的母親，她跌坐在父親腳旁，遞過一碗麥茶，隨手撥攏離土猶然青翠的雜草，似乎故意放平了語調，她告訴父親，二兄又提到出門的事，父親的眉頭乍然陷成幾條凹紋，他喝著麥茶，看樣子有些慌迷，我聽不出父親是在聞吸茶氣還是在嘆息。二兄要到遠方去，他執意。

火車進站了，震耳的磨鐵聲混和長長一聲「汽——」。我抓著父親的手，母親兩手提著大捆的行李，三兄的臉上瞧不出別親的意緒，他早已說清楚，他恨極了車水抓泥，也不喜歡土角厝，不喜歡牛糞餅，不喜歡剝得下一層指甲厚的乾土的布衣，不喜歡母親說的話，母親說，小漢才九歲，幫阿爹還得靠你。三兄踏進火車的肚子，父親眼睜睜的像是瞧著水圳的水一直流入別人的田裡，而自己腳踏的土地仍然乾裂成龜背上的紋理。

火車來了，噹噹噹噹噹——。

我將鋤頭重重地砍進田外的草地，父親微彎著腰施肥，早就不除草了，並非為的除草劑便宜方便，他的腰教歲月給積壓得逐漸祇能伸屈到某個固定的角度。田裡是有些雜草，遠遠地我用肉眼都看得出來，同樣的綠，不同的感覺，站在一行秧苗前頭放眼望去，田裡打滾過十幾年的人都能一眼瞄出什麼地方有多少搶吃肥水的雜草。要想除盡雜草，一憑除草劑是不行的，須得趴下身子，膝頭沒入田水中，手用勁，「噗」的一聲聲，跪著一寸寸往前移，體狀全似爬行的龜，那是千年不變的最好的除草姿勢，也是半百年紀的人最覺苦痛的姿勢。

陣陣的糞水味飄到樹根處，我坐躺在簕結的浮根上，這條浮根我已坐了十五年，從度晬之後學走開始，母親從不給我斗笠戴，我學會了隨著日照挪動自己以免曬得鬢邊燒跳，度晬之後母親的奶頭再也吮不出乳汁，我抓著奶瓶吸米漿，就坐在這一條浮根上。十五年，算一算，大約有兩三年了罷，我已兩三年不曾聽得噗噗噗的急促聲音，但即使閉上雙眼，摀住雙耳，我也聽得到父親施肥時沈黑的走步聲與重沈的氣喘聲。

火車到了，空嗱空嗱空嗱——。

一天裡有多少回？十節、十二節車廂中滿滿是人。大兄在年夜飯桌上曾經以很強烈的形容句子述說大都會有成群成群的人，多到什麼地步呢——像是收割時節由四面八方飛來的痲雀，或者，像是八月大雨後流溢的溪水。二兄穿得一身都是明顯的直線，直線自上衣肩處延伸到腕處，直線自褲頭延伸到腳踝，花花的領帶，領袖雪白雪白。父親不怎麼多問問題，他不須皺眉頭，鼻上方恆常就會裂出凹紋。大兄二兄不喝鐵皮壺裡的開水，父親不時用眼尾掃描向我，母親永不在類如節慶的好日子生氣或喘息，我是從她肚子裡出來的，我肯定她猜知了父親的心事，我十六歲多一點，我是家中的小漢，她很慌迷。

火車不見了。我走向田畔畸零地，包心菜已有兩個拳頭大。沒見過父親在這塊不方不圓的菜園裡噴灑除草劑，他衹在意稻秧，他不理會菜蔬，菜蔬不用來填充那個一生一世塞不滿的飯袋，飯袋連通是嘴口，嘴口缺得了米飯麼？祖先也種的是稻，吃的是米，父親說，菜蔬不過是騙騙腸胃的東西。三兄帶著漂漂亮亮的女孩子跨進門，神情透著得意也包藏些許心虛，他或是不願意讓城市女郎發現家中有不少他認為不體面的處所，他建議母親不要再使用土塊壘成的大灶，他暗示父親菜園該好好整理，瞧那菜蟲罷，咬得葉子大洞小洞，吃了要生病的。父親不喜歡他說的話，不喜歡城市女郎，不喜歡濃得嗆鼻的香水味。母親祇靜靜聽著笑一笑，偶爾戒慎地注視父親的顏色，我十分清楚她擔心父親忍耐不住也擔心兒子在城市女郎面前丟臉，她小心穩重的說些不關要緊的閒話，直到三兄有意無意道出該讓我出家門去見識世面，母親這才搶在大雨來臨之前收拾乾蔗葉似的答了一句，小漢還在唸書，莫使得莫使得。三兄擦亮了皮鞋，挽著城市女郎走了。父親大早下田施肥，母親在三兄揹起旅行袋時，即時示意我該到菜園去，說什麼也不要我代她送三兄去火車驛頭。

我剝開一粒包心菜，兩條菜蟲惶惶鑽了出來，落在腳邊。我想喊叫父親歇工喝碗茶，我懂得施肥，我也懂得父親不會叫我接替他，稻秧是他一手養高的，誰能像他那樣深切懂得施肥時的輕重緩急？我踱回老樹根，母親坐在褐亮褐亮的浮根上搖搧斗笠，父親遠遠的望向這邊，母親對他揮揮手，他空著手走過來。母親不知那兒來的勇氣，她居然能夠放平了語調告訴父親，田地賣掉其實也好，反正孩子們都不在乎稻子結不結穗，何不乾脆什麼都不掛心，就像放任那一塊畸零地裡的包心菜。父親久久不語，他是開不了口的，稻田，幾十年血汗澆肥的稻田是他的命根。

火車進站了，震耳的磨鐵聲混合長長一聲「汽——」。父親抓著我的手，母親兩腳邊置放大捆的行李，我是不得不走，我肩負著父親執意認定的讀書才有出息的期望，聯考放榜後，父親終於很艱難的承認，他心愛的土地上除了深紫的稻秧之外，不可能留住其他什麼，包括他自已的腳印。走罷，父親說，過些日子定準賣掉田地，六出祁山拖老命實在沒意義。母親眼濕濕的，她依舊與往常一般不多言語，戶限之外她極少訓教兒子們，叮嚀的話已在家裡扼要明簡的囑附過，多吃點飯，她祗在我踏進火車肚子之前重複說了這一句。我看向窗外，大片大片的物體飛來飛去，我心中的歉意像是水圳的水汩汩流入田裡，而過往的阡陌歲月頓時點點滴滴浮現，一如雀群突飛突落捉不定章理。

火車來了，噹噹噹噹噹——。

站在平交道前，前後左右響著噗噗噗噗的機器聲，我嘗試著將機器聲轉調意想成父親拔草時發出的單音。父親沒有寫信給我，他也未曾寫信給大兒二兒三兒，肯定他知道離鄉的孩子是豐羽放飛的鳥兒，不是手中拉扯的紙鳶。母親經常會託人帶吃食衣物到學校，她的廚中手藝不好，大把的鹽大把的糖，粗切的菜粗切的肉，有如她餵養幾個兒子，她無法細緻完整的哼一曲搖嬰仔歌，小我四歲的妹妹夭折之前，我聽過母親不成調的吟著愛睏謠。

火車到了，空唪空唪空唪——。

計程車司機點燃一支菸，然後不停嘴的抱怨大城的交通，生活的緊迫，激烈的爭逐，要是很有錢很有錢，他說，不住城市了，到鄉間買塊地，種地瓜都可以……我嗯嗯哈哈應答他，我急著去接迎北來探望我的母親，隨後還得趕去上班。父親過世後，她賣掉田地，要不是大兄二兄三兄陸續將兒女送回故鄉，忙得她無暇他顧，很可能她不會狠下心割捨那塊牽連心肝的老田，她會說一些些氣話，我卻算定如果父親尚未離開人間，那麼母親終究寧願伴著老伴繼續耕耘，即使無得氣力種稻，種地瓜都可以。

火車進站了，震耳的磨鐵聲混和長長一聲「汽——」。妻抓著兒子的手，我兩手提著大包的東西，兒子祇比妻的膝蓋高不了多少，他急著要趕快讓祖母抱抱，咿咿唔唔地催促，故鄉的路我沒有一條不熟悉，順著鐵道走下去，兒子的眼中充滿了新奇，他興奮的喘息。愈往前走，我愈發慌迷，稻田呢？去年還眼見的稻田叫誰給移了去？一方方的灰面水泥！怎麼一下子全換成一方方灰面的水泥？我搜索放眼，父親的田！父親的田！啊，父親的田？靠近鐵道邊不是麼？原本好記認得很，我在那兒打滾近二十年不是麼？原本衷心想再來看它幾眼；就是這一段鐵道，離欄柵七十大步遠，幾千百次我在田間癡迷想幻的望著火車直到它不見了，如今，我意緒紛雜的覓尋父親的田，父親的田確實不見了，我早知已賣掉，可是它怎會不見了！

兒子伸手到拔路邊的長草，妻喝止了他，髒髒，你看，弄髒髒了爸爸打你。猛抬頭，我近乎憤怒的瞪著妻，她惶惑地注視我，我腦中一團紊亂，一時之間不想對她解釋為什麼生氣，我拍拍兒子的頭，順手抓住一叢草，習慣性的捏著最底下一截草梗，噗一聲，草根與碎土同時離地而起。

選自：未來書城，《綠袖紅塵》

著作年表

作品名稱	出版者	出版日期
唱起唐山謠	蓬萊	70・9
兩面鼓	時報	73・5
行過急水溪	時報	73・11
如歌的行板	林白	75・1
散文阿盛	希代	75・9
春秋麻黃	林白	75・11
阿盛別裁	希代	76・7
吃飯族	希代	77・4
春風不識字	號角	78・3
阿盛講義	時報	78・7
心情兩紀年	聯合文學	80・1
船過水有痕	號角	82・5
臺灣國風	文鶴	85
五花十色相	九歌	85・7・10
風流龍溪水	百花	86・8
七情林鳳營	九歌	87
滿天星	幼獅文化	88
銀鯧少年兄	幼獅文化	88
作家列傳	爾雅	88・12
火車與稻田	南縣文化局	89・12
綠袖紅塵	未來書城	91・3
十殿閻君	華成	91・9

作品名稱	出版者	出版日期	作品名稱	出版者	出版日期
秀才樓五更鼓	時報	80・4	千杯千日酒	未來書城	92・5
人間大戲台	號角	82・4	民權路回頭	爾雅	93・7

延伸閱讀

1. 《阿盛散文研究》，清華大學鄭元傑碩士論文，二〇〇三年。
2. 《阿盛散文鄉野人物風情研究》，南華大學劉湘梅碩士論文，二〇〇三年。
3. 《戰後臺灣散文中的原鄉書寫》第三章—〈胸懷土地的采風說書人—阿盛〉，國立高雄師範大學邱珮萱博士論文，二〇〇三年。

——阿盛卻是一個身居繁華都市胸懷鄉野熱情的采風說書人，他以自己充滿稻穗的成長過程和天成於土地的鄉村教養，吟哦說唱著鄉野舊事的過往今昔，為在臺灣社會經濟結構轉型的年代變局裡，那些不得不遠離鄉野奔走生存於城市，卻又無法忘情土地的滄桑世代，留住一個撫慰人心的鄉土舊夢。

4.《阿盛散文的本土意識》，香港中文大學中國語文系韓潔瑤專題研究論文，一九九八年。

5.〈大陸阿城與臺灣阿盛〉，蕭錦綿，《自立》副刊，一九八七年三月十四日。

6.〈城鄉暗角的采風者—札記阿盛及其文學〉，詹宏志，一九八五年九月。

7.〈質樸溫厚、敏銳犀利兼而有之，作品呈多樣風貌的阿盛〉，田新彬，原刊《我們的雜誌》三期，一九八五年六月。

8.〈不規不矩求規矩—來看阿盛《行過急水溪》〉，向陽，《中國時報》人間版，一九八四年十二月八日。

9.〈變中天地—阿盛的散文風格〉，李弦，《文訊》二九期，一九八七年四月。

10.〈搖鈴走世看臺灣—創作者阿盛〉，沈冬青，《幼獅文藝》五一二期，一九九六年八月。

11.〈抓住人性做文章〉，楊錦郁，《幼獅文藝》三九八期，一九八七年二月。

12.〈急水溪岸來的人〉，陳輝龍，《幼獅月刊》四一一期，一九八七年三月。

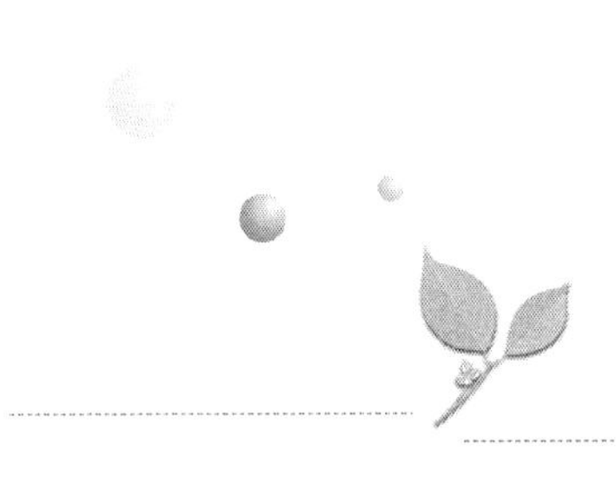

作者小傳

陳幸蕙，一九五三年生於臺中，祖籍湖北漢口，臺大中文研究所碩士。先後任教於國防管理學院、臺北師院和清華大學等，現專事寫作，以散文為主，兼及小說和評論。著有散文集《把愛還諸天地》、《麗似夏花》、《碧沈西瓜》、《與你深情相遇》、《愛自己的方法》等二十餘種。

陳幸蕙的散文，結構嚴謹，筆觸典雅娟秀。早期多著重描寫生活觀感，後逐漸轉向對社會、文化，以及女性和青少年問題的省思。曾獲時報文學獎、中山文藝散文獎、中央日報文學獎、梁實秋文學獎等。

十五、悲歡夜戲

陳幸蕙

是村腳廟埕上的野臺戲接近尾聲的時刻。

緊密的鑼鼓點子，卻仍如夏日西北雨般，急鼕鼕響在耳際——

嫌貧愛富的員外夫婦，終於接納了已成新科進士的準女婿。舞臺上，那位戴珠翠頭面、光鮮動人的花旦，正踩起細碎蓮步，輕風一樣，由眾丫鬟簇擁而出。織金的腰帶，一路上十分好看地翻飛飄起，閃著絲光的軟緞裙裾，漾出柔潤流麗的波紋；寬大曳垂的水袖則歌吟般，翩然悠然如待舉的羽翼——是踩在雲端的感覺吧？

因為那剛自瓊林苑聞喜宴中，蒙天子賞賜而回的狀元郎，正軟翅紗帽、一身紅袍、風姿颯爽地站在她對面。過去，她曾為他吃了許多苦，流了許多淚，忍受了許多煎迫委屈，如今，這一切磨難都成為過去了。「洞房花燭夜，金榜題名時」，已是逼到眼前來的事實，不再是一個虛無渺茫的夢幻；而放眼未來，那即將如潮水般洶湧而至的，是人人豔羨的浩蕩皇恩，是永遠享不盡的榮華富貴。人生，似乎就這麼簡單、可愛，是苦盡甘來之後，一則甜蜜的公式……

然後，舞臺西側那位腰繫白毛巾的師傅，揚起手中鐃鈸，「哐嚓——」一聲，金光一閃，彷彿斬釘截鐵的驚嘆號，臺上的急管繁弦，倏然中止，臺下熱烈興奮的掌聲繼之爆起；纏綿一夜晚、才子佳人終成美眷的野臺戲，便在皆大歡喜的叫好聲中，堂而皇之地收場了。

群眾臉上浮起一層薄如清水的笑意，彷彿還沈浸在方才團圓吉慶的故事氛圍裡。那有著種種缺憾的現實，是暫時不存在了；一場喜劇，是一椿醍醐灌頂的快樂，是這樣一個明朗有月的夏夜裡，一次美麗的高潮。

於是，牽著憨孫來躧躂看戲的阿公、髻上簪有玉白茉莉的老祖母、挽起竹籃兜售一截截削皮甘蔗的小販，還有，剛洗完澡就背著嬰兒癡癡守候在臺下第一線的小女孩，都趿著木屐或塑膠拖鞋，各自在清涼的夜色中，心滿意足地歸去了。幾個騎腳踏車偶然路過，卻不免興趣盎然，以一隻腳支地，暫且停車欣賞的中年男子，此刻用力一蹬踏板，也閒閒散散消失在稻香瀰漫的小路盡頭。

盞盞黃紙燈籠低垂的廟前廣場上，頓然空寂起來。臨時用木板、竹竿、布幔、鐵皮搭蓋在汽油桶上的簡陋舞臺，雖仍張掛著金碧山水、雕龍畫鳳的俗豔佈景，但因沒了角色的穿梭和鑼鼓喧騰的陪襯，立時失去依附般，格外顯得荒蕪寒傖。倒是幾支白晃晃的長管日光燈，猶兀自映照著舞臺上方幾枚金紙剪成的大字：

慶祝九天玄女娘娘千秋聖誕

舞臺左右則各懸掛一面垂著流蘇、略顯陳黯的旗幟，棗紅絲絨的底子上，白色的字跡還算神氣醒目：

明霞園歌仔戲團全省巡迴盛大公演

理直氣壯的口吻，透著幾分自信，想必從前曾有一段輝煌風光的日子吧？

但這些專門在舞臺上搬演喜劇，酬神謝天、卻過著吉卜賽式四處流浪生涯的人，神明給他們的庇佑是什麼？生活給他們的報償又是什麼呢？如果，生活本身就是一齣戲，那麼，這些生活在戲中有戲、戲外有戲狀態下的人，臺前、幕後，戲劇、人生，這其中的界線，又要如何加以釐清？

我不禁想起野臺戲這似乎只屬於農業社會的大眾娛樂，想起那千篇一律、都落入喜劇窠臼的舞臺腳本，同時，也想起了方才那些如醉如癡、帶笑而歸觀眾——從他們身上，我彷彿看見，過去古老中國大地上，那曾在悲歡歲月中，飽經憂患，但心地卻那麼善良，夢想卻那麼單純，性情卻那麼忠厚，對人生、對命運都那麼謙卑保守的廣大農民群眾的影子——為什麼，中國的戲劇，一向是喜劇多於悲劇呢？為什麼，即使是辛酸悲涼的故事，我們傳統的劇作家，也總慣於為它接上一個團圓快樂的尾巴，而落得人人都說「中國戲劇，熱鬧俗謔有餘，嚴肅深刻不足」這樣的話柄？難道中國人獨缺接受悲劇的勇氣和理解悲劇的能力？像「竇娥冤」、「趙氏孤兒」那樣獨闢蹊徑的例子，顯然是太少了，所以王國維在論中國戲劇時，也不免要深深感嘆：

「元曲為我國最自然之文學，明以後傳奇，無非喜劇。」

於是，做為一個熱愛中國文學的人，當我面對架上那一系列繡襦、紫釵、香囊、浣紗……等結局雷同的明代戲曲時，遂也不免常為之憾恨起來：中國那麼迢長的戲曲史，為什麼除了關漢卿，就幾乎再也找不出其他偉大的悲劇作家呢？

然而，在這樣一個夜空如此乾淨、明月如此皎潔無瑕的仲夏夜晚，那些看似頭腦單純、彷彿透過喜劇就能獲得莫大滿足的老實鄉下人，卻使我恍然洞見整個中國苦難眾生的縮影，而忍不住鼻酸起來。

——為什麼中國的戲劇，總是喜劇多於悲劇？也許，這一個令人落淚的文學課題，我們反不宜從文學的流變中去探索，而應自五千年的滄桑中去尋找答案吧？

因為，我們是在悲劇中接受歷練的民族：悠邈已逝的歲月裡，數不清的天災人禍，使得中國人的生活，已儘多磨折、儘多顛沛、儘多流離，換言之，儘多悲劇。逆來順受、千瘡百孔的數億心靈，實無餘裕，再次反芻苦難、領略憂傷了；當他們面對舞臺、面對戲劇，他們需要的是休憩、娛樂與撫慰，他們需要喜劇的滋潤、團圓的結局，來滿足幻想，來醫療受創的心靈，來彌補那永不圓滿的現實所帶來的缺憾，而不需要深刻嚴肅的藝術。

因此，看似單純的頭腦背後，其實並不是單純平坦的順境，而是坎坷多難的人生，是分多於合、悲多於喜、漂泊多於安定、憂患多於太平、烽火戰亂多於溫暖幸福的一頁中國人的歷史！

我走在蛙鳴嘓嘓的鄉間小路上，一面思索，一面仰望沈靜無語的夜空。不遠的山，此刻看來，似乎比起白天有著更近的距離，但那屏風一般，巨大厚實、墨黑穩重的山影，卻彷如一尊端穆凝肅的守護神，守護著山下肥沃遼闊的平野，整齊劃一的稻畦，默然矗立的椰子樹，和紅甎瓦舍裡逐漸熟睡的村民。星星又低又亮，溫柔地俯下身來，最近的一顆，是滿月嘴角一粒清新細巧的小痣——這樣和平安詳的田園大地，那不正是幾千年來，安分守己、對世界別無野心的中國人所期盼的夢想嗎？

而哪一天，我們才能看見真正屬於中國人的喜劇呢？

我把雙手插進長褲口袋，向山下那盞等候我的燈火走去。夜風淡淡吹來，頰上是幾許濕潤的清涼；

沒想到，一場喜劇，卻只看得我滿腮清淚。

選自：爾雅出版社，《黎明心情》

著作年表

作品名稱	出版者	出版日期
閒情逸趣	時報	65・2
群樹之歌	九歌	68・7
采菊東籬下	故鄉	69・1
昨夜星辰	爾雅	70・12
把愛還諸天地	九歌	71・1
《二十年目睹之怪現狀》研究	臺大出版委員會	71・6
交會時互放的光亮	爾雅	75
黎明心情	爾雅	77
欖仁樹下	駿馬	77
麗似夏花	漢藝色研	78
人生温柔論—我讀《幽夢影》	漢藝色研	79
陳幸蕙極短篇	爾雅	79
歲月的光譜	圓神	79
若男?亞男?	皇冠	80
甜蜜告白	健行	80
現代女子的四個大夢	爾雅	81
與你深情相遇	爾雅	81
青少年的四個大夢	爾雅	82

作品名稱	出版者	出版日期
同心—我讀愛情詩	漢藝色研	78
被美撞了一下	大雁	78
碧沈西瓜—陳幸蕙文選	文經社	78
樂在婚姻(一)	九歌	86
所有的男人都是孩子	九歌	89
成長的風景	幼獅	91・1

作品名稱	出版者	出版日期
愛與失望—《二十年目睹之怪現狀》	駱駝	85
愛自己的方法	爾雅	85・8・1
以一座銀杏林相贈	九歌	91・4
悦讀余光中：詩卷	爾雅	91・9

延伸閱讀

1. 〈時光的曬穀場上—專訪陳幸蕙女士〉，孫梓評，《文訊》，二〇〇一年四月。
2. 〈我希望能將自己徹底顛覆一次—訪陳幸蕙〉，李瑞騰專訪，楊光整理，《文訊》，一九九七年六月。
3. 《作家列傳—陳幸蕙篇》，阿盛著，一九九九年，爾雅出版社，頁四五。

——陳幸蕙曾被詩人洛夫形容為「一個寫實理想主義者」、「存在主義者筆下千瘡百孔的人生，在她信念中決不容存在。」……但從一九八〇中期發表的作品裡，她說「千瘡百孔的人生，我很能接受，而且，我認為這就是人生的真相。」歲月增添了陳幸蕙的智慧，擴展了她的視野，然後轉化入她的作品中。

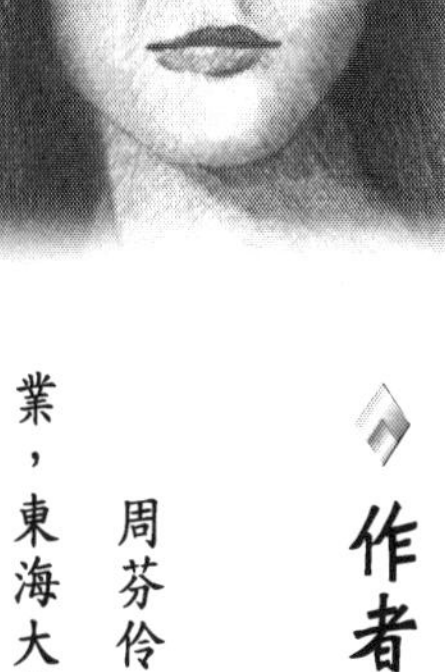

作者小傳

周芬伶，一九五五年生，臺灣屏東縣人。政治大學中文系畢業，東海大學中文研究所碩士，任教於東海大學中文系。跨足多種創作，散文、小說、少年小說、戲劇、評論等多有成績，尤以散文名家。著有散文集《絕美》、《花房之歌》、《熱夜》、《閣樓上的女子》、《戀物人語》、《汝色》等，另有小說、文學論著及劇本等多種，近作為《影子情人》、《浪子駭女》。

周芬伶早期散文純美沈靜，題材多取自故鄉親情，《熱夜》後轉為瑰麗奔放，近期則轉為凝視女性內在，嘗試文體與性別越界之慾望書寫，頗受好評。曾獲聯合報文學獎、中山文藝獎散文獎、中國文藝協會散文創作獎章等。

十六、魔箱

周芬伶

箱子是很神祕的東西。箱裡有一個隱密孤立世界，它寂然不動，與變動不居的宇宙相對抗，箱子裡的東西就有永恆的意義存在。擁有一個箱子，便擁有一些祕密。我們都可以是潘朵拉，將罪惡與痛苦釋放，祇留下希望。

從小便著迷於各式各樣的箱子。母親有一個陪嫁的黑色衣櫃，裡面收著無數寶貝，那是母親的祕密寶藏，也是我們兒時夢想的焦點。然而，母親並不輕易打開她的箱子，她用好幾把鎖鎖住它，祇有耐不過孩子們的吵鬧時，她才一一展現珍藏。那通常是在雨天，因為雨天的生意清淡，她可以從店裡溜回房裡，讓幾個孩子圍繞著她，欣賞她的所羅門王寶藏。好華麗溫馨的雨天！直到今天，我一直喜歡雨天。

母親的黑箱子裡常有些令人意想不到的東西。像有一艘銀製的帆船，可以拼裝，也可以拆下來；它的雕工精細，船帆上的紋路、船桅上的繩索，還有活動自如的船槳、垂釣的漁翁，無不維妙維肖。最動人的是它銀亮的光澤，那是滿載一船星輝的小白船哪！只有在夢境裡才配擁有，母親收它做什麼呢？又譬如有一隻來自義大利的細瓷花瓶，典雅美麗，卻從未看她拿來插花；又有一對鍍金的地球儀，原來是用來裝香煙的；那一組日本彩繪酒器，酒杯對著光線，杯底會浮現一個妖豔的日本婆子，每次我們競相觀看，一面咕咕發笑。這些東西既不適合擺在我們簡樸的家，距離母親的生活也太遙遠，她用來做什麼呢？

她祇是一個有七個孩子、勤奮樸實的家庭主婦，可是她箱裡的世界卻是奢華、富貴且悠閒的。更離奇的是，你可以在她的箱子裡找到銀緞裁成的晚禮服、綢紗旗袍、絲絨披肩，還有狐皮大衣、帽子、大大小小的珠包，更有長長短短的手套；她又有一個珠寶盒，裡面有好幾十個寶石戒指。她根本沒有機會穿戴這些衣服，卻好像有無數盛大的舞宴等著她。

每當母親玩賞這些東西，臉上便洋溢著幸福的光彩。幾樣不著實際的東西竟能讓她這麼快樂，難道箱子裡果真有一個天堂麼？原來母親小時候有個玩伴是外國人，那外國人回國時留給她一些玩具，在物資困乏的日據時期，那有著藍眼金髮的洋娃娃、彩虹般的糖果、亮晶晶的衣物，簡直像是天方夜譚。那玩伴臨走時，向母親頻頻招手說：「有一天來找我。」從那時起，母親的心便在遨遊四海，四處尋寶了。

可惜她還來不及參加舞會，青春便一寸寸短少，她也還來不及環遊天下，就被困進家庭裡。看來她永遠沒有機會實現夢想，於是，便備好一個箱子，搜羅來自異國的珍玩，在雨天之時，與孩子們一同玩賞。所以說，收藏是跟實用無關的，就好像美與實用通常也無關。而箱底的世界也是夢幻的世界吧！它彌補了現實的枯燥與殘缺，飾生活以繽紛五彩，添心靈以玲瓏羽翼。她終於找到一個小小天堂。

最近幾年，母親鮮少去開她的黑箱子，七個孩子散居四方，再也無人去探訪那個神祕世界。她的收藏大部分分贈給親友；我結婚時，接收了那件絲絨披肩，綴滿珠花的象牙色手套，還有十來個寶石戒指，母親的黑箱子就這樣漸漸空了。

有一次回家，看見櫃子居然沒鎖，打開一看，祇見那隻小白船支解散落在抽屜裡，母親竟懶得去拼好它。我心裡有傷痛的感覺，是的，母親已經衰老，她變得更加樸素更加清簡，不再需要任何箱子、任何玩具，連她真正有機會到國外旅遊，也未曾買回什麼稀奇玩意。母親的衰老是突然的，她長出白髮了。她走路居然常跌跤。她不再穿華麗的衣裳。連最喜歡的珠寶也從身上絕跡……如果這是生命自然的現象，我是要心痛的，我寧願母親永遠留在那個錦繡圖畫，小小天堂，保有純真綺麗的幻想，然而，這是多麼困難的事。

我還是留戀著花花世界，我的心也還在遨遊四海。我有好幾個箱子，用來收藏心愛的東西。收集火柴盒的時候，有一個淡綠色的木箱，大約有一個抽屜大小，全盛期它裝得滿滿的，收的火柴盒大的似罐頭，小的如口香糖，盒子的形狀千奇百怪，更誘人的是火柴棒的顏色，排成一列共有幾十種呢！不同的火柴盒就有不同的火柴棒顏色，同樣是紅，紅得有不同層次，這是它的微妙之處。可惜現在興頭已過，那些「盒中之盒」早已不知去向。

後來迷上古玉和扇子，新添一個棕色木盒來擺設，它的外形很古樸，跟內容倒是很貼切。古玉的魅力驚人，不過玩起來很勞民傷財。光是盤玉的功夫就夠你荒廢許多正經事，更何況那種花費，不是一般人玩得起的。所以，玩到一個程度就收手了。

玩扇子就比較輕鬆。扇子中我偏愛摺扇，摺扇中又以紙扇最耐看。紙扇還得是細竹為骨、宣紙為肉、有畫有字有題有款的最好。紙扇之外另有紗扇、絹扇、檀香扇，紗扇中我喜歡黑紗灑金的，有一種特別豔麗的風情。夏天裡，手持一把摺扇，搖動之間，香風不斷，真能忘掉暑氣呢！檀香扇香味雖濃，扇骨卻細薄易折，有時一個夏天要用壞好幾把。「揖讓月在手，動搖風滿懷」，「扇子期」是我最香豔的時光，現在已時過境遷了。

後來另有一個瓷盒，形狀像個圓形粉盒，白瓷青花，大約是民國初年的產品，那是走訪淡水骨董店的斬獲。我用它裝耳環，大約可裝個二、三十對。首飾中我最愛耳環，就算穿了一身素，耳朵上絕不空虛。不過那些造型誇張的墨西哥銀耳環、印地安圓月彎刀，還有像霓虹燈招牌的長耳環，純粹只是觀賞用。我最常戴的是小如綠豆的真珠耳環，「若有若無」才是我的打扮美學。

五角形金碧輝煌的珠寶盒，是結婚時母親的贈禮。它就擺在梳妝臺上，常用的配飾大抵擺在裡頭。金屋中的最嬌是珊瑚項鍊，因為是婆婆送的，它常常出現在我的脖子上，讓人一看就知道是澎湖出產的媳婦，算是正字標誌。

灰藍色的絨盒來自天母骨董店，它約有一本書大小厚薄，輕巧可愛，母親送我的珍珠項鍊、紅寶墜子、十個寶石戒指就安放在那裡。我的指圍跟母親最接近，她戴過的戒指在我的手上，一樣美麗適切，看起來好溫暖貼心。

我的新寵是來自韓國的木箱，木質好漆也亮，配上黃銅雕花，看來好不耀眼。最可愛的是那把魚形的銅鎖，還垂著兩個紅絲穗。箱子分兩層，上有格子，下有抽屜，容量很大，卻還沒想到放些什麼。但是過不久它會裝滿的，我不缺這種靈感。

這些收藏令我像海盜一般富有，也像海盜一般罪過。我但願能做到「不積財物」、「不為物役」，但是，看到美好之物時，我無法遏止自己心怦怦然而跳，眼冉冉而動，然後一股想侵占它的念頭油然而生，這對我來說是最自然不過的反應，我喜歡有年代有典故的骨董，也喜歡無年代無典故的時髦玩意，還有小石頭小擺設、小花小朵，霓虹之七彩、大地之錦繡，最好都能攝進箱底。

其實，在生活上我與母親一致，追求素簡與寧靜，但是在我的箱裡，你可以找到繁華的天國夜市和濃厚的人間煙火，這兩者並行不悖，並沒有什麼衝突的地方。我越來越能了解母親愛物的心情，她箱子裡藏著的最大祕密，不過是「生命」罷了。我們唯其愛生所以愛物，這種惜物愛物之情，也是生命力的一種表現。也許有一天，我不再需要任何箱子、任何玩具，那會是怎樣的心情，我不敢想像。

當潘朵拉打開她的箱子，放走所有的罪惡和與痛苦，留下的祗是希望。但願我的箱子能留住生命。

選自：九歌出版社，《花房之歌》

著作年表

作品名稱	出版者	出版日期
西遊記與鏡花緣之比較研究	東海大學	69
熱眼看人生	聯經	76・6
花房之歌	九歌	78・2
絕美	九歌	80
魍魎	九歌	80
人生·難題與夢	黎明	81
閣樓上的女子	九歌	81
藍裙上的星星	皇冠	81
小華麗在華麗小鎮	皇冠	82
辦公室情報	方智	82
百合雲梯	皇冠	83
絕美	九歌	84
妹妹向左轉	遠流	85
熱夜	遠流	85
憤怒的白鴿	元尊文化	87・6・1
豔異—張愛玲與中國文學	元尊文化	88
戀物人語	九歌	89
世界是薔薇的	麥田	91・4
汝色	二魚文化	91・4
周芬伶精選集	九歌	91・7・10
影子情人	二魚文化	92
浪子駭女	二魚文化	92

延伸閱讀

1.〈她的絕美與絕情—周芬伶《汝色》及其風格轉變〉，陳芳明，《聯合文學》，二〇〇二年九月。

2.〈焦困中尋覓愛與自由—讀周芬伶《世界是薔薇的》〉，黃錦珠，《文訊》，二〇〇二年十一月。

3.〈寫作的女人最美麗—周芬伶散文綜論〉，李癸雲，收入陳義芝主編《周芬伶精選集》，二〇〇二年，九歌出版社。

4.〈自照鑑人的琥珀光—周芬伶《戀物人語》〉，張春榮，《文訊》，二〇〇一年二月。

——在人間煙火的浸染鍛鑄裡，一向以人情為主體的書寫逐漸引退，而原屬背景的物像反成重心。在縱深幅廣的探索下，原本習見景物，閃出象徵意涵，不起眼的物趣小品，釋出情理的內蘊。

5.〈以天真、清新與美挑戰〉，趙滋蕃序，收入周芬伶著《絕美》，一九九五年，九歌出版社。

6.〈藍裙子上的星星評介〉，張耐、孫安玲，《書評》，一九九三年十月。

7.〈夜讀周芬伶〉，陳芳明序，收入周芬伶著《熱夜》，一九九六年，遠流出版社。

作者小傳

孫瑋芒，一九五五年生於桃園，祖籍四川。政大新聞系畢業後，進入聯合報工作迄今。創作除散文、小說外，還包括遊記、音樂評論與網路觀察等。著有散文集《憂鬱與狂熱》、《夢幻的邀請》、《在世紀末點播音樂》等。另有小說《龍門之前》、《卡門在臺灣》，近作為《我在線上找你》。

孫瑋芒的散文意象橫陳，且富含詩意，多著重描寫愛與死等嚴肅題材，筆精墨簡，文氣暢旺，論者譽為「感性與知性兼長、詩情和哲理並茂的陽剛作家」。

十七、湍流不息

孫瑋芒

眷村孩子野性十足，總會找到一條發洩的管道。在我們的村子，大圳是野孩子的天堂。大圳從石門水庫奔流而下，匯集自大漢溪上游的圳水，肥沃了整片山谷的農田。流域的農人本本分分地引圳水灌溉田畝，大圳流過我們村子的山腳下，卻成為大江大河的象徵，製造了種種事件，產生了種種傳說。大圳的水有兩個成人的身高那麼深，在山腳下轉了個大彎，流得像部隊緊急集合那麼急，變得兇暴無情。村裡曾經有名小學女生，受了長輩的氣，一時忿怒難平，投身大圳自盡。附近駐軍一名士官長路過，仗義相救，也賠上一條性命。也曾有不諳水性的一群孩子在圳邊嬉戲，其中一個失足落水，玩伴下水救援，一個接一個，一口氣去了四、五條人命。大人在營日子多，在家時間少，野孩子愛冒險游大圳，每年夏天，大圳都要死幾個人，雖然畫著骷髏頭的牌子在圳邊豎起，也擋不住。

從我懂事開始，我就時常站在山頭，遠遠望著山腳下那一條碧綠的圳水，還有遠看像小人國一般的野孩子們，一一從岸上躍入水中，消失了身影，稍後又在大圳另一端浮起，攀著圳壁上岸，彷彿歷經一場重生。後來，由大人帶著到山下郊遊，過大圳橋的時候，更忍不住停下腳步，任憑轟轟的水聲灌進耳中，瞧著那些大孩子，怎樣玩那種驚險又誘惑的遊戲。

圳水先經過兩座橋，才變成腳下湍急濺湧的漩流。先是水橋，緊接著就是我站立的陸橋。大圳流經此地，遇到地層塌陷，當初施工人員就搭建了這座密閉的水橋，引導水流凌空越過塌陷的溪谷。水橋外形像火車廂，卻有三節火車廂那麼長，游大圳的孩子下了山來，走過水橋，像走過火車廂的廂頂，從上游下水，鑽過裡面漆黑如山洞的水橋，在陸橋下的浪花中浮出，再奮力泳向圳壁，抓住鋼筋造的扶梯爬上岸，赤條條的身子，帶著無懼死亡的神色，煞是神勇。他們把這種遊戲叫「鑽洞」。我深深迷上了他們在惡水中的逍遙勁。

我們家四個孩子，在小學裡每學期拿校長獎，倒是鄰居眼中的「乖孩子」，不同於於那些野孩子。可是我每到夏天，總是背著母親，到村子附近魚埤裡玩水，回到家怕給發現，內褲濕答答也不換，用胯間的體溫烘乾。魚埤的水又腥又渾，游來游去老踩到爛泥，我不時聽見大圳轟轟的水聲在召喚，嚮往那碧綠的水色，跳進去涼徹筋骨的感覺。升上國中的那年夏天，我終於加入野孩子。

岸上離大圳水面，還有一個成人高，第一次下水，知道手腳擺動就能使身體漂浮，一點不像大人說的那麼危險。野孩子之一並且表演一手「特技」；在岸上樹蔭下臥讀武俠小說，突然來個「鯉魚打挺」，連人帶書一起躍入水中，武俠小說舉得高高的，擲回岸上，滴水不沾。有時大夥玩得興起，在岸上戲打群架，把弱小的丟進圳裡，看他像隻小土狗掙扎上岸。主戲當然是「鑽洞」，野孩子一個接一個沒入水橋入口的瀑布，歡度節慶般的吆喝聲比人先進洞，迴盪四壁，是對安全世界的嘲笑，也是自我陶醉。頭幾回我還不敢「鑽洞」，怕那水橋吞掉性命。玩伴教我，進洞以後，有兩道浪，在每一道浪之前潛泳，頭才不會撞到頂壁；出了水橋與陸橋，要避開兩側的漩流，順著主流到了水流平緩的地方再游上岸。我便由玩伴帶頭，學習「鑽洞」。

圳水進洞之際，由於水位突然降低，形成弧形水坡。洞裡一片漆黑，從洞口即可聽得圳水四壁迴響，湍流不已，等待祭品。以前在上游落水的人，一旦被沖進水橋，就會杳無蹤影，屍體要在好幾公里以外才會由攔水壩攔下來。那時我卻不假思索，緊隨玩伴濺起的水花，一躍而下，對準洞口，順流而去。

那是一種恍如隔世的感覺。我感到身體在靈魂之前漂進橋洞，那一霎間，我詫異自己為何來此，為何做此事，就像遭到巨禍，或是身處異國般地難以置信。我只記得在反彈浪之前潛泳，浮水之後奮力向前方的光明掙扎。在湍流中，狂暴的水聲充滿了整片腦海。抬頭忽見前方玩伴已撲通撲通的游向岸壁，便重新鼓起了勇氣，划動四肢，擺脫兩側漩流，在水流平緩處抓到扶梯上岸。我抖落一耳水珠，用小碎步跑在懸空的水橋之頂，奔回上游跳水處，感到超凡的喜悅。這喜悅，完全不需要他人的掌聲來肯定，是何等自足啊！

原來，冒險並不是那麼困難。只須經歷一陣隔世之感，對自己施加輕微的壓力，就能完成一件大事。玩伴們以幾乎察覺不出的笑容，迎接我這個會讀書的「好學生」成為他們的一員。我知道我屬於他們。這群人後來的發展，我略知一二：有的做了「太保」，犯案累累；有的做了海員，飄洋過海；有的上了軍校，意氣風發。只有我幹上知識分子。而我當時游大圳的方式，與他們稍有不同之處，乃是我會老遠的走到上游再下水，任憑少年的身軀仰面漂流，看那兩岸樹影流逝，天空雲影變幻，恐懼著不可知的未來……

我游大圳的事不久就傳到母親的耳朵裡，她半信半疑，免不了整天嘮叨，只是父親長年在營，對四個孩子只能採放牧的方式教養。幸好兩個弟弟並不像我，沒跟著到外頭撒野。在舉家遷出眷村之前，大圳整整伴我度過了三個夏天，其間發生過兩次意外。

有一回，我不甘每次出了水橋都得避開漩流，直接從橋上對準出口的漩流跳下去。我低估了漩流的力量，一下子就給捲進水底，雖然在用腳探到圳壁，奮力一蹬，也只能浮上來片刻，又被捲入水底。如此數回，但覺天旋地轉，那種不知身在何方的隔世之感，愈來愈濃。有個玩伴機警，奮身朝著我跳下來，藉著落水的力量把我推出漩流，我這才恢復意識，順流游上岸。這倒也嚇不了我們，游大圳的遊戲規則裡，救人與被救是稀鬆平常的事。

另一回對野孩子而言才教嚇人。父親從外島回家休假，我也耐不住，偷溜出來游泳。正在浪花裡逍遙，忽見山頭多出一個熟悉而可怕的身影，恰是父親尋我不見，聞風趕來逮人。野孩子們見狀，個個面色凝重。我們在「無父」的世界闖蕩，終究逃不了父權的審判。村裡有的人家會把孩子吊起來打，有的人家會拿熾紅的火鉗懲治當太保的孩子……。這回父親倒出乎意料，沒有拿出家法，僅僅罰跪而已，斥責我時還面帶得色。後來聽母親說，父親在大陸撤退時，還游過長江。也許我是我家中最野的孩子，與他最為肖似，教他一時舉不起棍子。

可是，我依舊抗拒不了冒險的誘惑，否定不了血液裡的野性。在往後歲月，我更投入了各式「禁止游泳」的深淵，時而困頓於劫難，時而陶醉於飛升，讓父母焦心，妻子憂煩。我自己則自私地豐富了生命，自認經歷了完整的人生旅程，即令橫死亦無恨憾。而我在其他的眷村孩子身上，也曾見證類似的野性，湍流不息。這種野性，使眷村孩子投身政壇成為「街頭小霸王」，投身新聞工作成為毀滅禁忌的健筆，也會使迷途的眷村孩子犯下轟動一時的滔天大案卻面不改色。更有個眷村野孩子，仗恃作曲作詞的才華，不循常軌進出海峽兩岸，戲弄了兩個政權，贏得一身令名兼罵名。追溯這野性的源頭，也許是我們的父輩從遼闊的大地，從陣仗殺伐的歷史帶出來的。我從童年的大圳認識自己，認識了眷村孩子的宿命，卻仍未擺脫對自身野性的恐懼，只是深深相信：再大的險境總有盡時，一旦度過了短暫的隔世之感，反觀一切，原來都是易事。

選自：三民出版社，《憂鬱與狂熱》

著作年表

作品名稱	出版者	出版日期	作品名稱	出版者	出版日期
龍門之前	聯經	66	夢幻的邀請	九歌	85
憂鬱與狂熱	三民	81	在世紀末點播音樂	九歌	88・11
感情事件：孫瑋芒短篇小說集	爾雅	82	我在線上找你	爾雅	91・2
卡門在臺灣	九歌	84			

延伸閱讀

1. 〈飆到離心力的邊緣〉，余光中序，收入孫瑋芒著《憂鬱與狂熱》，一九九二年，三民出版社。
2. 〈慾望與毀滅交相辯證下的愛情變奏曲—試析孫瑋芒《卡門在臺灣》〉，陳康芬，《問學集》，一九九八年九月。

3.〈金屬質的光芒撲面而來—談孫瑋芒《夢幻的邀請》〉，張春榮，《文訊》，一九九六年十月。

——《夢幻的邀請》探勝尋幽於大陸山河，神往瞻仰於異國人文情調，……全書的敘述，不以對句排比的工整富麗塗彩，而以單句流轉一氣控勒的變化見長，藉由窮形寫景的動態敘述，馳騁其知性與感性。以堅實文字為肌理，而後由實入虛，逸出幽渺的照會與領略。

4.〈執迷有悟—評孫瑋芒《憂鬱與狂熱》〉，莊裕安，《聯合文學》，一九九二年五月。

5.《作家列傳—孫瑋芒篇》，阿盛著，一九九九年，爾雅出版社。

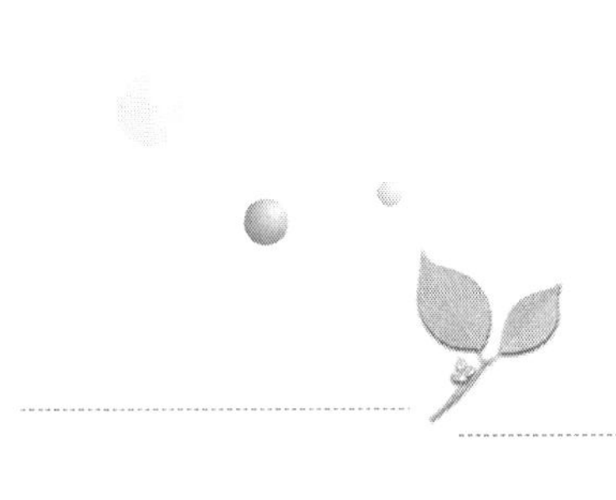

作者小傳

劉克襄，一九五七年生，臺灣臺中縣人。文化大學新聞系畢業後，曾任職《臺灣日報》、《自立晚報》副刊，現任《中國時報》人間副刊副主任。七〇年代寫詩，八〇年代後投身自然寫作，擔任自然觀察員，從事野外觀察和古道舊路踏查，足跡遍佈臺灣。著有散文及報導文學集《隨鳥走天涯》、《自然旅情》、《山黃麻家書》、《小綠山之歌》、《偷窺自然》、《臺灣舊路踏查記》等十餘部。另有詩集及動物小說《風鳥皮諾查》、《座頭鯨赫連麼麼》等，近作為《安靜的遊蕩》。

劉克襄的散文多屬報導性質，筆調自然曉暢，兼具感性與知性之美，為國內自然寫作的重要一家。他除了把對自然和生態的關懷形諸文字之外，也以攝影和繪畫的方式記錄，創作可謂多樣而繁複。

十八、一個小茶壺嘴的故事

——八通關古道今昔

劉克襄

從陳有蘭溪取回的山泉沸騰了；冒著滾熱白氣的鋁製茶壺，就在眼前忐忑不安地抖動起來。

這時節才入秋不久呢！高山環繞下的東埔已籠罩在初冬的氣息裡。又逢例假日的今天，清冷的旅舍，彷彿隱藏著一股沁人的寒意，靜寂地僵止於空氣中；這也使燒煮中的茶壺更有四下無人的囂張氣勢，愈加奮力地發出熾烈的聲響。

闇昧的室內，一張方形，紅褐檜木的古舊茶几，几上一只陶瓷殘片橫陳著，是此地友人餽贈的見面禮。前個月，他甫自八通關古道回來，途經大水窟的清營舊址，撿到這看來似乎是隨便丟置的不起眼玩意。它是仍帶有一些兒壺身的福建米白釉小壺嘴，有一百多年歲數了。

原本的模樣，應是一具胖鼓著圓滾肚腹的小茶壺；而且是一八七四年（同治十三年），那一千五百名廣東飛虎軍裡，其中一位小兵的家當。那一年，他帶著小茶壺，和其他士兵從大陸渡海來臺，進入陌生的內山，開闢中路，隨後攜上三千公尺的大水窟。當時的中路，就是今天的八通關古道。然而，為何只剩下壺嘴的殘樣呢？是不小心打破？用久了，自然裂損？還是軍隊繼續開拔，未及帶走？或者是與布農族作戰，混亂中打破？……

年近七旬的歐巴桑提著保溫壺，由前樓的瓷磚走廊踽踽走來，一蹭一蹬地登上這狹窄的日式閣樓。大概以為我忘了取茶水吧？地板發出吃力的喀吱聲。明晨，又要上玉山區了，凝視著小茶嘴的殘樣，我突地想起小學時代的歐桑。想起他悄悄來到這裡的入山小城，躲在旅舍內，品評日文旅行書籍的背影。

不知為何，這幾年我也宿命地走上酷愛旅行的路途；前天埔里，昨天水里，今晚東埔。可是，多麼納悶的，生長於中部的我們，旅行的地點竟都選擇濁水溪上游這一帶。歐桑來此的時間，應是一九四九年「四六」事件發生後，在此從事不太願對任何人解釋的定點旅行。我是在十年前，因為探鳥採蝶之關係，對著自然的貪戀，屢次抵臨這裡。這是什麼心情呢？逼使進入壯年時的我們，在不同的時空下，不約而同的選擇這幾座小城，做為定心的地帶；或者只是巧合吧？

對我們父子而言，臺灣在這幾十年的急速變遷中，西海岸早已徹底地翻轉了好幾次；只有靠近臺灣地理心臟的這裡，似乎是民風較安詳、淳樸的所在，保有著我們對童年事物的追憶。

有這種童年似情感的共鳴，我相當篤信，必然與山、城之間的距離有關係。這幾座小城都位於四季溫煦的盆地和峽谷，與鄰近的大山保持似近還遠的良好空間，又和忙碌的縱貫線鐵道遠遠隔離；既是山的入口，也是出口。這種距離上的和諧與東海岸的後山截然不同。東海岸的山有種高遠的威嚴，跟鄰近的城鎮殊少交通管道，還擺出一副隨時要侵凌平地的險峭容貌。

對中部的山與城，有這種奇怪和諧詮釋的人，不止我一個，日本博物學家鹿野忠雄恐怕體會更加深刻呢？一九二八年暑夏，從二水前往埔里，正準備傾力入山的鹿野，還未到達入山口，就已情不自禁地寫道：

對於要從西海岸進入中央山脈的懷抱者而言，……那裡有靠近山的喜悅。有令人感到山的入口的魅力。

前天，從二水搭支線火車，前往集集時，鹿野像小熊般壯碩的身軀，不時浮現腦海。這位縱走臺灣高山千餘日，矢志從事博物學探究的冒險家，大概是對現今玉山區最熟悉的人物。自從首次拜讀鹿野記述臺灣高山的巨著：「山與雲與原住民」，激動地潸然淚下後，每回途經集集時，總要在他滯留過的火車站前徘徊，憑弔一番。

火苗一熄，茶壺聲方歇，右邊的山谷立即湧上陳有蘭溪汩汩細流的水聲。記得這條溪的聲音嗎？小茶嘴是聽過的；經年在高山旅行的鹿野，想必也十分熟稔而親切。在這座八通關古道必經的小城，酷愛飲茶的鹿野，曾搭宿當時的警察駐在所，如同我一般，獨對茶壺，尋思如何溯溪，登上玉山山彙的問題。

陳有蘭溪，這條背負十九世紀末葉臺灣遽變的歷史之河，就在東埔和沙里仙溪分手，各自像尾溯河的鱸鰻，狂野地奔上荒莽的原始森林，進入廣渺的玉山山區。

清末的八通關古道也在此，貼著溪床，和日據中期的越嶺道分道揚鑣；雖是各走各的路，而且在不同的時代出現，深入臺灣的心臟，這二條路還是交纏並進地跨越八通關，奔過大水窟草原；最後，一如臺灣近代史、比肩而來，狠猛地貫穿到東海岸。

既然隸屬廣東飛虎軍，當時隨身攜帶這小茶壺的小兵，或許是客家人吧！一八七四年冬初，他身著藏藍色的軍服，衣背有繡著自己軍籍、姓名的鮮明白色大圓布，肩上則扛著當時清軍最好的、銀亮的後膛兵槍，跟隨吳光亮總兵，由竹山翻越鳳凰山麓，駐紮過東埔，再沿陳有蘭溪上溯，一路「逢山開路，遇水搭橋，束馬懸車，縋幽鑿險」。

隔年初的農曆春節，他跟其他一千多位入山的官兵一樣，就在「古木慘碧、陰風怒號」的高山中，與吹弓琴的布農族、與披著霜雪的針葉林一起度過。

高山上也只有倏忽的春夏之日。時節才六月末，當時住在臺南府，執掌全臺政局的福建巡撫王凱泰，收到吳光亮從山裡寫給他的一封信，信中有一段話是這麼說的：

「軍中著皮衣，嶺上皆有霜痕。」

讀完信，王凱泰遂有感而發，留下這段具有歷史見證的詩句：

暑月深山軍挾纊，
八同關外已飛霜。

同，即通也。飛虎軍已抵達八通關。這位小兵想必也來到草原上，在搭蓋好的營舍內，用小茶壺沏沏茶取暖了。

當飛虎軍再東行，來到中央山脈的大水窟，應是初秋的時候，小茶壺即在此與這名小兵分手。年底，飛虎軍完成打通中央山脈的任務，但他們並未接獲返鄉的旨令，也沒有替防的部隊，反而繼續執行北京朝廷的「開山撫番」任務，駐守在殊少漢人屯墾的璞石閣（玉里），經年和東海岸的原住民交戰，不能返鄉的情形，這名小兵遂和當地的阿美族女子結婚生子，在東海岸生根。

假如，他未水土不服，或患上盛行的瘧疾，繼續倖存；二十年後，或許他還跟過滿腔熱血，卻已老耄的吳光亮北上，和甲午戰後登入臺灣的日軍打過仗。這場戰爭是臺灣西岸一連串抗日行動中最初的一波，發生在新竹附近的五陵，臺灣史曾詳細的記載這段悲慘的敗戰經過。最後，這名小兵和小茶壺一樣埋身異域。一千五百名精銳的飛虎軍裡，有好幾名小兵是這樣走過一生的。而他，也正如戰禍頻仍、焦頭爛額的清廷，早把八通關古道忘記。

但日本人卻縈繫在腦海。就在飛虎軍北上作戰失利後，一名叫長野義虎的日本陸軍中尉出現了。這時西海岸還在激烈抗日中，東海岸卻形同空城。他在宜蘭搭上一艘中國戎克船，悄然來到飛虎軍落籍的璞石閣。

初秋時，帶著幾位布農族，還有漢人通事，重訪二十年前飛虎軍艱辛開拓的古道。雖然一入山就走錯路，只踏過布農族的狩獵小徑，長野終究攀抵小茶嘴置身的大水窟，望見崇峻的玉山山彙。於是，他做了「最先登上玉山」的攻頂決定……

從玉山區下行時，長野估算錯誤，背袋缺糧，急著趕下山。結果，再度岔離古道，直接走下陳有蘭溪河床，在纍纍巨岩的狹谷中，馬不停蹄地星夜趕路，趕到硫磺泉湧的東埔。最後的行程雖如此草率匆促，外來的探險家中，他卻是第一位穿越中央山脈的人；日後，因此功績還當上埔里社「墾撫署長」。至於古道，他留下了一些吉光片羽的敘述：

余走過此段清國政府開闢之通道，深深驚異其工事之殷勤慎重，遇岩取石，遇林截木，用以敷造階級。路幅約寬六尺，今日全程雖然多有毀壞，但依舊可容納十數名步卒從容通行……

從上述文字解讀，好像長野踏過古道全程一般，但正如先前的描述，長野實際踏在古道上的時間並不多，路程也很短，只在大水窟與八通關一段。

這是八〇年代初，古道學者楊南郡重新踏查的新發現。楊先生是這個社會的局外人；人在臺北，年近一甲子，快滿頭銀髮，仍然活在清末。我們會相識，也因為彼此都活在一百年前，活在橫貫臺灣心臟的這條古道上。每回和他提及古道，他的眼眸便炯然有神，亮出青年般準備奉獻一切的光芒。百年後，有這樣瘋狂癡戀古道的人物，這恐怕不是吳光亮或長野所能料及的吧？然而，在當時，也有一些古道迷出現。

所謂的八通關古道橫斷後，長野回東京時，曾在地學協會做過此次探險的演講。那次演講的聽眾裡，有位酷愛民族誌研究，長得羸弱瘦小的年輕人在座。他靜靜地聆聽。由於長野未受過專業訓練，當幾位地學專家提出問題時，長野都無法圓滿的答覆。他對長野所勘查的路線，也抱持相當懷疑的態度，更不相信長野所云，一天之內能從玉山頂抵達東埔。這位年輕人是誰呢？他就是日後赫赫有名的「臺灣蕃通」，森丑之助。

聆聽長野的講演之前，森丑已隨日軍輾轉臺灣山區，四處探查原住民的生活。一九〇〇年，阿里山森林大發現；森丑遂做了一次著名而重要的旅行。

春天時，他正擔任人類學家鳥居龍藏的助手；鳥居是最早在臺灣從事人類學、考古學的研究者。他們選擇一條前往玉山的新路，從阿里山出發，結果也遇到斷炊之險，只得前來東埔避難。緊接著，他們在前山的幾座小城如竹山、埔里滯留，從事原住民調查。最後，再大膽地從東埔上溯陳有蘭溪，進入古道去。

那時已近暑夏，踅回東埔後，進古道前夕，趁小米祭那天，他們訪問一位年近八旬的布農族社長。這位記憶依然清晰的老翁，當年曾受僱，參與古道的修築。鳥居在旁筆錄，記下這段重要的口述歷史：

吳光亮未開路前，從臺南派來的官吏，曾經到此觀察地形。然後，決定開往後山的路。開路的過程，得到布農族各社的協助而順利進行。當時我是五十多歲的老人，也參加了開路的隊伍。

道路大約花了十個月才完工，很多漢人來開路，砌石鋪路；也僱用布農族郡大、巒大各社的人，以及屬於阿里山蕃（曹族）和社、楠仔腳蔓社的人，由各社頭目指揮。我們做的是搬運土石的工作，道路完工後，在太魯那社建碑，記載工程的經過。

鳥居一行經過古道後，立即遇到「處處坍方、茅草掩蓋」的荒廢情景。上抵八通關後，道路始平坦開闊起來，三千公尺的地方仍有粘板岩的石板路存在。這時，森丑可能想到，長野提及的古道大概就是這裡了。他們行走其上，對吳光亮油然產生感念。就在那一天，他們通過大水窟，看到清朝兵營的舊址。小茶嘴仍躺在那裡……

結束古道之旅，鳥居遂動身到大陸，在雲南、四川調查猓玀族。森丑仍留在臺灣山區，四處遊走。最後，任職於臺北館前路的「總督府博物館」（臺灣省立博物館前身）；但從軍職轉行的森丑身分只是雇員。

當時，臺灣的山區仍未安定，沒有多少人願意深入。森丑卻欣然地勇於前往，而且時常一去不知所蹤，忘記歸返（曾經有兩年不見人影的紀錄），再悄然出現。不過，這位矢志要寫完十卷「臺灣蕃族志」的年輕人，最後還是失蹤了。當時曾傳云，一九二六年時，他搭船從基隆回日本，在海上投海自殺；因為三年前關東大地震，毀掉他所藏有關臺灣高砂族的資料。另外有一說，他又返回臺灣的高山去，有人曾在霧社遇見。這是一個熱愛原住民研究，終身是雇員的悲劇一生。

小茶嘴，你知道嗎？我還存藏著一份森丑橫貫山區的手跡稿呢！那是一九二四年二月，他憤然離開博物館，寄贈中央圖書館的報告：「中央山脈橫斷探險報告」。報告中，還附有他和泰雅族在海邊圍聚的圖片。這張周邊焦黑、泛黃的圖片裡，他戴著草帽，削瘦孤獨的背影和整個中央山脈一起面對海洋。我將這份報告從蠹魚和灰塵群居的書架上抽下，小心地影印留存。

唉，再回到古道的故事吧。從這份影印報告，我獲知，一九一〇年春天時，森丑又有橫斷中央山脈的旅行。這回走的是偏北的關門山越嶺道，此路也是長野由西海岸回花蓮的另一條清朝古道，開闢時間較晚。這種走法，曾使許多專家認為，當時的八通關古道已荒蕪多時，不堪行走。同一年，二位東京帝大講師，從東埔到玉山，勘查最高測候所時，即未採古道的路線，改走陳有蘭溪河床。

那個年代，最後一位走過古道，並留下紀錄的，或許是英國探險家古費洛（Walter Coodfellow），我們賞鳥族的前輩。一九〇六年元月，他在這塊日本的「新國土」做了一樁偉大的探險，讓剛啟蒙的日本自然科學界駭然失色。

當時，他僱請十幾名不太會射擊的日本兵，在大雪紛飛的酷寒天候下，強登玉山區，在一名布農族的頭飾上，發現兩根寶貴的羽毛。這兩根羽毛現今仍保存於大英博物館的展覽室，因為它們是聞名國際的臺灣特有種——帝雉的羽毛。帝雉是在八通關古道此線最先發現的。可是，古費洛一如西邊的布農族，只到過八通關以西附近山脊，而未前往更東的大水窟。

躺在大水窟一百多年，小茶壺嘴想必是見過帝雉的。走過玉山區的飛虎軍們也該看見不少吧！賞鳥十年，我卻未在野外遇上，只能憑一張古費洛時代的帝雉圖去想像，牠撐開如黑白緞帶般飄起的尾羽，搭配著寶藍雙翼飛翔的美麗姿態。古費洛發現的，就是帝雉的尾羽。它是布農族地位尊貴的象徵，獵人也以捕獲帝雉為榮。

在此區的狩獵傳統裡，住於東邊的布農族也不敢貿然地越過大水窟去打獵。一九三一年夏天，一位東邊布農族的年輕戰士，端著村田式步槍，沿著米亞桑溪上溯，迷失於針葉林中。最後，在溪的左岸，發現一條砌石小道。他順小道上行，結果走到大水窟東側。這條砌石小道就是已荒蕪經年的古道。他知道這裡是禁地，不能再向西行，遂沿著清營的舊址緩緩走過，走過低矮的箭竹林叢，走過小茶嘴橫陳的水池附近，像水鹿般悄然地隱入東邊的針葉林，繼續四處飄泊的抗日活動。

一九一五年，拉庫拉庫溪流域布農族，襲殺大分駐在所十二名日警後，已經十六個年頭了，他們仍在抵抗日本人的圍剿，他們是日本人背上的芒刺，是「本島最後未歸順蕃」。八通關古道於事件爆發後正式關閉；日本人另建起一條新路，越嶺道出現了。

陳有蘭溪嗚咽地流著，歷史如昨日往事。那名飛虎軍小兵，也曾提汲百年前陳有蘭溪的水，使用小茶壺在岸邊沏茶的。東埔西南方如今被視為古道的正式起點，接近溪床的附近，清軍也有屯營的舊址。殘存的砌石、石門仍歷歷可見。夜幕深垂時，陣陣嘩然的溪聲裡，彷彿夾雜著哨兵敲更的梆子聲。

把小茶嘴放入背包裡，準備明晨去玉山區的物品。大水窟不知是怎樣的山色，我只上過玉山區三回，未曾去過東邊的那裡。以「森丑之助式死亡」，在太平洋戰爭中消失的鹿野忠雄，倒是大水窟的老友。

一九三一年暑夏，那名拉庫拉庫溪的布農族戰士，從大水窟退回東邊時，鹿野正和四名北方郡大社的布農族並肩，一起走過馬博拉斯、秀姑巒這一線的中央山脈主峰，進入大水窟草原。這是臺灣登山史上，第一位如此縱走此線的人。登畢後，向東投去，前往飛虎軍的第二故鄉，玉里。未幾，這位山癡又瘋狂地踅回，準備攀登未為人登頂的、妖異的達芬尖山。

根據鹿野的回憶，當時，從玉里向西，走的是越嶺道。很顯然，和長野一樣，偏離了古道的路線，而且愈走愈南；但大水窟以東，他也踏在飛虎軍鋪設的石板路上。

清晨時，鹿野穿過玉山杜鵑帶著晶瑩露水的紅白花海，一路有如鶇的褐色大鳥，頻頻從腳前竄飛。亮麗的陽光自東邊山脈斜斜拂照，清澈的小水池映出耀眼的銀白光輝，一如形容中的「鏡池」；而那片花海，擅於取名的日本人賦予一個絕美的名字——御花畑。這兒迄今仍是哺乳類相當多的地帶。鹿野隨即看到數十隻獼猴，以及匆匆疾奔的水鹿、山羊。那名飛虎軍小兵，勢必在此杜鵑花海中巡行過，小茶嘴與許多陶磁殘片就躺在這御花畑的世界。

離開大水窟後，鹿野繼續向西，前往玉山區攀登。多次的臺灣山地旅行後，他覺得玉山區是最像個臺灣的山與人的地帶。對臺灣有很深的摯愛，遂在此時萌生。

最像個臺灣的山與人！明晨，我也要順古道的方向，前去拜見充滿陽剛之氣的玉山山彙。一想及此，體內的血液突然有股緊繃的凝聚力量往腦門衝。長久以來，屢屢在城裡失眠，未料近山了，還如此神經質。

但比起歐桑呢？他似乎連這種失眠的權利也被剝奪。壯年時灰心喪志的他，以及來到這山口卻缺少臨門一腳之勇氣，這二者間應有某種息息相關的互動因素吧！雖然流著同樣的血液，充滿歷史感的我，不可能這樣了。前山幾座小城的安寧，只是讓我孕育更大衝動的前哨站。一如森丑的失蹤，每回前往臺灣的心臟，我是抱持著，尋找一座山頭死亡的決心。

鹿野在這幾座小城滯留，聽著布農族彈撥的弓琴聲時，更是抱持這種精神的：

細小的弦一震動，流出像水般清澈的爽快聲音。旋律單純，然而有像宗教音樂般的嚴肅。那徹底是山的東西。原始而樸素，又清純。在山以外是聽不到的，是在山中完全的寂靜才能品味的音樂。

並躺在旁，背包裡的小茶壺嘴，一百年前，在古道上、在大水窟時，應該也聽過吧？我取出錄音機，在入山前，輕輕地按下鍵盤；小茶壺嘴，還記得這嚶嗡嚶嗡的山音嗎？失眠就失眠吧？我還是先接受山的洗禮。

選自：晨星出版社，《自然旅情》

著作年表

作品名稱	出版者	出版日期
河下游	作者自版	67
旅次札記：天空最後的英雄	時報	71
松鼠班比曹	蘭亭	72
漂鳥的故鄉	前衛	73
旅鳥的驛站	中華民國自然生態保育協會	73・3・15
在測天島	前衛	74
隨鳥走天涯	洪範	74
臺灣鳥類研究拓展史1840—1912	聯經	78
橫越福爾摩沙	自立晚報	78
臺灣鳥木刻紀實	劉開工作室	79
風鳥皮諾查	遠流	80
自然旅情	晨星	81
後山探險：十九世紀外國人在臺灣	自立晚報	81
座頭鯨赫連麼麼	遠流	82

作品名稱	出版者	出版日期
消失中的亞熱帶	晨星	75
荒野的心：小燕鷗的世界之旅	前衛	75
小鼴鼠的看法	合志文化	77
小綠山之精靈	時報	84・8
小綠山之舞	時報	84・8
扁豆森林	時報	86・1・14
小鳥飛行	時報	86・3・11
草原鬼雨	時報	86・4・29
快樂綠背包	晨星	87

作品名稱	出版者	出版日期
深入陌生地：外國旅行者所見的臺灣	自立晚報	82
山黃麻家書	晨星	83
小綠山之歌	時報	84・8
劉克襄自然生態綠皮書	博揚文化	88
綠色童年—親子戶外旅行	玉山社	89
最美麗的時候	大田	90・3
安靜的遊蕩	皇冠	90・8
迷路一天，在小鎮：劉克襄的漫遊	皇冠	91・9

延伸閱讀

1. 《現當代臺灣「自然寫作」研究》，臺灣師範大學國文研究所李炫蒼碩士論文，一九九九年。
2. 《臺灣「自然寫作」研究─以1981~1997為範圍》，政治大學中文學所簡義明碩士論文，一九九八年。
3. 〈在山林與都市之間─論劉克襄的自然寫作〉，簡義明，臺灣現代散文研討會論文，九歌文教基金會，一九九七年。
4. 《作家列傳─劉克襄篇》，阿盛著，一九九九年，爾雅出版社。
——是否仍該稱劉克襄為鳥人呢？他的寫作世界已經擴大，那麼「自然人」是個不錯的渾號，或者「都市自然人」也妥當——他工作在都市，尊重生活土地，樂在觀察自然，生活樸素，他是個很明白人類不是地球上唯一獨大，且誠實謙卑以對天地的人。
5. 〈地理景物的人文縱深─讀劉克襄《臺灣舊路踏查記》〉，楊照，《中國時報》三四版，一九九五年七月二十九日。
6. 〈為自然立傳的人─劉克襄〉，許碧純，《講義》一一七期，一九九六年十二月。
7. 〈劉克襄文學中的終極關懷〉，郭慧華，《臺灣人文》二期，一九九八年七月。

8.〈逐漸建立一個自然寫作的傳統—李瑞騰專訪劉克襄〉，楊光，《文訊》一三四期，一九九六年十二月。
9.〈一則飛行寓言—評劉克襄的《風鳥皮諾查》〉，南方朔，《聯合文學》八卷四，一九九二年。
10.〈孤獨疲憊的旅者—劉克襄和他的《旅次札記》〉，苦苓，《明道文藝》八一期，一九八二年。
11.〈作一隻有尊嚴的環頸鴴鳥—我讀《風鳥皮諾查》〉，莊華堂，《臺灣文藝》一二七期，一九九一年。

作者小傳

夏曼·藍波安，一九五七年生，蘭嶼達悟族人，淡江法文系、清華大學人類學研究所畢業。曾任國小教師、臺北市原民會委員、行政院「蘭嶼社區總體營造委員會」委員等，現專事寫作。著有散文集《冷海情深》和《海浪的記憶》；小說集《八代灣的神話》、《黑色的翅膀》。

夏曼·藍波安的散文，以書寫自己的民族文化和風俗習慣見稱，敘事真情自然，並將達悟語法融於漢文書寫之中，獨具一格。他的海洋文學不僅是豐美的文學創作，也兼具人類學與民族誌的參考價值。曾獲時報文學獎推薦獎、吳濁流文學獎。

十九、浪濤人生

夏曼・藍波安

大伯手持著手杖，左右搖晃地從家屋沿著水泥的巷道走到馬路邊的堤防，坐在正在散熱的堤防上看著夕陽，也等著夕陽緩緩地落海。

家父抓緊腰間鬆了橡皮的短褲，移動雙腳，其雙腳前後移動的距離只有十公分左右，眼中隱藏著深邃而難以言喻的落寂感，也沿著水泥的巷道走到馬路邊的堤防，坐下來看著夕陽，也等著夕陽的落海，在午後過了三分之二的時候。

大伯坐在堤防的那一端，家父則枯坐在左邊的這一頭，兩人相隔的距離宛如他們八十九、五的相仿歲數，他們緊密的雙唇嘴線，已不如海平線那樣地筆直，但卻散發出同等的令人難以體悟的憂鬱。他們七十六歲的弟弟則在堤防下的沙灘上細心地整修其雕飾的船，這是達悟男人在出海抓飛魚之前該做的工作，當然，部落裡仍在出海捕魚的男人中就數叔父年歲最大。大伯與家父說是看著夕陽落海是事實，誠如他們經常跟我說：「老人的太陽已經很低了。」的意思是一樣的，形體看在眼裡的落寂感是可以被體會與理解的，然而，他們腦海裡的思維卻如夕陽映射在海面的無數浮動波紋，是我們這一代的人百思不得其解的，套上他們的說詞：「下一代的達悟人還沒有理解海的內心世界。」

近幾年來，當他們不再划船出海抓飛魚的時候，在飛魚汛期間，他們始終是不約而同來到堤防上數船隻，結果每一年的答案總是相同，說：「船隻越來越少，真懷念過去的男人所建造的船隻佔據整個沙灘的情景。」太陽落海後，他們總是說著這句話回到他們被乾柴燻黑的房間，想著過去甜美的歲月，回憶因飛魚的來到被蒸騰的喜悅灑落在部落的上空。在我與他們生活在一起的觀察與內心的體會是——日日在變換翻騰的汪洋是減少他們失去記憶的螢幕，而沙灘上俊美的船舟是他們維持體內細胞蠕動的原始動力，他們始終以為，現代的男人非常懶惰，只想坐享其成地等著他人送飛魚而不再造船去捕魚，至於部落民族社會在涵化的過程中面臨價值觀轉型的數不清的困惑與矛盾，並非是他們思考的面向。

「老人的太陽低了」漢語的說法是「歲月催人老，往事不堪回味」，於是往日在海上破浪逞英勇的歲月故事，僅說給與他們同等和海洋有情感的人聽。對達悟族的男人而言，與海洋有情感是不難理解的話，再者達悟男人不會游泳，不從事海裡的漁撈生產，不出海捕撈飛魚，達悟的俚語形容的其中一句話是「被部落裡的家屋之煙火燻的男人」，意思是燻飛魚的煙火青煙裊裊昇華，他的家因為沒有飛魚燻煙，只好聞著其他家屋冒出的煙，直接了當且隱藏很深的諷刺意味是——不出海捕撈飛魚的男人是依賴女人體溫生活的次等人。所以，海洋作為達悟男人從事生產的場域，作為定義達悟男人之社會位階的對象，長久以來，抓魚於是成為達悟男人的天職，如此之價值觀依然深植在達悟社會父執輩們的心中。

十多年來了，大伯與家父業已從海裡的生產者，退居為海鮮貝類的消費者，日子過得因而百般的無聊，偶爾走到部落附近的田地來工作以消磨時間，而泰半的時間都枯坐在涼台或者在部落的某個隱密的地方發呆看海，成了名符其實的——看海的老人。

海，有什麼好觀賞的呢？她只不過是風平而浪靜，風高而起浪濤而已，頂多在風和日麗的傍晚，海平線映入眼簾的夕陽無限好的景致。然而，對達悟的男人而言，尤其是這般的老人，海面永恆波動的波紋宛如他們腦海裡的腦紋，記載著模糊朦朧的祖先的祖先之神話般的故事，以及他們這一代過去的盛年歲月、與海浪搏鬥的永恆記憶；誠如大伯常掛在嘴裡的話，說：「海浪不斷翻開我的記憶，當我失去海洋給我的回憶時，就是我逐漸結束生命的日子。」這句話深深打動我的心，給我無限的思考，我於是一直想著這句話，刀刻在我最深的心底試著體悟與解讀。

法國人類學家李維・史特勞斯（Claude Lévi-Strauss），在其著作《憂鬱的熱帶》（*Tristes Tropiques*，王志明譯，1989）裡，曾寫過一句話說：「他們（指巴西叢林裡的某部族）就坐在我身邊一呎的地方，但我感覺到他們卻像是遠在天邊的人，對他們腦海裡想的一切，我是一無所知。」

我八十三歲的母親，如今已雙目失明，與大哥住在一起。大哥好幾次向我訴苦說：「媽媽很喜歡有月亮的晚上，但她出屋納涼賞月時，都是跟已死去的人說話，好像在練習過陰間的生活。」

母親搬回她原來的部落，父親從此失去了對話的對象（說話的另一意義是心臟還在跳動），除了海的變化尚可延續其記憶外，每個夜晚他都在吟唱，是他減少失意的方法（偶爾分不清是早晨或黃昏），而我是父親在黑暗的角落裡最忠實而唯一的聽眾，然而更多的是，如母親一樣，經常與已死去的親人說話。

近幾十天來，大堂哥因為生病，令大伯他老人家日日愁眉不展，心神不安，九十歲如他因而經常坐在爐灶前生火燒開水給七十歲的兒子喝，有天大伯來我家說：「孫子的父親，來我家看看。」說完便走人了。之後，我坐在他們簡陋的涼台等他來，大伯夾不住雞蛋的雙腿緩緩地走來，走姿猶如珍·古德女士研究的黑猩猩的模樣，當然這並不是與生俱來的走姿。

我從窗口縫隙伸頭探望躺在木板上生了病的堂哥，此刻，其側身的睡姿就像孕婦子宮裡的胎兒樣（也為達悟人臨死前的傳統睡姿）。我坐在大伯身邊，偶爾仰望由北往南飄移的雲層，時而專注看著大伯失落且失去焦距的眼神，過了一會兒後，大伯抓緊我的雙手注視著我說：

「孩子，我孫子的父親，

老人如我如沙岸上泛黃的浪沫，
任浪濤淹沒的一無是處，
盼望你不要遠離，
我正需要你移動漂流木（屍體），
苦了他林木沒有葉片（膝下無子嗣），
老人的話，你把它休息在你的內心深處。」

接著敘述說：「這些天我都夢到黑影經過我家屋前的空地，我感受到你堂哥的一些靈魂在荒野迷路，我的靈魂雖然很剛強，但抵抗不住眾多的孤魂野鬼，尤其是你堂哥掉落下來的那棵樹（指他已故的妻子）更惡毒（咒語）地要帶走你堂哥的靈魂在陰間孝順她。我如此說，你是瞭解我的話的意思。」

海洋作為達悟民族生產的、消費的、思考的對象，以及觀測天候、孕育知識經驗的場域，上千個年頭的歲月，其間達悟的祖先無論是從北方來的或是從南方漂來的，事實上，數不清的生命被淹沒在汪洋的每一道浪頭與波谷（達悟的口傳歷史，這一部分祖先乘風破浪的英雄事蹟是空白的），最終隨風漂流到我們的島嶼的小海灣，並在那兒生兒育女。即便是神秘的藍色汪洋吞噬了無數祖先之善靈，但存在於達悟的語言中卻沒有一句形容大海是恐怖、險惡之類的話，於是在秋初夏末（達悟語沒有這一句）之際，凡有船隻的男人都要盛裝去海邊貢獻祭品予祖靈、海神、孤魂野鬼，之後另一份獻給近代祖先的祭品則安放在家屋的西北方。

好幾回，家父生病期間的飛魚季節，我夜間捕飛魚，白天釣鬼頭刀魚，都會讓他的病情很快地好轉；飛魚整齊地晾在家屋前，搭配著大尾的鬼頭刀魚，會同家父的銀帽、我與孩子們的母親的傳統服飾、金飾等，看在父親的眼裡就是他整體的世界。

「如果我有選擇，我會選擇不是飛魚季節的時候死亡。」父親說。

「孩子，我已徹底地不再期待你的堂哥們膝蓋凸起（有後代），但我將掏心地難過，如果一棵樹斷根倒塌（指堂哥不幸去世的話）在這飛魚季節期間的話。」大伯似是嬰兒的音量跟我述說。

「現代的醫療不像以前那樣不好，哥哥會被醫治好的。」我說。

「但願事如人願，但願我回到海上划船的歲月，回到沒有機會生病的日子。」他看著大海說。

事實上，歲月是不可能回到過去的，但我們是可以把思考的空間拉回到過去的某個時段，合理化地解釋部落耆老們生存的客觀環境、建構的思維，包括他們的宗教信仰。

夏曼・阿泰雁死於海裡，年輕一代的族人說是因為「喝酒」導致的結果，部落的族人說是因為回到家之後，再次地回到海裡潛水是觸犯了大海作為生產對象時，心中存有「貪」的慾望（禁止第二次潛水抓魚）所致。

夏本・心浪（夏曼・阿泰雁的父親）今年已八十一歲，但他仍然划著他的船出海釣鬼頭刀魚，湛藍的海面被熾熱的陽光照射，孤舟單影的，心中仍如年輕時慾望強烈地企盼鬼頭刀魚上鉤，其神情散發出的那股沈靜與自負，鑲嵌在我心底。回到部落，我掏心問他說：「不灰心嗎？釣不到鬼頭刀魚。」

「從我們的祖先只有抱著希望，豈有灰心的念頭？孩子。」

「不會累嗎？」我又問。

「也許，在我不能走路的時候，我才休息不出海。」他笑著回答我的話。

夏曼・阿烏曼（筆者的同學）駕駛著某個漢人的快艇，也在很遠的外海罹難，漢人說是因為船底破了洞，夏本・阿烏曼（同學的父親）掏心而無奈地說：「是因為孫子的父親不遵守飛魚神給我們立下的禁忌——禁止在飛魚汛期間釣海裡的底棲魚所致。」

十五年前，部落裡的好好先生夏曼・伐度卡溺死於離岸邊只有五、六多公尺，僅三公尺深的海溝，部落的人找了一夜未果，翌日清晨，更多的人再次入海尋找，其中一個酒鬼剛入海不到一分鐘的時間就看見屍體（部落的說詞是——顯影給最尊重他的人），死因是「貪」，而被沿岸的野鬼陷害（當時一斤白毛魚的價格是壹佰伍拾元，他每天下午花兩個小時潛水射魚，所得是兩千元以上）而非酒精。

我個人非常喜歡下著細雨的冬天，昏暗的天空與灰色的海面景色，這一點宛如是我性格的寫照。現在，反而成了最令我憂心的天氣，因為家父的心情跟著天氣的好壞走，他說：他是多麼地希望，如果他能選擇的話，結束生命的日子在秋冬（空閒是思念親屬的最佳時段），讓我多加思念他。幸好，現在是我們達悟的飛魚季節，而飛魚一直是大伯與家父蒸騰細胞活絡的柴薪。

前幾天，我的部落剛舉行夜間捕飛魚的儀式，首航之夜，叔父邀我與他同舟捕飛魚。十二年前我回部落時，船隻俊美排列在沙攤上還有二十七、八條，如今並行排列在潮間帶，等著眼前的夕陽落海，日光漸趨昏暗後出海的，只剩八條船了，但坐在出海船隊後邊的沙灘上，卻有二十幾位壯碩的中年輕人，觀賞船隊在入夜後的出海景致。

防波堤上的路燈開啟，我與叔父同時往後觀望排列坐在防波堤上觀賞船隊出海的人群，有小孩、婦女、老人及外來的觀光客。叔父看到，而我也知道他的兩位哥哥分別坐在防波堤上的左右兩端，也在觀賞船隊出海，但在他們心中更多與其他觀賞人不同的是：腦海裡已建構了正在進行的螢幕，螢幕裡的每一波浪掀開他們過去的記憶。

叔父與我首航的漁獲，在出海的船隊裡算是最好的。在返回部落的港澳時，路燈輻射到沙灘上，沙灘上一尊孤影在等待回航的船隊，等待他的弟弟和他的獨子。銀白色的飛魚攤在潮間帶的沙灘上，父親坐飛魚群邊笑著說：「弟弟、孩子，辛苦你們了。」

「哥哥好，不會冷嗎?哥哥。」

「剛剛我在這兒睡著了，聽見划槳的聲音就起來，我看看船形，就確定是你的船，弟弟。」兄弟倆的話東南西北地講個不停，敘述過去的總總，我聽得入神，聽得血脈沸騰，讓我的記憶回到過去在海邊幫父親刮魚鱗的情景，此刻，父親彷彿是當時的小孩子的我。

父親坐在我身邊看我殺飛魚，看到太陽戳破海平線上的黑幕。天亮了，孩子們的母親說：「請大伯與堂哥們吃熱騰騰的飛魚吧！」

小女兒坐在大伯身邊，看著她的大祖父吃飛魚，心情是愉快的。我們一夥人看著大伯吃飛魚，大伯喝了一口熱湯，對他的弟弟說：「我的胸膛在沸騰。」父親重聽沒聽見，好像白說似的。

父親與大伯，這一生唯有飛魚才能讓他們的心情愉快，而他們的笑容宛如波波的浪花，一遍又一遍地刀刻在我的心海。

「大海在蒸騰我的胸膛。」我說，在我的心脈。

選自：聯合文學出版社，《海浪的記憶》

著作年表

作品名稱	出版者	出版日期	作品名稱	出版者	出版日期
八代灣的神話	晨星	81·9	黑色的翅膀	晨星	88
冷海情深	聯合文學	86·5	海浪的記憶	聯合文學	91·7
波峰與波谷之間「錄影資料」	公共電視	87			

延伸閱讀（一）

1.〈蘭嶼老人的海〉，孫大川，收入夏曼·藍波安著《海浪的記憶》，二〇〇二年七月，聯合文學出版社。

——夏曼寫海，其實講的是蘭嶼人的宇宙信仰和生活，海的冷暖、顏色和律動，在夏曼潛海的實踐中，早已變成他皮膚感應和呼吸節奏的一部分。出海的勇氣和對海的敬畏，是傳統達悟人最動人的性格特質，夏曼在他的海洋書寫中充分將那種奮不顧身又寧靜自制的情緒張力表現無遺。

2.〈與海相戀的雅美人〉，陳其南，收入夏曼·藍波安著《海浪的記憶》，聯合文學出版社，二〇〇二年七月。
3.〈夏曼·藍波安探尋族群文化脈絡〉，施美惠，《聯合報》一四版，一九九九年十二月二十二日。
4.〈從施努來到夏曼·藍波安〉，關曉榮，收入夏曼·藍波安著《冷海情深》，一九九七年五月，聯合文學出版社。
5.《作家列傳—夏曼·藍波安篇》，阿盛著，一九九九年，爾雅出版社。

作者小傳

莊裕安，一九五九年生於臺灣臺北縣，中國醫藥學院醫學系畢業，現為內兒科開業醫生。創作以散文和音樂評論為主，著有散文集《跟春天接吻的一些方法》、《一隻叫浮士德的魚》、《我和我倒立的村子》、《巴爾札克在家嗎》、《喬伊斯偷走我的除夕》等，另有音樂論述《音樂狂歡節》等，近作為《水仙的咳嗽》。

莊裕安的散文常融音樂、電影、文學、繪畫等藝術學養於一爐，行文出入典故，活潑生動且獨樹一格。他的幽默文體以及在拓展散文表現方法的努力上尤受肯定。曾獲吳魯芹散文獎。

二十、巴爾札克在家嗎

莊裕安

1

如果照「米其林」的說法，我們根本甭去「巴爾札克之家」了。米其林是一本旅遊指南，相當於唱片評介的「企鵝」，它們都以最高三顆星來給等第。巴爾札克小屋真可憐，連半顆星都得不到，它不是為觀光客開放的，除了像我這種書呆子，誰去看那幢發霉的舊房子？

出了市立現代美術館，沿著塞納河右岸往西行，就是巴爾札克住的帕西區。原本我們在巴黎遊走，全靠晝伏夜也不出的地下鐵，如此便不必一天到晚跟鐵塔打照面，但現在還是得穿過這個大魔怪的陰影。難怪小說家莫泊桑說，巴黎唯一看不到鐵塔的地方，是坐在鐵塔餐廳的窗邊。

沿著紐約路、甘迺迪路走，原來巴黎也有臺北一般的羅斯福路。紐約路上一點也不紐約，因為風大，房子都繃著臉。繃著臉的房子更像老紳士，有些看起來恐怕從巴爾札克還在散步以來，都不曾翻修過。我們路過一家「拉赫曼尼諾夫音樂學院」，就走過去摸摸招牌，踏踏院子裡的泥土，好像真跟作曲家親密接觸過。但不像歌劇院旁邊，那間戴亞義烈夫的房子，說不定這只是個流亡的俄國音樂教授開的，作曲家根本不曾光臨過，只有愛樂人自作多情一番。

我們在路上走走停停，想多看一些好看的法國人。海明威住巴黎的時候，在聖邁可的一家咖啡店，看到一個女孩子，「臉頰清新有如新鑄的銅錢，頭髮黝黑好似烏鴉的翅膀」，海明威恐怕喝醉了，有什麼標緻的女孩會像銅板和烏鴉？波特萊爾也有一首〈致一位過路的女人〉，說她靈巧高貴，露出雕像般小腿。而這位穿著喪服，哀思莊嚴的不知名女子，竟讓他有觸電痙攣的致命快樂。巴黎女人，果真有這種鎖魂魅力？但沿著塞納河的路上，只有那個送麵包的工人，回答我異國的微笑，一個依莎貝雨蓓也看不到。

地圖上三根指頭寬的距離，我們走了快半個鐘頭。要不是太崇拜大文豪，這中間我們隨時可以開小差，去看一間以高棉吳哥窟文化為號召的吉梅美術館、莫內遺族曾捐出〈日出〉和〈印象〉的馬蒙丹美術館、不醉不歸的酒的博物館，還有阿瑪橋左岸入口的巴黎下水道。你不要懷疑下水道有什麼好看的，據說「雨果迷」看完聖母院的鐘樓，接著就是《孤星淚》裡男主角沿此逃走的下水道，還收門票和設導遊呢！

2

完整的「巴爾札克之旅」，應該從杜爾遊起。巴爾札克出生於杜爾市義大利軍街沙杜南地段二十五號，一七九九年五月二十一日上午十一時，據說這分戶口註冊資料還保存在市政府檔案。我們去杜爾，並不為訪巴爾札克誕生地，而是以此為夜宿，白天去羅瓦河谷的城堡區、葡萄酒廠和製鵝肝醬農場。巴爾札克在此度過不愉快的童年，甚至他還說過這樣的話，我從來不曾有過母親。巴爾札克的父母相差三十二歲，人們無法理解這位壞脾氣又多禁忌的年輕母親，為何會拒絕孩子們的示愛。巴爾札克八歲在班多姆市中心，臨小羅瓦爾河的歐瑞多教會學校就讀，在住校期間養成「吞食神學、歷史、哲學、科學書籍果腹」的習慣。

巴爾札克十四歲從歐瑞多學校畢業後，才算第一次住到父母的家庭，寄讀之前，一直住在奶媽家。十五歲那年舉家還往巴黎，他又進了寄宿學校，兩年後入巴黎大學法學系。巴黎萊斯底居耶爾街九號的房子已拆除了，那是十九歲的巴爾札克不顧家裡激烈反對，棄法學投文學，一個值得紀念的淒涼頂樓。所有有志寫作的青年，不妨一讀褚威格的《巴爾札克傳》，看被家裡切斷經濟來源的創作者，為了省下寒冬燃料錢，好幾天不敢下床，成天擔心燈油開支，因為三點鐘天就黑了。他常站在咖啡店和餐館的玻璃窗外，照照自己飢餓的窘相，什麼好吃的東西都與他無緣。但他寫得很勤快，法蘭西文壇要在十年後才發現這個天才。

土爾農街二號是巴爾札克二十八到三十一歲住的地方，作家被投資印刷廠的事，搞得灰頭土臉。巴爾札克一輩子都沒有經商運，他那股創作時的樂觀和幻想力，永遠讓他在投資時傾家蕩產。大賠一場以後，他又過著苦行僧一般的生活。據說他在三十一、二歲兩年的產量，文學史上無人能比，每天至少要寫十六頁稿紙，巴黎沒有一種期刊或報紙，不曾出現過巴爾札克的名字，兩年內有一百四十五篇作品付印，包括這樣的文章：烹調生理學、聖西門的門徒與聖西門主義者、引起鬥毆的方法、一瓶香檳酒的道德。

3

如果你也是小說迷，並且熟讀過巴爾札克的傳記，或許你會贊許我的選擇，放棄羅浮與凡爾賽宮的二度重遊，到雷那亞爾街四十七號巴爾札克紀念館。巴爾札克於四十一歲到四十八歲時住在此處，後來搬到現已改名為巴爾札克街的幸福街，大文豪並沒有更幸福，健康情況每下愈況，三年後逝於新居。

堆滿珍貴瓷器、名畫、燭台、壁氈，幸福街的保莊樓，只能象徵作家迴光返照，當個千萬富豪的臨終心願，隨著一筆龐大的債務交由夫人繼承。巴爾札克當初是以結束一場大災難的心情，搬進現今已改為雷那亞爾的巴市街，他投資開採的薩丁尼亞銀礦，又讓他嚐到幻滅的滋味。現在他又重新開始，一年寫五部小說以償還六位數債務的日子，除此之外，他還想完成整部《人間喜劇》。

雷那亞爾街的房子雖不闊綽，但對寫作的人卻足夠舒適了。這棟房子是建在斜坡上的，從雷那亞爾街的大門看過去，整個屋頂都低於街平面，而且只露出一層樓。實際上，這棟房子有三層樓，從後院看是兩層，外加一層地下室。巴爾札克住在最上面一層，但從大門進去，還要往下走一層樓面的階梯，穿過一個花園院子。

巴爾札克為了躲避債主，以化名向有錢的豬肉商，租了整個樓面。房子共有五個房間，加起來約莫五十坪大。巴爾札克住得還算舒適，餐廳、臥房、起居室、廚房、會客室一應俱全，巴爾札克唯一困惱的是，底層房客的小孩太吵，會妨礙他寫作的靈思。巴爾札克搬走後，文獻上記載，這棟房子曾住上十五個大小房客，所幸他溜得快。

偶爾來串門子的納爾瓦先生曾回憶說，站在巴爾札克家門外，除了綠色的大門和門鈴之外，什麼也看不到，因為整個房子藏在圍牆下面兩三公尺。每次門一打開，他總聞到花園裡一股小青蘋果的味道。現在，花園裡依舊草木扶疏，還多了一座大文豪的胸像。我們跟納爾瓦先生不同的是，要付八十塊臺幣的門票。

展覽區只開放上面的兩層樓面，據說地下室有個值得一顧的秘密通道。兩層樓面各有一間闢為票務室和紀念品販賣部，其餘八間用來擺設油畫、雕像、手稿，以及當時劇院海報、節目單和報紙。我們最熟悉的是羅丹為巴爾札克塑的大理石像，和他將右手平撫左胸口的照片。除此之外，林林總總的父母親、各個年代的戀人、顯赫知交的油畫像掛滿牆壁。我們遇到兩位老太太看展覽品大聲爆笑，也許是報上辛辣詼諧的諷刺短文逗樂她們，但我們只能看似懂非懂的誇張漫畫。

4

有兩件小東西，還拍成明信片賣給觀光客，咖啡壺和手稿，參觀者應該曉得有趣的典故。

據有心人統計，巴爾札克一生喝了五萬杯咖啡，如果以三十年寫作生命粗略計算，每天至少五杯。咖啡是這架耐磨寫作機器的黑色機油，比吃飯睡覺都重要，他愛極咖啡卻痛恨紙菸。巴爾札克寫過一首咖啡的讚美詩，說咖啡一進入他胃裡，有如一隊振奮的輕騎兵，一列排開疾馳過稿紙。巴爾札克不要助手或僕役幫他沖咖啡，他有一套「拜物式」的特殊配方。除了布爾崩、馬爾丁尼克和摩沙三種豆子其餘他都不喝，他要到三家不同的店鋪購買，花老半天時間穿過巴黎市區。

在巴爾札克之家的這個咖啡壺、洗得雪亮，一點也不像一百五十年前的骨董。它的造型像咱們煎中藥的壺子，象牙白鑲赭紅色的邊，滿滿一壺少說四五百西西。有一個跟壺身等高的壺托架子，同樣的色澤和質地。當然，這樣一個相貌平平，家居造型的咖啡壺，是沒什麼稀奇，還要搭配巴爾札克把咖啡當水般牛飲的傳奇才震撼。以及，他在二十幾載歲月，靠它完成一百多部作品，創造了兩千個有血有肉的小說人物。

有一個奇妙的比方說，巴爾札克的手稿，第一次寫得像撲克牌的「A」，只有中間一點點字跡，四周是大量留白，最後交給印刷廠卻是個「K」，整張紙滿滿的塗鴉。幫巴爾札克排版，能夠多得兩三倍鐘點費，工人卻莫不視為畏途，沒有人可以忍受超過一個小時的工作量。

巴爾札克除了在原稿上更改，還在鉛字稿上訂正，有時離譜到幾乎是整篇重寫。一篇小說，重改十來次，一點也不算稀奇。出版商曉得他的毛病，要他自己擔負改稿後的排版費用，使巴爾札克寫作利潤大幅降低，但他一點也不在乎，甚至變本加厲樂此不疲。

一八四一年十月二日，巴爾札克搬進帕西區新居一整年後，他和出版商簽約，要出版作品全集《人間喜劇》，書名靈感源自但丁的《神曲》（神聖喜劇）。這時他出版過的書目就有一百四十三部，竟然有五十部以上是只剩存目，作者自己身邊都沒有原書保留。他寫了十六頁的長序，花了比寫一本書多的力氣。現今展覽室裡，還有一部合集，收錄全世界各國譯本的序言，傅雷的妙筆亦以中文簡體字占一個篇幅。

巴爾札克在《人間喜劇》上，每一頁稿子要花上三個鐘頭，來回三次校讀書稿。每個月他分給這套書兩百個小時的工作量，當然，他還一面寫作新的小說。在印製成明信片的某張抽樣打字稿上，原稿只占紙面的三分之一空間，稀稀疏疏十四行字，總共八個句子。這八個句子，沒有一個不做刪改，而且刪與留的單字比例，約是三比一。除了把鉛字一行行畫掉以外，手寫的稿子也塗畫得很厲害，有的用粗體線蓋去，有的畫叉號，有的整團像失去彈性秩序的彈簧圈。你簡直無法想像，這一綹綹「劫後餘生」、「形單勢薄」的倖存文字，會是曠世不晦的傑作。

5

參觀巴爾札克的房子，只讀他的傳記還不夠，你得知道一八四〇年到一八四七年，巴黎文藝圈子發生什麼事。比方說，雨果在鐵羽四次後，終於當選法蘭西院士、史湯達爾死了、梅里美出版了《卡門》、白遼士首演了他的《浮士德的天譴》，甚至羅西尼紅遍巴黎。我在一張漫畫上，輕易認出這個義大利胖子。雖然不懂法文，但我隱隱約約可以從一方方剪報上，猜測到那是恩恩怨怨的文評與劇評。

這真是個奇妙的房子，令你感動得無法名狀，又壓迫得萬分羞慚。你摸著空無一物的大桌子，卻一直惦記，坐在這張桌前的主人，每三天要重新裝滿一瓶墨水，以及寫壞一個筆頭。這裡住的，到底是駕馭了文字，還是反被文字操縱的作家呢？這個人曾經說過，他每天只留給「這個世界」一個小時，一輩子親密來往的知交朋友不超過十個。除了買咖啡，他幾乎懶得上街，只因為他太疲乏了。在他不寫的時候，他就盤算下個寫作計畫；在他不寫也不盤算的時候，他改稿樣。他的腦子像著了火，他不寫不盤算也不改稿的時候，唯一的嗜好，就是躺在浴盆一整個鐘頭，但還澆不息他的腦子。

這就是巴爾札克，當我從屋子走到花園時，我還不敢靠近他在樹叢中的胸像，我真怕那石像是熱的，燙得我大叫出聲。下午兩點，不知是否因為誤了午餐，我餓得頭暈，不要告訴我，雅各路十四號是華格納寫《漂泊的荷蘭人》的地方，十八號是梅里美寫《卡門》的地方，史湯達爾也住過同一條街上的五十二號房子。我希望下一個碰到的，不是文學鬼或音樂鬼，出了雷那亞爾街四十七號，先給我一家糕餅店，和一個會笑的伊莎貝雨蓓。

選自：大呂出版社，《巴爾札克在家嗎》

著作年表

作品名稱	出版者	出版日期
音樂狂歡節	大呂	76
跟春天接吻的一些方法	大呂	79
一隻叫浮士德的魚	大呂	80
寄居在莫札特的壁爐	大呂	80
我和我倒立的村子	大呂	81
巴爾札克在家嗎？	大呂	82
嚼士樂	大呂	82
天方樂譚	大呂	83
會唱歌的螺旋槳	大呂	83
蜜漬拍子	大呂	84
喬伊斯偷走我的除夕	九歌	90・9
旅途中的音樂	生智文化	90・12
水仙的咳嗽	二魚文化	92

延伸閱讀

1. 〈「文本生活化」的精采展演—專訪莊裕安先生〉，李欣倫，《文訊》，二〇〇二年三月。
2. 〈康德、浮士德與亞里斯多德—莊信正《文學風流》、莊裕安《喬伊斯偷走我的除夕》、南方朔《給自己一首詩》三書評論〉，張瑞芬，《明道文藝》，二〇〇二年一月。
3. 《作家列傳—莊裕安篇》，阿盛著，一九九九年，爾雅出版社。

——莊裕安選擇題材幾乎是「大小通吃」，可以談天地陰陽，可以談柴米油鹽，都有模有樣頭頭是道。他說：「天地之大，蚊蠅之微，無一不可寫。」確切說中了散文無所限制的特點。至於表現手法，莊裕安寫散文「除了人格美外，恐怕作者也得有幾分囉唆和油條。」他所謂的囉唆油條不同於一般人認知的碎嘴油滑，我的看法，那是活潑傳神風趣。

4. 〈莊裕安散文深藏不露〉，張夢瑞，《民生報》A九版，二〇〇一年八月二十九日。
5. 〈在內斂與外放之間—兼談寫作者應重視的課題〉，陳黎，《聯合報》二五版，一九九二年三月八日。

作者小傳

簡媜，一九六一年生，臺灣宜蘭縣人。臺大中文系畢業後，曾任職文學雜誌社及出版公司，並創辦大雁書店，現專事寫作。簡媜自學生時代即展現寫作長才，以沛然之文采、跌宕的文情，不斷攀越新高，開創新境。著有散文集《水問》、《只緣身在此山中》、《月娘照眠床》、《夢遊書》、《胭脂盆地》、《女兒紅》、《紅嬰仔》等，近作為福爾摩沙抒情誌《天涯海角》。

簡媜創作專攻散文，不斷尋求題材與語言形式之創新，極具實驗性。楊牧讚譽為文「思維清新而筆路沈著無滯礙，於修辭紀律中猶恣縱文法，自成一搖曳低昂、收放自如的現代風格。」曾獲吳魯芹散文獎、時報文學獎散文首獎、教育部國家文藝獎等，《女兒紅》被選入文建會「臺灣文學經典」。

二十一、寂寞像一隻蚊子

簡媜

雖然把紗窗關得死死地，室內一日一回灑掃乾淨，還是看到蚊子悠哉遊哉打眼前飛過。通常只有一隻。急忙擱下手邊的事，隨手捲了紙，戴上眼鏡，四處偵查，發現蚊子停在懸吊的燈葉上，磴個蹦，揮動紙捲，猴兒樣，蚊子悠哉遊哉一路飛進臥房，看來不像被我震走的，是牠自個兒散心去的，更傷人自尊。臥房裡衣櫥、書櫃、床榻都大剌剌地攤著，也不知道蚊子躲到哪件衣衫裙裾？常愛穿黑，這賊一定鑽到黑色裡。隨手關上臥房的門，算是將牠軟禁了，回到書桌前，才發現手上的紙捲是正在撰寫的一張稿子，墨汁未乾，標題與首段文字相印成：「寂寞像死死打隻蚊子」這題目有味兒，耐嚼，可是不宜採用，難道還需要一隻蚊子來修改我的標題嗎？

我重新鋪好稿紙，把能用的字兒給搬過來，那張稿子隨手揉成一個小胖梨丟到字紙簍裡，我開始思索「寂寞」這個問題，腦海裡浮現一連串的畫面，有的甚至荒謬怪誕，看來都不宜落筆。到底寂寞是什麼？忽然非常模糊，我沮喪起來，像罹患健忘症的人對著鏡子卻叫不出鏡中人的名字！又開始玩起猜謎：寂寞是什麼？它可以吃嗎？會不會縮水？會不會沸騰？每個人都有嗎？它是一種癬嗎？它會傳染嗎？把它放進咖啡，會溶解嗎？假如一個寂寞的人跟一個不寂寞的人在一起，是寂寞的人變成不寂寞，還是不寂寞的人變成寂寞？一個人的時候容易寂寞，還是多數人的時候？它是不是數學名詞？寂寞開根號等於多少？寂寞的N次方還會等於寂寞嗎？遠古太初，第一個發現寂寞的人是誰？他在什麼狀態下發現的？也許是在河裡獵魚，沒獵著，忽然看見一條魚甜甜地睡在水裡，動也不動，他使勁用力一刺——原來被水光浮影欺騙了，刺到一隻肥肥的腳板。那種痛到骨頭失散的感覺，也許就叫做寂寞。（這麼說，寂寞帶了點痛！）

或者，在曠野上，被一頭野獸攻擊，他徒手搏獸，一身肌肉亂蹦，齜牙咧嘴，汗水奔竄，好不容易把猛獸治死了，自個兒的心窩也搗了個穴，血，大碗大碗地流，他仰望美美的藍空，想一小段兒心事：「好可惜喲！不能把獸扛回去！升柴火的女人們，眼睛守著莽草路，等待莽草搖啊搖啊搖動起來……。」這時，他流了一滴淚，長長地嘆出最後一聲氣息：「啊！寂寞……！」（寂寞與絕望孿生，我想。）

也可能是女人發明的。某個燠熱與冷酷交流的夜，在棲身的巖穴內，肉體歡愛之後，鼾聲把空氣吵得更躁。女人睡不著，聽到遠處傳來斷斷續續的狼嗥，她爬出巖穴，赫然看見一輪驚人的月盤，晶亮得帶了殺氣，流動的光芒將四野照成覆雪之草坡、銀鑄樹林，也將她爬行的裸體烘燙了。她那無人探測過、莽林一般的內心忽然悸動起來，驚覺到夜半的狼嗥實則是她體內分裂的聲音，她艱難地撐起身站起，在銀白的月芒之下，骨與骨撞擊、血與血沖激，她咬牙忍住體內一萬匹餓狼被芒劍一一刺殺的痛楚，直到夜野堆滿了銀色的狼屍，而她不再是喝血蠻民、噬肉的人獸。巖穴之內，鼾聲將蔽體的獸皮與擱首的石枕煮熟了。她俯視熟睡中的男體，幽微地發聲：「無知的獸……啊！寂寞的人啊！」（寂寞是從蠻荒蛻變之後，再也找不到同類的孤獨之感。）

我打了冷顫，老實說，不喜歡陷入如此驚怖的想像中去推敲「寂寞」的原始字義，並且開始後悔答應寫「寂寞」這類跟自己犯沖的鬼題目——我正在學習過快樂生活呢。下決心取消這次邀稿，雜誌社那頭響了二十幾聲空鈴沒人接，白日花花怎麼著不上班？都獵犬一樣出去搜「寂寞」這隻臭襪子了嗎？忽然想起今天星期日，他們必定窩在家裡過美日子，我吃味起來，為什麼大好天氣我得綁在書桌前寫「寂寞像一隻蚊子」這種乏味文章？

蚊子！

我想起那隻蚊子，差點忘了，牠是怎麼飛進來的？

從早晨到現在，只開過幾次門：取兩份早報；上市場；中午，下樓取掛號信，大門虛掩了一會兒，蚊子就進來了？會不會是下午來訪的客人留下的？蚊子躲在衣領裡偷渡進來，人走了，蚊子忘了走？每種可能都無從查證，蚊子打我眼前飛過是個事實，我真嫌牠，但不能找人抱怨：「看你留下什麼好禮物——一隻蚊子！活的！」這責詞不夠理直氣壯，恐怕對方懷疑我患了都市憂鬱症，或是獨居太久染了潔癖。除非生活在真空管裡，否則拒絕不了蚊子。可憎的是，把蚊子帶進來的客人，通常不會被牠叮到。我感到無趣，「寂寞」的稿子理不出頭緒，蚊子也不知道躲在哪裡？決定吃晚飯、睡覺，一切等明天再說。

半夜，被蚊子的聲音吵醒，我確信就是那隻蚊子。

正在進行一些夢，隨著情節遠走高飛，我在夢中盡情地野，拋棄現實之桎梏，甚至不記得曾在現實世界存活過，說真的，這對時常在生活中感到疲倦與反感的我而言，實是美妙的解脫。忽然，細微的嚶嚶聲繞耳不去，非常粗魯地插播到夢境裡，夢開始搖搖欲墜，人物與場景失去控制，立刻像戰亂中奔竄亡命的人潮。我眼見夢境崩塌，絲毫無力挽救，意識跌入夢與現實的兩岸之間顛盪即將溺於險惡的深淵，我開始知道夢已瓦解而現實的涯岸遙不可及，在非夢非現實的罅隙中痛苦萬分，我奮力掙扎，使盡全力迎頭撞向現實記憶建構而成的銅牆鐵壁，終於跌到臥室裡，床榻上，進入那具使用了二十多年的瘦弱女體內睜開眼睛：美麗的夢永遠消逝了！有一種哭泣的感覺充塞胸臆，永遠消逝了，毀於一隻蚊子貪婪的唇齒聲！從來不曾像此刻一樣，對一隻蚊子萌生殺機，帶著復仇洩恨的決心。但，室內闃寂無聲，除了我的呼吸。

捻燈，凌晨兩點多，鬧鐘裡，三隻針被關在圓形的曠野上互相追殺，也許是頭痛的緣故，竟然覺得時間非常殘暴。在這種勝負未決的時刻，所有的生靈都應該乖乖躺在他們的方塊積木上假死！我感到有一條血管像鞭子一樣正在抽搐我的腦袋，這使我更加認定，活著其實就是一種假死，被關在時間競技場內觀賞時針與分針、秒針的比武，等待終場勝負，鼓掌之後離席。而事實上這是一場永無止盡的欺瞞之戲，惡意的愚民政策。如果，此刻我是唯一揭穿騙局的人，我的下一步是什麼？顛覆非睡即醒、非夢即現實的邏輯嗎？抑或，在認清真相之後也難逃這些遊戲規則？我不確定醒過來要做什麼？我不確定我真的是誰？昏黃的燈光把四周象牙白的牆壁映照得像腐舊而荒涼的幽冥廢墟，我所寄居的這具女體自從罹患嚴重的散光視障之後，使我看到的景象無時不在擴散，此刻尤其浮動得厲害，這產生一種錯覺，我以為自己正坐在不冒泡的水族箱內！壁上懸掛的空衣架，看來像一個無知的「？」掉入醜陋的「△」中不能自拔，這道用來詛咒人生的鬼符使我頭痛欲裂？吊在窗鉤上，一個布製的小男童宛如懸樑自盡，他背對著我，頭部一片空白，像沒有臉的小孩，滿腹冤屈地對我控訴，彷彿我曾是一個邪惡的母親，拿毛巾拭他的臉而用力過猛，把他的五官抹得乾乾淨淨……。我感到全身佈滿冷刺，竟開始顫抖，我懷疑自己身在何處？在夢的黏蠅紙上逼視刻意被自己遺忘的前世罪惡？還是在一片叫現實的剃刀邊緣預設即將濺身的血腥？我呆滯地凝望一壁堆砌整齊的書冊，希望尋獲任何一絲溫暖的記憶帶我脫離惡地。那些不同世紀與國籍的作者曾以文字為靈媒與我親密地交談過，我貪婪地再次呼喚他們的名字就像乾渴的小鹿尋找溪水，而當我發現鐫著我的名字的一排書冊正冷冷地取笑我時，再也忍不住哀哭起來：「沒有希望了！沒有希望了！一座靈骨塔而已！一塊塊墓碑而已！」

就在活著的自己與死去的自己辯論哪一個才是恆真的時候，手臂被吮出一塊紅腫，蚊子！

一定是蚊子！

那隻害我幾乎崩潰的蚊子！

我確定自己完全清醒了，手臂上熱辣的癢意比什麼理論都真切，在脫離恐怖氛圍之後，等著暗殺一隻蚊子的念頭大大地振奮了我。象牙白的牆壁非常適合觀測，我框上眼鏡，看見牠停在天花板上，又迅速飛繞幾圈，企圖甩脫我的目光，當然，牠萬萬料想不到，夜半無聲，蚊嚶好似一架轟炸機！我坐在床沿，一動也不動，故意捋高兩袖，好讓體溫迅速擴散，以人血的甜腥美味刺激牠的感官。果然，牠賊賊地朝我飛來，停在被人氣烘暖的牆壁上伺機放針，我仍然不動，悄悄地以掌貼著地板，消滅手溫，慢慢豎掌，移近，屏住呼吸，拍壁！移開，白壁上濺出一灘鮮紅的血，掌心也染了一顆朱砂痣，牠確死無疑，我獰笑起來，一隻吸吮我的鮮血維生的蚊子終於死在我的掌心。血漬滲入白壁，拿抹布使勁擦拭，總算把蚊印滅乾淨。繼續睡。

躺在床上，了無睡意。我真的打死一隻會飛的東西名叫「蚊子」嗎？既然失眠，乾脆回到書房揍扁「寂寞」那篇稿子？如果「寂寞」會飛、會流血，事情就好辦多了。這個念頭振奮了我，趕快在原稿上續筆：「寂寞像一隻蚊子，孳生在自己體內的，深更半夜才飛出來報仇。……」

我終於沒把稿子寫完。打算天亮以後，掛電話跟雜誌社編輯說：

「打死一隻蚊子，算是交稿了。」

選自：洪範書店，《夢遊書》

著作年表

作品名稱	出版者	出版日期
水問	洪範	74
只緣身在此山中	洪範	75
一斛珠	林白	76
七個季節	時報文化	76
月娘照眠床	洪範	76
私房書	洪範	77
浮在空中的魚群	漢藝色研	77
空靈	漢藝色研	80
下午茶	洪範	83
胭脂盆地	洪範	83
夢遊書	洪範	83
女兒紅	洪範	85
頑童小蕃茄	九歌	86・6・10
紅嬰仔	聯合文學	88
天涯海角：福爾摩沙抒情誌	聯合文學	91・3

延伸閱讀（一）

1.《簡媜散文研究》，臺北市立師範學院張偉萍碩士論文，二〇〇二年。
——簡媜的創作常鎔鑄各類文體的技巧來豐富散文創作的面貌，她擅長以小說的敘事架構，以及如詩一般的繁複意象，創造出凝煉魔幻的創作世界，折射出自我生命的深度，並極力探觸人類潛意識的神秘內涵。

2.《建構一座壯麗星系—簡媜散文研究》，東吳大學中文所林玉薇碩士論文，二〇〇一年。
——簡媜的散文藝術表現，渴望變動的潛在性格讓簡媜的書寫方式呈現多樣的面貌，為了精準地表達自己對世界的感知，她不斷嘗試、尋找最適合凸顯主題的語言與形式。

3.〈少女情懷總是詩—由《水問》談起〉，郭明福，《文訊》一八期，一九八五年六月。

4.〈瑪瑙盤盛果—評簡媜著《只緣身在此山中》〉，康來新，《聯合文學》二卷七期，一九八六年五月。

5.〈從《私房書》探簡媜的心室秘笈〉，鄭明娳，《自由青年》八〇卷二期，一九八八年八月。

6.〈啣文字結巢—評簡媜散文集《夢遊書》〉，陳義芝，《文訊》七二期，一九九一年八月。

7.〈簡單的禪機—婉約的簡媜〉，林燿德，《時報週刊》八八一期，一九九五年一月。

8.〈人間行路─簡媜散文世界探究〉，何再慶，《臺灣人文》第二期，一九九八年七月。

9.〈擺盪於孤獨與幻滅之間─論簡媜散文對美的無盡追尋〉，鍾怡雯，《明道文藝》二七五期，一九九九年二月。

10.〈一半壯士一半地母─論簡媜《女兒紅》〉，何寄澎，《臺灣文學經典研討會論文集》，一九九九年，聯經出版社。

11.〈絕妙散文─解讀簡媜「夏之絕句」〉，趙公正，《國文天地》一八三期，二〇〇〇年八月。

12.〈母心─論簡媜《女兒紅》的主題意識與「小說化」手法〉，陳惠茵，《臺灣人文》六期，二〇〇一年十二月。

作者小傳

王家祥，一九六六年生，臺灣高雄縣人。中興大學森林系畢業後，任《臺灣時報》副刊主編，並從事生態保育工作。曾任高雄柴山自然公園促進會會長、高雄綠色協會理事長，現專事寫作及繪畫。著有散文集《文明荒野》、《自然禱告者》、《四季的聲音》；另有小說《窗口邊的小雨燕》，以及歷史小說《山與海》、《倒風內海》等數種。

王家祥為八〇年代末期自然寫作的重要一家，以觀察自然荒野，提倡保育思想為主，除融合鄉土意涵外，亦與當前世界性環保意識合流。其散文情感豐富，意象鮮活，為自然寫作的報導性之外增添文學之美。曾獲賴和文學獎、吳濁流文學獎、五四文學獎及時報、聯合報文學獎等。

二十二、消失了的大草澤
——大肚溪河口秋冬觀察筆記

王家祥

一份環境報告的價值置於何處，我將加以思考。通常我們以環境評估來衡量人類加諸於自然之行為的對錯。然而環境評估也會因行使人的立場或目的不同而出現不同之結果。此外，在今日的臺灣，一份好的調查報告，或者客觀公正的評估結果，並不能警告我們於最大的極限。

物換星移？

我應該慶幸大肚溪河口的風鳥族群依約到來。這是大自然的約定，東北風準時在冬季興旺，潮水依舊每日漲退，泥灘地中的蛤蜊逐漸肥滿。只有植物族群不安於室，短短的夏秋二季，伸港大草澤上的居民已匆忙於替換遷補。乾季時，草澤中的水退去。顯而易見的，草澤暫時成為草原，而且草原高度已增加。

其實，生態學定義中，這一片草原只能稱做草生地，它似乎還不夠大得稱做草原。而確實草生地的植物種類已經忙於更換。去年此時，這兒是一大片鹽針草優勢生長之處，白茅幸而保有一小片堡壘，花開花謝，不被淹沒，濱雀稗始終在小路的另一頭，與蘆葦並存，伸展不進來。

十月廿一日、廿二日連續觀察。乾旱草澤水已枯乾。野塘蒿火黃與青綠的族群夾雜。火黃正在死去，青綠並且茁壯。草澤持續有其他植物入侵。蘆葦、長柄菊、田青、馬鞍藤，以及一些不知名的禾木科。鹽針草澤已經不是一個理平頭的小伙子，而是散髮飛揚的年輕人。

連續兩天觀察的行為，總有一天遇見季風增強。有時候第一天風勢強勁，第二天減弱。偶爾第一天風平浪靜，第二天氣候劇變，東北季風讓人抬不起頭。

十月優雅的綠色與七月豐富之綠不同，三、四月春季則是嫩綠。十月的植物，許多紛紛準備褪去綠衣，但在一年皆夏的臺灣，仍有許多植物不願褪去。然而她們冬天披戴之綠與夏天不同；尤其在風強鹽分高的河口草澤，秋天的氣息夾陳於夏日的豐厚，偶有不畏乾旱的春天小生命適時發芽。

十一月初，第一批到達臺灣的鴨科是肥碩的斑嘴鴨先生。牠們會高興地知道，理平頭的小伙子草澤，如今已適合牠們的肥胖身材隱藏。

* * *

十二月卅一日，今年的最後一天，我發覺我的推測並不正確。十二月的持續強風無一天停歇，比較起來，夏秋中逐漸增強的季風，是間歇性發生的強風，而冬季則是銳厲無比的超級海風，鎮日吹襲著。

伸港大草澤上的高個兒植物在入冬後逐漸消失。他們趁著夏秋和平的日子辛苦遷入，如今又受於強風所迫，枯槁的身子已倒下。也許他們在暮秋時已灑下種子，等待明年機會來臨。

此時的大草澤已是完整的金黃在冬日中猶如沈沈地睡去。

候鳥之事

九月中的一天清晨，六點多即到達伸港草澤，發現幾千隻的鷺鷥群停棲在草澤之上，其中夾雜著中白鷺、大白鷺。這現象極為罕見，尤其如大白鷺、中白鷺等冬候鳥佔的比例極大。

那天我帶著迷彩帳篷，在一處低窪地紮營，將照相裝備架設在帳篷內，只露出長鏡頭。以如此方式隱藏，守候鳥群來臨。

守候將近七個小時，只有小雨燕，黃鶺鴒，小環頸鴴零星地出現。

回程在中彰大橋下，攝得一隻落單罕見的黑頭白鸛。這種大型鳥類在大肚溪口被發現過三次，是全省最高的紀錄，其餘的地方都只有一次發現的紀錄。近年的六福村野生動物園，從埃及進口一批埃及聖鷺，與黑頭白䴉同屬朱鷺科，血緣及外觀極為相似。偏偏動物園又採野生飼養制，這群埃及聖鷺從新竹稻田漸漸旅行到臺北關渡，被一群賞鳥者興奮地發現，並拍下照片。而且這群大鳥會定期回到動物園家中，讓主人放心。

此外，動物園中一種非洲來的紅色小鴨，一樣採取野生飼養。每年小鴨群會遷走一陣子，據管理員表示，小鴨群回娘家時數目一定增加。牠們在別的地方繁殖下一代，然後帶著小鴨飛回動物園中的小島上。

如此下去，臺灣賞鳥界必有一番混亂，幸好水塘中央小島上的大型鳥鵜鶘、黑天鵝、鸕鷀，因為太珍貴而施以剪翅。否則，賞鳥人可能會在關渡沼澤中莫名其妙地發現，整群鵜鶘在捕魚。

十月初，在中彰大橋下的泥灘上，又聚集數十隻鷺鷥，其中中白鷺、大白鷺甚多。牠們捕魚的方式比小白鷺高明多，大白鷺以凌空撲水的飛翔姿態捉魚，跟以往常見的小白鷺涉水啄魚方式不同。

後來我才知道，這群鷺鷥是過境的冬候鳥，難怪牠們棲息的地點不在小白鷺築巢的黃槿林上，而在另一處草澤中暫歇。

十一月二日。紅隼精確大膽的飛行姿勢激發我無比興奮的想像。在草澤上空凌飛，短暫停留，曳翅一再滑翔，然後瞬間落下叢草間捕食。

潮溝在黑色泥灘上迂迴劃進，水光映現。銀帶以優美曲線擺飾於肥沃黑土上。漁婦走在銀帶與黑土之間，使用平耙壓進軟土中，來回梭巡。被平耙掃壓過的軟土，文蛤便露了出來，被漁婦撿入身上背著的竹簍中。兩三隻青足鷸與小環頸鴴，跟隨漁婦身後，安全保持一段距離，且順勢啄走漁婦遺漏的小軟體動物。

風吹著，鷸慘淡的叫聲飄入空氣中。

* * *

十二月中旬，居住著龐大螃蟹家族、彈塗魚族群的河口草澤，突然發現已被推土機夷平。主事者不明，但確信魚塭已伸展過來。那一處優雅廣闊的大草澤已蕩然無存。

綠牡蠣將回來？

環境報告該不該事先警告有一群人將被犧牲。

民國七十五年三月，茄定海岸養殖業發生牡蠣變綠事件，持續至四月，大量牡蠣相繼變綠死亡，消費者拒食，漁民損失慘重。綠牡蠣事件到如今還未解決，茄定、崎漏的人民靠海生計已失，得不到充分理賠，也無法重新養殖。茄定沿海已成惡夢海岸，不但原先養殖牡蠣的漁民已紛紛失業，還有一批靠捕撈魚苗、蝦苗，近海漁業的漁民也相繼喪失魚苗的來源。

我們再來回憶與分析當時的成因：茄定海岸靠北有一條集重金屬污染之大成的二仁溪，十七家大型工廠的排泄溝。靠南的永安鄉海岸正在興建中油液化天然氣接收站，當地養殖牡蠣及捕魚苗作業已完全停止。而在永安鄉，茄定鄉交界的興達火力發電廠四部主機在當年三月全部同時啟用，每天排出高溫廢水至茄定近海中。

據說，二仁溪污染早已存在多年，牡蠣照樣養殖，只在梅雨季後，金屬堆積污泥層被大水沖入海中，才有部分牡蠣死亡，火力發電廠第一期工程完工，兩部主機啟用，排出高溫廢水後，梅雨季節時的牡蠣死亡率逐漸提高，沿岸魚苗捕獲量漸減。鄭森雄博士提出警告，在一份專業水產月刊上指出繼續養殖牡蠣的危險性。

此後雖不斷有學者發表環境調查報告，警訊接連亮起。漁民卻因水產養殖利潤漲昇，而陸續投資，加入大筆資金人力。數年後，電廠四部機全部啟動，每天耗用大量海水冷卻，日以繼夜地排出高溫廢水，使得茄定沿海海水溫度升高，水中溶氧量劇降，生態平衡破壞。牡蠣群因環境溫度升高，溶氧量降低，致使必須加速新陳代謝，而吸入比平常過量的重金屬離子，尤其是銅離子。

我們如此說，二仁溪的重金屬離子是原已存在的殺手，電廠的高溫廢水是它們必須的觸媒。

而沿海原本密度頗高的魚苗、蝦苗，也不明不白地消失無蹤。另一群遭受電廠煤灰污染的魚塭業者則因損失較輕而不受注目。

民國七十六年，我在大肚溪河口發現似曾相識的環境。北岸的臺中火力發電廠正在積極施工中。大肚溪的中游，流經以電鍍工廠聞名的臺中市。據資料顯示，臺中市郊農田灌溉水道及地下水含重金屬量為全省第一，而臺中市的上游流域更涵蓋全省農葯施用量佔一半的梨山果園區。

我在大肚溪南岸認識一群辛勤的養殖人。每年的三、四月是蛤蜊下種在彰化泥灘地上的季節。這一群靠海人駕著牛車駛過泥灘，到達五公里遠的外海海灘上工作。漲潮前他們必須回來。

彰化，鹿港沿海特異的泥質海灘，將大海與內陸隔離五、六公里之遙，是秋季候鳥群遷移暫留，最喜愛之處。也造成以牛車進出外海的特殊養殖景觀。近年來，鹿港地區的靠海人已陸續改用引擎裝在高處的三輪車，可以在漲潮開始時停留較久，馳騁海灘上也較快。而彰化伸港鄉蚵寮村、什股村、詹家村約近四百戶的靠海人，總共只有十部馬達三輪車，仍用昔日約四五百頭牛來進出海岸。

每年，七、八、九、十，四個月是南岸採收牡蠣和蛤蜊、貝類的旺季。蚵寮，什股，詹家村的牛車隊陸續在第一次退潮後出發，約四百輛牛車在中午時已出海完畢，村內人去樓空。牛車隊的盛況可以想見，他們必須在第二次漲潮前完成工作。比起茄定鄉漁民駕漁筏出海照顧牡蠣棚架的景觀，牛車隊出海的樣子是要來得壯大些。

近四百戶約二千多人靠大肚溪南岸泥灘地維生，其他還有近海漁撈、魚塭養殖業者。鹿港民眾反對杜邦是對的，然而也許他們並不知道大肚溪口每年輸出多少噸金屬，農葯污泥，暗暗種下日後禍根。每年三、四月蛤蜊、牡蠣暴斃時有所聞，警訊小而不斷。而綠牡蠣事件模式中的重要主角：火力發電廠還未完工。

候鳥群中部分陳屍河口的現象並無法阻止模式重演。有一顆定時炸彈已經置放於伸港鄉沿海及河口。而北岸麗水村的愁雲慘霧已有人群吶喊。梧棲鎮的興盛海產店能不能繼續比美林邊鄉。在定時炸彈爆開後，又有人埋怨環境報告到哪兒去？到時候，臺中市民必須長途開車到屏東林邊吃海鮮。因為，梧棲的高級海鮮餐廳恐怕已關門。

我們的報紙記載也可能只是漁民的損失，並無誰會去關心候鳥群中的鴨科及鷸鴴科究竟死了多少隻？綠牡蠣將回來嗎？蛤蜊將死去嗎？那一群靠海人的四、五百頭牛隻何去何從？我現在只好提出警告。

解嚴後海岸

去年堤岸外的泥灘地上，十一月的一個禮拜日曾降落一群候鳥的主力部隊。原本黑色的泥質土地上，覆滿東方環頸鴴的羽色，當然還夾雜著其他鷸科的顏色。由於東方環頸鴴是數目最多的主群，而且牠們一隻隻安靜地蹲伏在泥地上，密集而隱藏良好，以致遠看讓人以為泥灘地今天變了顏色，由黑色轉為黃色。

牠們著實累了，將廣闊的泥灘地安靜地佔滿，估計有數萬隻之多，而海水退至泥灘外海上，約略數里之遙。從望遠鏡中看去，才能辨識出幾千隻的水鴨漂浮海上，而且一群接著一群起飛，另一群連著一群降落，起起落落，忙碌不已。眼見闊麗悽壯的大海灘上，候鳥群正在展示他們與天搏鬥的毅力，海風強勁狂掃，烏雲滿佈，遷移的部隊盛況空前。

如果不藉助望遠鏡和經驗，無法發現隱藏在泥灘地休息的小風鳥，更無法相信外海黑壓壓的一片就是水鴨群。不熟悉此地環境的大部分遊客還以為泥灘地原本就是灰黃的顏色。

遊客被海防部隊阻止在堤岸內的公路上，禁止走出堤防。那時候，戒嚴還未解除，海防嚴厲。因而絕大多數的遊客並不知道廣闊的泥灘地上隱藏著數萬隻鴴鳥，他們只是來看看海，並且等候黃昏落日。海防部隊湊巧擔負起將人類與候鳥群隔絕的工作。

海岸的確被隔離四十年，不受大壓力的觀光行為打擾。雖然我們的海岸沒有因此而更加潔淨，或者生態運作更加平衡，然而四十年的長期人為隔絕會造成封閉穩定但脆弱的小區域，是可以預見的。

解除戒嚴的海岸，並未先採取評估措施，補救方法。在大肚溪南岸的沿海，我首先看見一群犧牲者。今年的泥灘地上，海岸管制放鬆許多，堤岸外變成一個新樂園。中國人做事雜亂無章，一下子突然開放，並未採取因應措施，自然也不會為候鳥設想。

遊客可以走下堤防，海水退後，泥灘地上的草澤與螃蟹家族就遭殃了。中國人很少有珍惜自然的觀念，抓螃蟹的人抓螃蟹，踩草澤的踩草澤。秧雞家庭也不敢在草澤中下蛋做巢了。今年，十一月中旬後，我並未看見主力部隊降臨泥灘上，偶爾有小群候鳥在退潮時飛到草澤旁覓食，見人就飛。

一直想再欣賞一次主力部隊過境的盛況，因此我苦苦等候。十二月時，主力部隊想必已經飛過臺灣，只是不再選擇那一片廣闊的大海灘而另覓他處。我則知道已經錯失機會。

秋日疏林

陽光下的草本植物，其美麗往往讓人疏略。

許多種類的草本植物，常以純群聚的姿態出現。具有優勢生長趨向的族類，大片群聚，佔據著主要地區，邊緣擠排了一些小群生長的其他種類。當然也有獨行俠者。

通常我們不考慮零星夾雜的其他種類，只注視她的美麗。也許明年的生長季她就消失了。優勢度的植被可能較穩定地維持下去，但也可能被消長。代之而起的，是去年剛入侵的種類。

這是一處廢耕二年之久的田野。工業區已完成規劃，將這塊長約一公里的後院夾在河岸之間。昔日農人種植以防風的木麻黃林殘存下來，以及自然入侵的黃槿林，綠竹林殘缺不全，枯死，或者殘留。草本植物迅速入侵這處偏僻的三不管地帶，在二年後，農戶早已遷走之餘，我看到了一處剛形成的疏林。

奇怪在秋天才開始注目這處疏林。其他的日子，她與其餘的田野地一般綠得無甚出奇。當捕鳥行動在其他地方甚為得意地展開，秋天的疏林是一塊處女新樂園，野鳥早就發現。矮灌木中的紅珠仔果實及馬纓丹甜淡的花汁，還有草叢中的大蝗及瓢蟲，臺灣鶺鴒及白頭翁絕不會錯過。

疏林下的植被構造，三分之二的土地被五節芒，茵陳蒿，長柄菊，肖芃天花各佔一方，呈現優勢生長。但當中剩下的土地卻是群雄競爭的局面。紅毛草採取小族群侵入，穩定小地盤的方法。野塘蒿則沿著去年工程單位留下的防風竹籬，走了過來。防風定砂籬一排一排橫立於疏林之中，早已朽腐毀壞。然而它去年成功地攔阻下風帶走的菊科種子，因此野塘蒿與泥胡菜率先生長在籬牆之下。今年秋季，枯死的野塘蒿佔滿了竹籬左右，新的一代已向外踏出幾步，進入戰國之中。

戰國之中有山蒿苣，擬鴨舌黃，三葉木藍，紫蘇草，山漆莖，火炭母草，長柄菊，紅毛草，野塘蒿，加拿大蓬，兔兒菜，咸豐草，野莧，豬簽，蒺藜，鬼針草，賽葵及一些不知名的禾本小草。如此複雜的體系，其美麗必得從雜亂之中整理出來，而且迫使你無法遠遠站著看。

走在疏林中，蒺藜與鬼針草帶刺的種子不斷附著褲腳上。而我習於觀察、紀錄、思考。如此一趟的行程，植物也完成他們播種的過程。這是一則奇妙的互動關係。徘徊在都市之中累了的時候，我會著急地想置身荒野走走。都市給我心理上的極大疲勞與厭倦，而荒野給我肢體上的疲勞痠痛，滿臉風沙。我卻衷心感激眼前荒野給我的一切，然而她遭受苦難時，我只能痛心無法還報她一點些微。

讓我來告訴你，我一直思索著綠色哲學適與不適這個社會。你去撫觸綠色，並不意味你脫離文明。然而，如果你完全遵守綠色的哲學而生活，竟然與現代文明格格不入。臺灣社會下的現代文明，如此現象更加明顯衝突。譬如我喜愛綠色，抗議污染，卻無法拒絕使用塑膠袋。並不是我貪用塑膠製品的方便，是這個社會規劃下強迫人人使用它。

現代文明的特徵理解為：奔向死亡，何必加速。

歐美先進國家正設法減緩奔向死亡的速度。而臺灣無疑地正在加速。

河口草澤在一日之間，可以毀於堆土機手中。然而也有令人愉悅的故事。蚵寮村的老婦人仍舊沿襲老式傳統的養殖方法，每日中午前，餵完黃牛吃草，喝水，然後不疾不徐地套上牛具，坐上牛車，在強風中安步當車，慢步踱到河堤，而此時潮水已逐步退去。數十年的經驗，使老婦人心中了然潮水的漲落。

我們不願憶及日後的火力電廠落成啟用。單單就蚵寮村的牛車來看，他們習慣這是生活，是艱苦，是面向強風與大海。蚵寮村的牡蠣不是全省最肥最美的，因此他們無法賺大錢，如同鹿港的養殖者換置三輪馬達車，或者像茄定的養殖者還能在無法收成後以卡車，轎車，漁筏典押償還貸款、蚵寮村的老婦人及其他村人只有黃牛各一隻。

我一直私心地認為這是特殊的景觀，是古老傳統的美。而其中，蚵寮，什股，詹家等沿海村落，與彰化泥灘地及候鳥群，以漁耕生活型態安靜和平相存了數十年，卻是相當有力的證據。

現代人是無資本可以談綠色哲學的。

選自：晨星出版社，《文明荒野》

著作年表

作品名稱	出版者	出版日期
打領帶的貓	三三書坊	79・3
文明荒野	晨星	79・7
自然禱告者	晨星	81
倒風內海	玉山社	85
山與海	玉山社	85
小矮人之謎	玉山社	85・4
四季的聲音	晨星	86
真情書	晨星	87
窗口邊的小雨燕	玉山社	87
海中鬼影：鰓人	玉山社	88・4
深藍	九歌	89・1
遇見一棵呼喚你的樹	方智	90・9
魔神仔	玉山社	91・4

延伸閱讀（一）

1. 〈在文明與荒野之間靜心觀察與思考—王家祥要做個自然禱告者〉，王鴻佑，《新觀念》九五期，一九九六年。
2. 《作家列傳—王家祥篇》，阿盛著，一九九九年，爾雅出版社。

——從王家祥的幾本散文集中，我們看到一位熱情、執著且心情焦急的年輕人，奔走在臺灣各地的原野海邊澤畔，用兩雙眼——眉下眼與心中眼——仔細凝視，他凝視大地之美，凝視人類因自私所造成的戕害，凝視科技進步帶來的後遺症……他精確「畫」出眼見的樣貌，而筆下沒有太多激昂吶喊。

3. 〈訪王家祥〉，郭玉敏，《臺灣新文學》，一九九六年秋冬季號。
4. 〈軟泥土上的耳朵—《四季的聲音》〉，莊裕安，《聯合報》四六版，一九九七年十二月二十二日。
5. 〈在新風格中得到釋放〉，董成瑜，《中國時報》四三版，一九九八年九月十七日。

作者小傳

鍾怡雯，一九六九年生於馬來西亞，祖籍廣東梅縣。臺灣師大國文系學士、碩士、博士。曾任《國文天地》雜誌主編，現任教元智大學中語系。創作以散文為主，著有散文集《河宴》、《垂釣睡眠》、《聽說》、《我和我豢養的宇宙》；另有論文集《亞洲華文散文的中國圖象》等。

鍾怡雯的散文，早期以馬來西亞僑居地童少年生活經驗為主，近期則轉為臺灣都會生活之經驗與感思。其散文語言敏銳，時見巧喻，敘事則機智與趣味橫生，為新生代頗受重視的散文作家。曾獲時報文學獎、聯合報文學獎、吳魯芹文學獎以及中央日報文學獎、梁實秋文學獎等。

二十三、河宴

鍾怡雯

我就這樣在河邊住下來了。小小的聚落濃密的樹木，這是一個陌生的國度。空氣吸收了水氣和草葉的淡香，彌漫著薄荷的清涼。時間過得極慢，每分鐘都粘手粘腳的，像節拍過緩的音樂。沒有人問我來自何方，尋找什麼。他們缺少人性追根究底的好奇因子。於是我像一顆疲倦的塵埃，悄悄降落。

屋主是獨居守寡的老婦，和善、沈默，似一塊泡在歲月裡的活化石。嚴重的重聽使她嘴角一直懸著謙和的微笑，像為無法與人順利溝通而抱歉著。

正門一方褪紅的「春」字倒掛，每一天都過年似的。一對門神也永遠不肯退堂，說甚麼也要守著破舊的老窩。鼠輩不時出沒，也許是走廊貼的「老鼠嫁女」年畫作祟，牠們便也子子孫孫永久保用，瓜瓞綿綿的繁生。

這是一片安靜的土地。

夜晚對面的那座山側身入睡，懷抱一大疊聚落從不輕易流傳的秘密。流水像壯士低啞的喉音，無人能解的符咒，承載聚落人事的興盛和沒落。沒有人的故事，河不過是個地理名辭，當人們因它而牽動了生命的繩索，它便也懂得悲歡離合。

這河的相貌十分奇特，大概是瞌睡蟲趁老天爺動工時和祂開玩笑，把原是筆直修長的身段橫腰一轉，彎成彆扭的傢伙。上半段的水流很湍急，那是莽漢呼天喝地的命令，強狠、有力，不容違逆。到了下游，它的氣焰弱了，像曾經馳騁沙場，殺人不眨眼的遲暮將軍。

河總讓我想起女媧。她母性的創造使莽荒的地球復活，不毛的野地開花，適足以令乾癟的枯枝冒芽。那微佝的身影在河畔獨坐，河水與泥土揉成她的理想。那投入而專注的模樣，宛然狂熱的藝術家。當活蹦亂跳的生命從她粗糙的雙手成形，緊閉的嘴角不自覺綻開笑花。太陽都疲累了，她還興致勃勃的請它再照明一下，淋漓旺盛的生命力，像永不停流的河。

當我腳步蹣跚、臉上積滿旅次的倦怠，如長途跋涉的苦行僧般來到聚落的交叉口時，榕樹下群集的老人正人手一把蒲葵扇，慷慨放言。下棋的倒氣定神閒，江山只在舉手之間。人生的許多決定，也不過是意念電光之閃，輕重衡量常是偶然。一如我短暫的停駐，完全是本能的直覺，和五臟如焚的神農氏嚼了芬芳的綠葉而得救，不期然結下的茶緣一般。

疲憊換來一夜好睡。大清早雀鳥們在樹上婉轉相告，村子添了一雙陌生的行腳。我帶著不速之客的心虛下床，一大蓬軟枝黃蟬棲在窗框，好奇的探望。桔子花香似有若無，和鼻子捉迷藏。老母雞領著一群不安分的小雞東啄西走，陽光輕淺得沒有重量。

水聲在不知名的地方。用靈動的顫音，輕輕對我招喚。穿過蓊鬱的樹叢，落葉的吁嘆驚動鳥群，紛紛撲翅飛起。走著走著，恍然這是一條通往外婆家的小路。然而童年的甜美就像不耐舔的棉花糖，唇齒留香間，便忽已長大。

樹葉一陣騷動，我心裡一沈。陰黝黝的幢幢樹影把魑魅的想像都具體化。我不動，那方也無聲。空氣凝滯、緊繃。一張人臉忽然顯現，彼此一照面，都讀出對方心裡有鬼。也不說破。散後，她一定覺得自己的鬼膽子大點，臉皮厚些。因為我也這麼安慰自己心裡的那位。

前方天光兜頭攬下，恰好籠罩一幢低矮的房舍。房子空了，野籐像在寫狂草。屋後一片花海，倒襯得一切不太真實，童話起來。然而這似乎又是大化不變的規律——最美的，總是隱藏在不為人知的角落。房子左邊的蓮霧樹下遍地爛熟的果實，一棵薔薇爆米花般，開得忘了自己身在何處。

回過神來，又聽到水聲喚我，像媽媽尋找玩野了的孩子。我卻決定出軌一下——岔入右邊的林蔭小徑，跟隨一串陌生而神秘的聲音前進。

老樹粗壯的板根像專收買路錢的山賊，強橫的堵霸去路。樹下一人字形的裂口，土地公穩當地坐守這人跡罕至之處。祂孤獨的身影有些落寞，顯然久已不食人間煙火。

樹背隱約有細微的聲響。一窩新生命正待啟航。最先探頭的小雞甫從湯裡爬上來般狼狽。母雞不時去啄剩下的半個蛋殼。風在午睡，鳥鳴把幽林叫得更深靜。土地公倒真會隨遇而安，人類對祂不理也不睬，祂卻自願變成小雞的守護神，好歹不閒著。

小路愈來愈滑，青苔的爪牙處處，似在檢視行者步履的紮實和耐力。探險的心情漸濃，未知如陌生的星球，閃著捉狹誘惑的目光。

只是一間平凡的頹廟。燻黑的神像和陰暗的氛圍粉碎好奇和揣想。兩隻松鼠奔上樹，再神氣的打量我一眼，大尾巴一晃，消失在林葉間，我的探險，便也劃上句點。

聚落的夜晚是一部詭異的樂章，引起古怪的念頭和不合理的畫面不斷飛翔。手上的書冊無法導引思路，偶爾一片落葉飄下，宛如青衣童子偷看老藥師的家傳秘笈。

坐在想像和現實的交界，時間流動，卻並不存在；桔子樹影搖曳可識，實而虛幻，如曾經存在，如今已逝的童騃。

鄉下的孩子，腦袋不知道裝了多少成人猜不透的怪事。我從來不曾懷疑鬼在關公廟前打架、神明偷吃東西、影子獨自行走這些流傳在孩子們口中的事情。潘彼得心態一直伴我走入成人世界，好奇的心理讓我始終不安於蟄居，所以我熱愛旅行、嚮往未知，像小時候巴望早餐那顆白水煮蛋出現兩個蛋黃，使平淡的生活添加意外的驚喜。

讀書不難。然而生活這冊大書，卻是怎麼也讀不破。那時代的孩子不時興多問，我在疑惑和幻想中學會替各種現象詮釋，學女媧命名日月山川；也極少呼朋引伴，生活的樂趣都是雞毛蒜皮的小事。

最喜歡看母親把地板洗得乾淨煥然，還因此愛上明澈的水和沒有雲影的藍天。我收集一切透明的小玩意兒，譬如玻璃彈珠。那是孩子們的遊戲工具，我卻當寶貝般收集。陽光軟綿綿的早晨，把它們一字兒排開，細觀鑲嵌在裡面的每一道色彩承載陽光之後的晶瑩。那是一個沒有瑕疵和黑暗的世界，明亮的童年……。

翌晨醒來，氛圍有些異樣。不聞斬釘截鐵、飽滿高亢的雞啼，卻見鳥群低飛，螞蟻出洞，雷聲一陣猛似一陣，炸得天崩地裂；眼見豪雨將至，不料猛風硬把烏雲直往天那邊捲去，這端剎時放晴。

老婦人難得主動攀談，遊說我去廟會玩兒。我點頭，盤算走段遠路，先逛逛鎮上的兩排住宅。

小街就在樸陋的房屋間築起人生的樣版。每家的大廳都免不了祖先的遺像和神龕。拐過一家紮冥器、出租花轎的舖子，只見白面無常、藍面魔鬼、魚龍和金童玉女都已貼金敷粉，彷彿隨時準備上路。凡生之所在都無法逃避死亡，無論豪富顯貴，抑或貧乏困頓的窮壤。

大廟前的吆喝笑鬧有種死魚翻生的突兀，一反村落慣有的沈寂。臨時搭建的戲臺腳下，看熱鬧和做生意的人潮河水般流動。臺上的木偶扮演著人間喜怒，觀眾的表情卻更富變化，臺上臺下都是如假包換的人生。他們看戲，我看人。

身旁一株籐蔓纏繞早已枯乾的枝椏，它有一種不合時宜的固執，一心一意只顧長芽吐綠。老人家常說憨人自有天佑、傻人有傻福，這株籐蔓持的也是這樣樂天知命的生活態度吧！那片花海沒有華廈的陪襯，然而清風明月自會來相伴，倒落得更自在；沒有人供奉的土地公，卻有生氣活潑，孫子般的小雞終日纏著祂老人家啁啾不斷，一點也不寂寞。

落不成雨的天氣，燜出了揮散不去的鬱熱。老黑狗哈舌直喘。結伴而來的老者揮汗不迭，對往回走的我投以詢問的目光。那意思轉換過來就是：前面好戲正上場，還有甚麼比這更有趣的？

一聲清脆的鳥囀劃空，正好替我註腳。

人間繁華的請柬處處，不如赴一場難得的野宴，聽一回水的演奏吧！

白茫茫的蘆葦向我招呼，遠遠的見一散髮女子面河而坐。她旁邊擱個粗糙的手工白泥碗，滿盛紅豔豔的相思子。我趨近，她也不理我，兩腳不停的踢水，直打得水花四濺，衣服半濕。大概這就是屋主所說的那個四處遊蕩，智商不足的女子吧！

河畔半塌的草寮裡，泥土枯枝攪混出一股霉味。陶瓷碎片、竹枝、鉛筆頭和玻璃瓶子半埋在泥裡。這兒必然曾是孩子們遊戲的場地，而今笑聲不再，空留水聲潺潺。轉頭再尋那女子，她也了無蹤影，只有水滴精神煥發的辯論。當人們被生活和情緒五花大綁時，這條河仍與致昂揚的高歌，與白雲擊掌，和雨水歡談。

細碎的腳步聲在身邊停下，我沒有抬頭，卻感到一雙好奇的眼神向我逼來。然後黝黑細瘦的腳丫出現，他蹲下，眼神和善、羞澀，手上緊握一把白芒花，是個道地的鄉下孩子。

我不禁疑惑。這個落單的小娃兒和我一般，跑來安靜的河邊做什麼。他顯然有嚴重的口吃，一句話結結巴巴，老是重複。然而人間真正的交談並不在內容的多寡，他簡單而誠懇的回答令人愉悅。然後他邀請我同行，毫不猶豫的我尾隨他行入那條蛇般的小徑。

行了一程我終於告訴他，數日前這裡曾是我足跡所至。他頓時泄了氣，神色一黯。隔了一會兒，他小說的問：「還……有小……貓？」我搖頭。他復又與奮起來，牽我的手飛奔，似乎去晚了那窩寶貝會逃跑。

果然，四隻小貓互咬尾巴，正玩得不可開交，團團轉成毛線球。他輕撫小東西的手勢像喜獲麟兒的爸爸。上回心緒紛雜，錯過人間至美的一幅畫，這番失而復得，我眼睛盯著，守財奴細數元寶般，忘記了眨。

而同時，我如釋重負。

跋涉本為一股莫名的意念所驅動，像在尋找，又似求擺脫。此刻，孩子清澈的眸子和窗外的繁花，給了我解答。灰黑的母貓回來，瘦削的身子儘繞著他摩挲，對他只有全然的信賴，沒有戒心隔閡。

黃昏的天空如一尾紅鱗閃爍的鯉魚。孩子又來了，從窗口遞進沈甸甸的包裹。拆開層層報紙，無數的相思子對我微笑，兩個拙樸的白泥碗與河邊那個女子的相似。我驚喜、不解，卻無意探究。語言對他只是折磨，他只要直接而不必修飾的表達。

我簡單道謝，目送他歸去。有一個聲音在心裡響起：明晨，他晶亮的雙眸還會再來尋找。

而明天，我決定敞開窗戶，讓一隻空的白陶碗，等他。不留片言。

選自：三民出版社，《河宴》

著作年表

作品名稱	出版者	出版日期	作品名稱	出版者	出版日期
河宴	三民	84・4	聽說	九歌	89
莫言小說—「歷史」的重構	文史哲	86・11	亞洲華文散文的中國圖象		90
垂釣睡眠	九歌	87・3・1	我和我豢養的宇宙	萬卷樓	91・6
赤道形聲	萬卷樓	89			

延伸閱讀

1.〈鍾怡雯「芝麻開門」的思維圖景〉，王昌煥，《國文天地》，二〇〇二年十月。

2.〈吾貓即宇宙，宇宙變寵物—《我和我豢養的宇宙》〉，唐捐，《中央日報》一五版，二〇〇二年七月三日。

3.〈想像之狐，擬貓之筆—評鍾怡雯《垂釣睡眠》〉，焦桐，《幼獅文藝》，一九九八年三月，收入鍾怡雯著《垂釣睡眠》序，一九九八年，九歌出版社。

——鍾怡雯散文心思細膩，構思奇妙，通過神秘的想像，常超越現實邏輯，表現奇詭的設境，和一種驚悚之美，敘述來往於想像與現實之間，變化多端，如狐如鬼。

4.〈烏托邦的祭典—解讀鍾怡雯《河宴》中的童年書寫〉，辛金順，《中國現代文學理論》，一九九八年三月。

5.〈她的靈氣點亮了她的文字意境—鍾怡雯散文的書寫策略〉，陳慧樺，《文訊》，一九九五年四月。

6.〈善變的花腔女高音—鍾怡雯《聽說》〉，焦桐，《中央日報》二一版，二〇〇〇年十一月十三日。

作者小傳

王盛弘，一九七〇年生，臺灣彰化人。輔仁大學傳播系畢業，歷任雜誌及報社編輯，現任《中央日報》副刊編輯。創作以散文為主，著有散文集《桃花盛開》、《假面與素顏》、《一隻男人》、《帶我去吧，月光》。

王盛弘的散文親切真摯，早期以描述土地倫理和親情感懷為主，後轉為植根都市異地的心靈探索，近期則融合植物書寫於人世感懷之中，溫潤裡有苦澀，簡筆中見深情。曾獲梁實秋文學獎、臺灣省文學獎、教育部文藝創作獎、以及臺北文學年金等。

二十四、倥青天

王盛弘

颱風剛過，雨水還滴滴答答，大地如飽吸水分的海綿再無隙縫，逼使蚯蚓爬上地面，牠們的身軀比平日膨脹數倍，腐爛了的小蛇一般，一條、一條，又一條，緩緩蠕動；人們匆匆走過時，一不小心，蚯蚓便在腳底板下斷成兩截，一時和爛泥巴沒有兩樣；老師說再不多時，自那兩個傷口，會再長出各自所不足的部分，成為兩個新生命；但我看到的卻是晴日曝曬下棗色的枯瘪屍體，乾涸了的血一樣。匆忙來去的人們無暇關心這些，他們從自家門戶走了出來，有默契地不悲嘆屋簷門窗所遭受的損害，大人沈默似僧侶、孩子們歡喜像度節慶，彎腰在小徑上撿拾讓強風吹折的綠筍。這些綠筍雖然長到半天高，但是因為竹籜仍未褪去，還有嫩白可食的部位。

青天跟著他的阿母地嬸也雜在人群中，地嬸折取筍尖交給兒子，動作俐落而強悍，青天亦步亦趨，看來十分聽話；他們一前一後移動著，忽然青天雙手一攤，懷抱裡的竹筍空空地掉落地面，他彎下身學阿母的動作折筍尖，吃力得牙關緊咬，腮幫子筋骨浮現，兩排牙齒摩擦，發出令人長一身疙瘩的聲響；一不小心，他踢到了地上的筍，筍便滾啊滾，滾落河溝裡，洶湧的黃色泥水帶著筍往水利會剛埋下的排水涵洞流去；地嬸二話不說，撈起褲管便下水搶救，誰知水卻是太急了，彷佛涵洞裡藏了雙利爪要攫捕她；她慌張上岸，手裡還緊緊抓住幾段綠筍，搖了搖頭說隨它去了，青天卻只是傻傻地笑，地嬸淡淡地說話像自言自語：還笑？爾阿母都快讓鬼抓走了，爾還笑？說著扶住青天的頭顱，赤手為他拭去掛在嘴角的口涎，順手往自己的衣角一抹，淡淡地又說：傻兒子啊，筍子沒了，看爾吃啥？

平日村人並不刻意取食這些筍，只任它們野野地圍繞著村子長，遠遠近近的鄉親都管我們住的這座村子叫「竹圍仔」，竹林綿延成村莊的屏障，村裡往村外看，是一片綠；從村外回到村裡，先看到的還是綠。竹竿強韌，遇風只是彎腰低頭，颱風來時，咿咿歪歪的聲音逼在耳邊響，讓人徹夜不能入眠；颱風一過，綠筍橫屍遍野，戶外一個個男女老幼都彎腰撿拾，撿了回去，玉白鮮嫩的灑上幾顆辣椒爆炒，老的醃漬，入口真會刮舌頭傷腸胃的，曬乾了，入灶當柴薪；颱風走後十天半個月，餐桌上少不了有這道菜，吃得讓人面有菜色，可是不吃不行，因為沒得選擇，如若膽敢發牢騷生悶氣，則再加上一頓「竹筍炒肉絲」。

這也不過是將近二十年前的事，我剛由堂姊領著到位於鄰村的小學註冊，知道了「竹筍炒肉絲」不只是阿爸的拿手菜，學校的老師炒作起來更是得心應手；我向來守規矩，有點近於羞澀或是怯懦，就是喜歡讀書，考試第二名還會自責，偶爾我考差了，老師說這次題目比較難，不處罰大家；所以成績單發下來，同學都先打探我的戰果。因此我不怕上學。但是學校再好，也不如在野地裡蹦蹦跳跳，所以放意外的「颱風假」怎能叫我不歡喜？有時候我真羨慕青天。青天和我同年，都屬狗。

偶爾我在上學途中遛達，貪看一隻停在水塘旁的「釣魚翁」，和牠一起靜心等待瞬間往水面衝刺，尖喙上叨著一梭魚的緊張片刻；有時候我蹲在路旁數夏日盛開的咸豐草花瓣，或拔一根酢醬草筋吸吮，忘神地體會那既酸且甜的滋味，便有人語帶恐嚇地說要告訴老師。現在想想那也不是什麼壞事，但在當時心目中，老師比蔣總統還要大，最好除了讀書以外不要讓他知道自己還做其他事。可是青天不同，青天不用上學，青天不必穿硬領子的制服，青天不須做功課，青天的阿母不打他……唉，如果我是青天就好了。我仰著臉對阿母說，阿母不耐煩地回我：青天倥，爾比伊更加倥。

因為青天倥倥，所以村人都叫他倥青天。倥青天！倥青天！倥青天！一群孩子圍著鐵籠子戲謔地叫，一聲一聲又一聲，呼口號似的，一聲高過一聲，比唱國歌還賣力，青天在籠子裡陰寒著一張臉，牙齒是森森的白，像一條遭囚禁的雛狗，委屈而不知如何自處，孩子們卻還不散去，摘下地叔家稻埕裡棗樹上的青色果子，往鐵籠子空空地丟擲，青天只好轉頭迴避人群，羸弱的身體瑟縮在籠子一隅。我沒有加入這一群野狗的狺狺狂吠中，因為老師說不可以，阿爸阿母也說不可以，他們說：因為地叔地嬸忙著賺三頓飯，沒有時間看顧青天，沒人管的青天會走丟，所以白天只好將伊關在鐵籠裡，如果爾也不聽話，也把爾關在鐵籠子裡。我嘟嘟嘴巴說我又不是狗。哥哥可樂了，他幸災樂禍：你本來就是一條狗！我急著反駁，我屬狗，可是我不是狗。阿爸在旁喝叱一聲：去讀冊！

我入學後不久，「管區的」帶著幾個外路人來到地叔他家，問為什麼還不讓青天上學校？說九年國民義務教育是政府的德政，是人們的權利，云云。聽得大家一頭霧水，像質問溺水的啞巴為什麼不喊救。他們幾個人七嘴八舌地對著鐵籠裡的青天指指點點，村人逐漸圍攏像貪腥的蚊蠅，我從大人的脅下鑽到人群內圍，看見青天讓一位男人和地嬸從鐵籠裡架了出來，地叔和「管區的」解釋著什麼，兩隻手在空氣中比劃，無依無靠，說到急躁處，匆匆冒出一句：幹！伊是阮子，難道說我還會害伊？伊是阮子，我要怎樣管教，難道說還要看別人臉色？「管區的」說他也沒辦法，時代不同款了。他的眉宇之間滿是為難，出賣了自己的朋友一般。地嬸只是賠不是，說失禮啊失禮啊大人以後不會了以後不會了。「管區的」卻說：阿地啊！公事公辦，爾莫要怪我。說著拿起手銬便扣住地叔的手，要帶他離開，人群中也有為地叔說情的，但同時自動讓出一條路；突然，自始至終沈默的青天狠狠地掙脫地嬸的手，追上前去，眾人攔阻不及或者根本不想攔阻，青天便在「管區的」大腿上用力一咬，「管區的」一聲哀嚎，豬挨第一刀時的慘絕，同時人群中揚起了不小的驚嘆。

青天是不能再關了，可是三頓飯不能不顧，面對老是說話不算話的生活，地叔和地嬸沒有一個人能夠放下手上的工作，他們只好在家中大門口築起一道柵欄，但是青天常走失，每走失一次，柵欄就加高一吋。可是還是常在黃昏聽見地嬸挨家挨戶找青天：阮厝青天有在這裡嗎？餐桌上的人搖搖頭：阿地嫂啊，一起吃個飯吧，吃過飯再找青天。地嬸搖搖頭說不了不了，晚上天氣涼露水重，伊穿得太單薄了。說完帶著手上的衣服黯然離開，尋著村中的大路小徑，喊著青——天——啊，青——天——啊，一聲一聲綿綿不絕，喊到後來，嗓子啞了，便只聽到天……啊天……啊的呼喚。

不只一次阿母叮嚀我：爾和青天同年，看到伊時，不要只顧著自己玩，也要注意伊一下，不要讓伊到水井旁池塘邊。我點點頭，卻嘟嘟嘴，心裡不怎麼願意，我不介意看著青天，可是我看著青天時，其他的同伴就不跟我玩了，他們說你要跟青天玩，還是要跟我們玩？只能選一樣。我猶豫半晌，可是……可是……我當然跟你們玩啊。身旁的青天還是傻傻地笑，兩隻眼睛圓滾滾的，白色黑色分明真好看。

不過拾牛糞時，我倒喜歡找青天，地嬸看到有人願意找青天，很高興，就不管我心裡的打算了。想想，當時的心眼真不好。撿拾牛糞當然都盡量挑乾燥了的，乾燥的牛糞沒有臭味，但是有時遇著剛下不久的，要收集怕髒又怕臭，不收集唯恐讓其他人捷足先登了，我便讓青天剷，青天不知道髒，我把肥料袋的袋口張得大大的，像一張大嘴巴，青天便把濕牛糞餵進嘴巴裡，帶回家兩人對分；有時他手上碰了濕牛糞，又去抓臉上的癢，弄得髒兮兮，我想笑，又怕挨阿爸的罵，趕緊拿草紙草草地幫他擦，卻越發地髒了。

這些牛糞的用處很多，堆到「畚間」當堆肥，一層牛糞豬糞一層稻草粗糠，一層雞屎鴨屎一層菜根樹葉，一瓢河溝的水、一瓢阿公房裡挑出來的小便、一瓢糞坑裡的蛆蟲屎尿，發酵過後味道就不濃烈了，稻秧吃了這些肥，長得比青春期的男女還迅猛；曬乾了的牛糞一片一片像甘蔗板，也像餅，揉碎了摻在木屑中起火，煮的飯菜格外香；若拿它來焢窯就奢侈了，焢窯只需隨手抓些乾草枯木，不必用到牛糞。

有一回，我找青天一同去撿牛糞，半途遇到其他玩伴，便對青天說：你先回去，我們改天再去撿。說著便自顧自地玩耍去了。一玩忘了時間，傍晚各家的阿母都拿著一枝竹篾找兒子：久泰啊！仁錫啊……一聲一聲地喊，怒氣一吋吋滋長，找到了，一頓「竹筍炒肉絲」是免不了的，孩子們噫噫噎噎地哭著，阿母唸唸有詞，右手的竹篾收到背後，左手扶住囝仔的肩膀，一雙雙身影在落日映照下相互依偎，拖得好長好長。各家阿母都帶回自己的孩子了，地嬸卻還在青天啊青天啊地喊叫，阿爸問我：青天呢？爾不是說要跟伊去撿牛糞？我不敢說自己中途拋棄了他，淚水鼻涕掛滿臉，阿爸丟下手上的竹篾，自屋角抄起了一根細扁擔，恐嚇我：再不說？地嬸連忙阻止：雄仔，莫使得莫使得，我再去找找就是了。阿爸說真失禮啊。轉而對我說，還不跟著一起去找，找不到就不要吃飯了。阿母說我們一起去找找看，順手塞給我一個飯糰。

阿母拿著手電筒，燈光在幾步之內，她說：別氣你阿爸，爾也真不應該，明明知道青天倥，還不看著伊？我只是掉眼淚，嘴巴嚼著飯，有一口沒一口的，狐疑怎麼這些飯是鹹的。後來累了，阿母蹲下身，我上了她的背，呼嚕呼嚕地便像隻小貓咪睡著了，阿母在低聲叫青天，與遠處地皤呼喊青天的聲音互相應和，青天啊，一聲高。青天啊，一聲低。青天啊，一聲遠。青天啊，一聲近。青天啊，一聲現實。青天啊，一聲夢境。青天啊青天，爾怎麼忍心讓阿母喊啞了嗓子跑斷了腿？阿母今晚煮了白米飯，沒有加番薯籤的白米飯，還熬了一鍋爾恰意的綠豆湯，青天啊青天，爾怎麼狠心阿母叫爾也不回？

是在棗樹上發現青天的，棗實纍纍，一顆顆小芭藥一樣，樹幹上有針刺，一隻隻紛然錯雜，比阿母的線針還要銳，青天窩在自家稻埕的棗樹上，一動也不敢動，他的手上是血，他的腳上是血，他的衣服上斑斑點點也是血，手電筒的映照下，紅色的血滴在綠色的枝葉間。至於青天臉上的，只有蒼白。

翌日，便有人提議要鋸掉棗樹：阿地啊，兒子是爾的，樹也是爾的，我們外人本來不該多說什麼，可是依我看……地叔說話了：鋸什麼鋸？樹長在那裡已經幾十年了，是阮厝的青天倥，才會爬上去，難道反而是樹的錯；若說危險，那井也該封了，池塘也要填了，家裡的刀剪都要扔了嗎？我不是不疼兒子，可是……眾人無語，幾個女人說阿地爾真明理也真狠心啊。地犛默默。青天傻傻地笑。

風風雨雨不曾間斷，這是常態，生命如果不面對這些拖磨與挫折，會顯得過於空洞？歡樂也不那麼吸引人了嗎？雨雨風風說來就來，人可以預測天象，卻也只能眼睜睜地看著事情一件件發生，一回又一回；可慶幸的是，來了就走，從不逗留，而鄉人的韌性正像是蚯蚓，斷成兩截還能長成新生命。

風雨又來了幾回，我從國小二年級升三年級的那年暑假，風雨又走了幾回。是個颱風夜，我就著燭光寫暑假作業，門外的竹林咿咿歪歪地響，阿爸上屋頂補幾片瓦，阿母到處找鍋盆接水滴；我說：颱風真好，可惜放暑假，不然就可以放「颱風假」了。阿母說爾是笨惰的人有笨惰的想法，爾就知道玩，明天颱風走了，和我一起去撿筍。

隔天清晨，我走出大門，柏油路上筍屍橫陳，年前的一次選舉前，村中的主要通道已由歪歪扭扭的羊腸拉成筆直，還鋪上了柏油，竹林因此砍去不少，但颱風過境，還是會留下豐盛的綠筍，可是此時卻沒人撿拾，大家在找青天。女人們挨家挨戶，不放過床底和豬圈，男人們神色凝重地檢查溝渠河道水井池塘，我夾在人群中，不知道應該加入女人的一群或是男人的一隊；阿爸說：爾平常有沒有常和青天去哪裡？去看看，沒事回家去，不要亂跑。

我沒有回家去，在水利會幾年前埋下的涵管中找到青天時，我就在現場，青天的屍體讓雜草牽拌住，才沒有流遠；屍體自涵管中拖出時，堂姊一聲驚詫，順手遮住了我的臉，緊緊地。姊姊，你不要曚得這麼緊嘛！我快不能呼吸了。不行！你不能看！其實我全都看見了，黑暗中我一再重複方才看到的那一幕：青天的臉頰潔淨，像風雨過後天空的明朗清澈；但是，我好像看到蚯蚓，一隻飽吸水分而膨脹的蚯蚓在他的臉上爬，有氣無力地爬，像一條糜爛了的小蛇。老師說蚯蚓斷成兩截後，會長成兩個新生命，老師沒說人是不是和蚯蚓一樣，逝去了一個舊生命，可以成全兩個新生命；老師沒說，但我想或許可以吧，死去了一個青天，地叔和地嬸才有機會重新活過來。黑暗中我聽見地嬸在哭，青天啊青天，正像許多個黃昏我所聽到的一樣，青天啊青天。黑暗中我還聽到有人說話，好像是地叔，或許不是，那個人說這樣也好這樣也好。

青天倥倥，不解人間事，這樣也好。人間事讓人自已去解決，不勞倥倥的青天，這樣也好。

選自：爾雅出版社，《桃花盛開》

著作年表

作品名稱	出版者	出版日期
桃花盛開	爾雅	87
草本記事	智慧事業體	89
假面與素顏	九歌	89
一隻男人	爾雅	90
帶我去吧，月光	一方	92

延伸閱讀

1.〈文學大河又一舟〉，阿盛，《幼獅文藝》，一九九八年，收入王盛弘著《桃花盛開》序，一九九八年。

——他知道寫作終究離不開土地與人性，他知道形式可以多樣，但根柢不能懸置空中。……他夠誠摯，相信「自己不必諂媚大眾，依附當代」，而「沒有泥土的孕育，如何滋養作品?」

2.〈園丁的憂鬱和快樂—關於王盛弘的《桃花盛開》〉，孫維民，《臺灣新聞報》西子灣副刊，一九九九年三月六日。

3.〈磺溪再添文學之舟—彰化囝子王盛弘〉，王獻樟，《彰化藝文季刊》四期，一九九九年七月。

4.〈愛與智的遠旅〉，楊佳嫻，收入王盛弘著《帶我去吧，月光》序，二〇〇三年一月。

5.〈在異地裡追索的靜夜星空—《帶我去吧，月光》〉，徐國能，《中央日報》出版與閱讀，二〇〇三年二月二十七日。

書館出版品預行編目資料

現代散文精選／阿盛主編. --初版
北市：五南, 2004 [民93]
公分
978-957-11-3720-9（平裝）
93015242

1XR7

台灣現代散文精選

主　　編 — 楊敏盛　李志強
發 行 人 — 楊榮川
總 編 輯 — 王翠華
主　　編 — 黃惠娟
責任編輯 — 胡天如
出 版 者 — 五南圖書出版股份有限公司
地　　址：106台北市大安區和平東路二段339號
電　　話：(02)2705-5066　傳　　真：(02)2706-
網　　址：http://www.wunan.com.tw
電子郵件：wunan@wunan.com.tw
劃撥帳號：01068953
戶　　名：五南圖書出版股份有限公司

法律顧問　林勝安律師事務所　林勝安律師

出版日期　2004年9月初版一刷
　　　　　2016年6月初版二刷

定　　價　新臺幣300元